Virginia Woolf

VIRGINIA WOOLF

普通读者

THE COMMON READER
and Other Essays

〔英〕弗吉尼亚·伍尔夫 著
瞿世镜 译

上海译文出版社

Virginia Woolf
THE COMMON READER
封面源自 Vanessa Bell 作品

图书在版编目(CIP)数据

普通读者/(英)弗吉尼亚·伍尔夫(Virginia Woolf)著;瞿世镜译. —上海:上海译文出版社,2022.8(2025.8 重印)
(伍尔夫文集)
书名原文:The Common Reader
ISBN 978-7-5327-8929-0

Ⅰ. ①普… Ⅱ. ①弗… ②瞿… Ⅲ. ①英国文学—文学评论—文集 Ⅳ. ①I561.06-53

中国版本图书馆 CIP 数据核字(2022)第 133164 号

普通读者
〔英〕弗吉尼亚·伍尔夫 著 瞿世镜 译
责任编辑/顾真 装帧设计/张志全工作室

上海译文出版社有限公司出版、发行
网址:www.yiwen.com.cn
201101 上海市闵行区号景路 159 弄 B 座
苏州市越洋印刷有限公司印刷

开本 850×1168 1/32 印张 12.5 插页 6 字数 163,000
2022 年 10 月第 1 版 2025 年 8 月第 7 次印刷
印数:46,001—51,000 册

ISBN 978-7-5327-8929-0
定价:72.00 元

目 录

译本序

弗吉尼亚·伍尔夫（1882—1941）是享有世界声誉的英国女作家，“意识流”小说的代表人物之一。其父莱斯利·斯蒂芬（1832—1904）是著名的传记作家和文学批评家，他的原配夫人是小说家萨克雷之女，弗吉尼亚是他的续弦夫人裘丽亚·德克华斯所生。斯蒂芬对子女的教育极为重视，因此，弗吉尼亚不仅英文很有根底，而且博览群书，精通拉丁文，有高度的文化素养与审美观念。斯蒂芬经常在家里招待文艺界的名流，或邀请他们到他的海滨别墅避暑。每逢周末，他家中总是高朋满座、群贤毕集。哈代、罗斯金、梅瑞狄斯、亨利·詹姆斯、埃德蒙·戈斯等著名作家，都是他的座上佳宾。弗吉尼亚自幼耳濡目染，得益匪浅。后来她能卓然成家，与家学渊源不无关系。

一九〇四年斯蒂芬病故，弗吉尼亚全家迁居伦敦的文化中心布罗姆斯伯里地区。弗吉尼亚有乃父遗风，交游甚广，通过她的兄长索比·斯蒂芬，结识了许多青年学者，与小说家爱·摩·福斯特、诗人托·斯·艾略特、美术家罗杰·弗赖伊、文学批评家德斯蒙德·麦卡锡、经济学家凯恩斯、青年作家莫蒂默等时相过从，她家成了学者文人荟萃之所。弗吉尼亚经常与这些友人探讨文学、艺术、哲学诸方面的问题，后来人们就把他们称为布罗姆斯伯里集团。由于弗吉尼亚平时所交往的都是学术界的精华，在互相切磋之下，她形成了别致的创作风格，艺术水准极高，但是阳春白雪，难免曲高和寡。

一九一二年，弗吉尼亚与布罗姆斯伯里集团的伦纳德·霍加思·伍尔夫结为伉俪。伦纳德是经济学家和政论家，很有文学修养。一九一七年，伍尔夫夫妇创办了霍加思出版社，介绍了诗人艾略特、小说家福斯特、传记作家斯特雷奇、短篇小说家曼斯菲尔德和弗吉尼亚本人的作品。这些年轻的文坛新秀，后来都成为蜚声宇内的名家，可见这两位出版家的艺术鉴赏能力，的确不凡。

弗吉尼亚·伍尔夫的处女作《远航》于一九一五年问

世，从此开始了她的创作生涯。她的作品有《夜与日》、《雅各之室》、《达洛卫夫人》、《普通读者》、《到灯塔去》、《奥兰多》、《海浪》、《岁月》、《幕间》等。弗吉尼亚是一位严肃的艺术家，孜孜不倦地在理论和创作两个方面探索改革小说形式的各种可能性。弗吉尼亚本来就患忧郁症，殚精竭虑地写作，使她的神经衰弱更加严重。一九四一年，《幕间》初稿完成，她对自己探索实验的成果感到不满，德国法西斯的飞机又炸毁了她在伦敦的住宅和出版社，她精神上深受刺激，遂于苏塞克斯的罗得米尔投河自尽。

在二十世纪的上半叶，“意识流”小说在西方成了一个很有影响的文学流派，其代表人物是法国的普鲁斯特、爱尔兰的乔伊斯、英国的伍尔夫和美国的福克纳。目前，作为一个流派虽然它已不复存在，但它的一些表现手法已被各种流派的作家广泛采用，并且扩散到电影、戏剧等各个领域，因此，它是我们研究西方现代文化难以回避的课题。法国著名作家莫洛亚说：“时间是唯一的批评家，它有着无可争辩的权威：它可以使当时看来是坚实牢靠的荣誉化为泡影；也可以使人们曾经觉得是脆弱的声望巩固下来。”伍尔夫逝世之后，她的著作仍陆续发表或再版，评论界与学术界对她的兴趣也持久不衰。一九六九至一九七二这三年之间，关于伍尔夫的专论和专著仅仅在美国就发表了一百多篇（部）。对于这样一位被时间和历史所肯定的作家，我们不能不认真地加以研究。

如果我们要研究伍尔夫，那么除了她的小说之外，还必须兼顾她的理论，因为她不仅是有成就的小说家，也是著名的评论家。她是《泰晤士报文学副刊》、《耶鲁评论》、《纽约先驱论坛报》、《大西洋月刊》等重要报刊杂志的特约撰稿者，在一生中共写过三百五十余篇论文、随笔和书评。在她死后，伦纳德·伍尔夫把这些文章收入四卷本的《伍尔夫文选》。伍尔夫的评论范围极广，但以小说评论为主。她以小说家的身份来讨论小说艺术，对于此中甘苦自有深切的体会，因此往往能够抓住关键的问题、发表独到的见解、避免浮泛的空论。甚至一些不太喜欢“意识流”小说的读者，对于伍尔夫的评论文章，也很欢迎，因为这些文章写得亲切、生动，可以帮助他们更深入地领会和欣赏小说的艺术。对于文艺理论和小说创作的研究者而言，它们更是很有价值的参考资料，可以帮助他们了解西方现代小说与传统小说的区别，了解西方现代小说的特征和局限性，以及小说体裁发展变化的各种可能性。因此，我选译了伍尔夫论小说和小说家的一部分文章，以飨读者。

伍尔夫写的随笔和书评，要比论文多几倍。对于理论问题的论述，短小精悍的书评当然不及长篇论文来得全面、深刻。但伍尔夫的书评写得活泼、风趣，其中有许多形象化的比喻，对于一部作品，不论批评或赞扬，总是持之有故、言之成理，使人觉得亲切、生动而有说服力。我们在最后选译了两篇书评，窥一斑而知全豹，我们或许可以借此领略伍尔夫书评的特殊风味。

本书以介绍伍尔夫评论小说和小说家的论文为主，因此，有些著名的论文没有入选。例如，《给一位青年诗人的信》，是讨论诗歌的，《斜塔》所讨论的不是小说创作本身，而是作家处境的变化以及由此引起的不满和内疚的心情，像这样的论文，我们就舍弃了。《论斯特恩》是一篇重要的论文，但斯特恩的小说尚未翻译过来，而且伍尔夫在其他论文中已多次论及这位作家；《论屠格涅夫的小说》也是一篇很好的论文，屠格涅夫严肃认真的创作态度、优美动人的散文风格以及完美的结构形式，对伍尔夫是有影响的，然而，这影响与托尔斯泰、契诃夫、陀思妥耶夫斯基的影响是不能相提并论的，因此，像这样的论文，我们也割爱了。尽管如此，我可以说，伍尔夫论述小说艺术的比较主要的论文，我基本上已作了介绍。

此外，书后附录了译者论述伍尔夫小说理论的文章，把散见于伍尔夫各篇论文和日记中的主要论点条分缕析、加以归纳，使读者对于伍尔夫的小说理论能够获得一个比较清晰、完整的概貌，留下比较深刻、持久的印象。

伍尔夫素以文风优美著称。莫蒂默说："谁也没有写过伍尔夫那样好的散文。"这或许并非溢美之辞。然而，伍尔夫喜欢写极长的句子，句法结构复杂，用词又往往偏于冷僻。要翻译这样的文字，的确令人感到棘手。首先，优美的风格在译文中难以传达，这一点伍尔夫本人在《俄国人的观点》一文中已经论及。至于很长的复合句，如果把它肢解成简单句，读起来固然省力，但这就变成中国式的句法，一点也不像伍尔夫的文章。因此，译者尽可能地保留原来的句子结构，这样读起来的确比较费劲，但是或许可以比较忠实于原文。

译　者

普通读者[*]

约翰逊博士[①]的《格雷生平》中有一句话，它很可以写在那些够不上称为图书室却摆满了书籍以供私人阅读的房间里："……我很高兴与普通读者们意见一致；因为，在所有那些微妙的高论和鸿博的教条之后，诗坛的荣誉桂冠，最终还得取决于未经文学偏见污染的读者们的常识。"这常识把诗坛荣誉的品质解释明白；它使它们的目的显得崇高；它把大人物的[②]嘉许认可给予那种耗时甚久而往往未能留下真正实质性成果的寻求探索。

正如约翰逊博士所含蓄地指出的那样，普通读者不同于批评家和学者。他所受的教育稍逊，大自然也没有如此慷慨大度地给予他优秀的天赋。他是为了个人的兴趣而阅读，不是为了传授知识或纠正他人的见解。最重要的是：他在一种本能的指引之下，用他所能获得的无论什么夹七夹八的原料，来为他自己创造出某种完整的东西——一幅人物的肖像，一个时代的速写，或关于写作艺术的一种理论。他一面阅读，一面不停地搭起一些东倒西歪、摇摇晃晃的理论结构，它看上去颇像那种可以引起爱慕、欢笑和争论的真实对象，从而给他以暂时的满足。作为一位批评家而言，他的缺陷是显而易见的，因为他只是匆忙地、粗略地、表面地浏览，一会儿抓住这首诗歌，一会儿抓住那部古籍残篇，只要它能为他的目的服务，并且使他的结构成形，他就不管是何处找到的，也不管其性质如何；然而，如果他正如约翰逊博士所指出的那样，在最后分配骚坛令誉方面有一些发言权，那么也许还值得把他的一些想法和意见写下来，尽管它们本身并无多大意义，但它们还是对一种如此重大的结果③作出了贡献。

---

* 本文系伍尔夫论文集《普通读者》的序言。

① 塞缪尔 · 约翰逊（1709—1784），英国著名学者、作家、文学批评家，第一部《英语词典》的编纂者。

② 伍尔夫言下之意，普通读者正是决定诗坛荣誉的大人物。

③ 重大的结果指决定诗坛的荣誉。这里所谓诗坛是泛指文坛而言。

论笛福*

几百周年纪念的报道者往往有一种恐惧心理，他唯恐自己是在打量着一个正在消失的幽灵，并且不得不预告它正趋向于灭亡。对于《鲁滨孙飘流记》两百周年纪念的报道者而言，不仅不会有这种恐惧心理，甚至只要想起他居然会有这种念头，都会感到可笑。这或许是事实，在一九一九年四月二十五日，《鲁滨孙飘流记》已经诞生两百周年了，然而，我们大可不必去作那种通常的推测：人们现在是否还在阅读并且将要继续阅读这本书。这两百周年所产生的效果，令我们惊叹：这部永存不朽的《鲁滨孙飘流记》，不过才存在了这么短一段时间。这本书好像是整个民族的无名产品之一，而不是个人智力的结晶；说起这本书的两百周年纪念，我们立即会想到，我们是在纪念英国的史前遗迹威尔特郡索尔兹伯里平原的巨大石柱本身。这有一部分是由于以下事实：在我们的童年时代，我们都曾经听别人给我们朗读过《鲁滨孙飘流记》，因此，我们对于笛福和他这部小说的心情，与希腊人对于荷马的崇敬十分相似。我们当时从未想到过有笛福这么一个人物，如果有人告诉我们，《鲁滨孙飘流记》原来是某人用笔写出来的故事，这或者会使我们感到不快，或者会使我们觉得毫无意义。童年时代的印象，是最持久、最深刻的印象。丹尼尔·笛福的大名，似乎仍然没有权利在《鲁滨孙飘流记》的扉页上出现，如果我们纪念这本书的两百周年，我们不过是间接提及这个事实：这本书就像那史前的巨大石柱一样，至今依然留存。

这本书的伟大名声，给它的作者带来了某种不公正的待遇；因为，在它给了他一种无名的荣誉的同时，它也掩盖了这样一个事实：他又是一些其他作品的作者，我们可以放心地断言，这些作品我们在儿童时期可没听别人给我

---

* 本文选自伍尔夫论文集《普通读者》，系伍尔夫于 1919 年为纪念《鲁滨孙飘流记》出版两百周年而撰。

们朗读过。于是，在一八七〇年，当《基督世界》的编辑呼吁“英国的男女儿童”在笛福那座曾被雷电击坏的坟墓上竖立一块纪念碑时，在那块大理石上就铭刻着：纪念《鲁滨孙飘流记》的作者。并未提及《摩尔·弗兰德斯》。想起这本书的主题，以及《罗克萨纳》、《辛格顿船长》、《杰克上校》和其他作品所涉及的主题，我们就不必为这种忽略感到惊奇，虽然我们或许会感到愤慨。我们可能会同意笛福传记的作者赖特先生的意见：这些“不是念给客厅餐桌旁边的人们听的作品”。然而，除非我们把客厅的桌子这件有用的家具当作艺术趣味的最后裁决者，我们必然会对这一事实表示遗憾：由于这些作品外表上的粗糙，或者由于《鲁滨孙飘流记》的广泛声誉，使它们远远没有赢得它们应有的名声。在任何一块纪念碑上，要是它还值得称为一块纪念碑的话，至少应该把《摩尔·弗兰德斯》和《罗克萨纳》的名字和笛福的名字一样深深地铭刻上去。它们可以与那些为数不多的、堪称无可否认的伟大英国小说的著作并列。它们那位更加著名的伙伴的两百周年纪念，很可能会使得我们去思考：它们的伟大之处究竟何在，而它们的优点和《鲁滨孙飘流记》的优点有着这么多的共同之处。

当笛福成为小说家时，他已经是一位上了岁数的人了。他是一位比理查森[①]和菲尔丁要早好多年的前辈，他是真正给小说定型并且把它推上它的发展道路的创始人之一。然而，没有必要详细论述他居于先驱地位的事实，但有一点必须指出，当他着手写作小说之时，他对于这门艺术怀有某些概念，他之所以获得这些概念，有一部分是由于他本人就是这种概念最初的实践者之一。小说必须讲述真实的故事，并且宣扬高尚的道德，才能证明它存在的价值。“这样通过虚构捏造来提供一个故事，肯定是一种最丑恶可耻的罪行，”他写道，“正是某种谎言，在心头捅了一个大窟窿，而一种说谎的习惯，就渐渐地钻了进去。”因此，在他的每一部作品的前言和正文里，他煞费苦心地坚持声明：他从未凭空捏造，总是依据事实，而他的一贯目的，是那种十分合乎道德的愿望，他要使有罪的

① 塞缪尔·理查森（1689—1761），英国著名小说家。

人幡然悔悟，或者告诫天真无辜的人免入歧途。幸运的是，这些原则和他的自然气质、天赋才能完全吻合。在他把他的亲身经历转化为文字在小说中加以叙述之前，他于六十年生涯中所遭受的各种各样的命运，已经在他的心中积累了丰富的事实。他写道："不久以前，我曾经把我一生中的情景总结成两行对偶的诗句：

没有人比我更饱尝命运的酸甜苦辣，
我历尽沧桑经受了十余番贫富更迭。"

在他写作《摩尔·弗兰德斯》之前，他曾花了十八个月时间，在伦敦新门监狱和小偷、海盗、拦路抢劫犯、伪币铸造者交谈。但是，通过现实生活和偶然事件在你身上所留下的深刻印记来切身感受各种事实，这是一种情况；把别人所说的那些事实贪婪地吞咽下去并且把它们的印象永不磨灭地保存下来，这又是另一码事。并非仅仅因为笛福理解贫困的沉重压力，因为他曾和这种压力之下的牺牲者们谈过话，而且因为那种任凭环境摆布、被迫想尽各种办法来糊口的没有保障的生活唤起了他的想象力，要求把它作为他的艺术的恰当素材。在他那些伟大小说的最初几页中，他把他的男主人公或女主人公置于如此冷漠无情的悲惨境地，他们的生存必然是一种不断的挣扎，他们侥幸活了下来，完全是幸运和他们本身努力奋斗的结果。摩尔·弗兰德斯是一个女犯人在新门监狱生下的婴儿；辛格顿船长在童年就被人偷去卖给了那些吉卜赛人；杰克上校虽然“生来就是一位绅士，却当了扒窃犯的门徒”；罗克萨纳起初生活较有保障，但她在十五岁时结了婚，后来眼看着她的丈夫破了产，在她身边留下了五个孩子，处于“用言词所能表达的最悲惨的境地”。

就这样，这些男孩或女孩人人都得为自己去开辟一个世界，进行一番搏斗。如此来处理书中的局面，完全合乎笛福的心意。他们中间最著名的人物，摩尔·弗兰德斯，她刚刚出生，或者说仅仅获得了半年的喘息时间，就被那“最恶毒的魔鬼——贫困”所唆使，她刚会做针线活儿，就不得不自己谋生，她被人们所驱逐，到处流浪，从来也不向她的创造者祈求她无法给自己提供的那种美妙的家庭生活气氛，却依靠他去尽她所能地招徕陌生人和顾客。从一开始，证明她自己的生存权利这个沉重的负担，就落到了她的肩上。她不得不完全依靠她自己的理智和判断力，每逢意外事故发生，她就用在自己的头脑里锻炼出来的、凭经验得来的道德准则去应付。这个故事之所以是生气勃勃的，有一部分是由于她在非常年幼的时候就越过了众所公认的法律界限，因此她就获得了一种被社会所排斥的流浪者的自由。唯一不可能发生的事情，就是她能够舒适安全地定居下来。然而，从一开始，作者的特殊天赋就表现出它自己的力量，避开了那明显的危机，免于陷入冒险小说的俗套。他使我们明白，摩尔·弗兰德斯是一个独立自主的女人，而不仅仅是为一连串冒险故事所提供的某种材料。为了证明这一点，像罗克萨纳一样，她一开始就热情地，或许是不幸地，陷入了情网。她必须提起精神去和别人结婚，并且非常密切地注视她的账目结算和前途命运，这对她的热情而言是不可轻视的因素，但这要由她的出身来负责；而且，和笛福笔下所有的女人一样，她是一位有健全理解力的人物。只要合乎她的目的，她就毫无顾忌地撒谎，既然如此，当她把关于她的真相说出来时，其中总有某些不可否认的事实。她不能为个人感情的细腻微妙而浪费时间；她落下一滴眼泪，感到片刻的惆怅，于是她又把“那个故事继续讲下去了”。她有一种喜欢迎着风暴毅然前进的气概。她乐于施展她自己的各种能力。当她发现，在弗吉尼亚和她结婚的那个男人原来是她的亲兄弟，她感到十分厌恶，她坚持必须和他分手；但是，她一到布里斯托尔港，“就改变航线到巴思温泉去了，因为我还年轻，我的天性一向乐观，并且继续乐观而趋于极端”。她并非没有心肝，也没人能指责她举止轻浮；但是，生命使她喜悦，她是一位把我们全都吸引住的活生生的女主人公。有甚于此，她的雄心壮志带有想象色彩，这使它可以列入那些高贵激情的范畴。她生性泼辣，注重实际的需要，尽管如此，某种渴望仍时常在她的心头萦绕，她渴望浪漫的爱情，渴望那种（按照她的观念而言）使一个男子汉成为一位绅士的品质。当她使一个拦路抢劫犯对她的财产作出错误的估计之时，她这样写道：“他的确具有一种真正的骑士风度，而这对我说来就更加可悲。宁可毁于一位体面的绅士之手，也胜过被一个流氓糟蹋，甚至这也是某种令人宽慰的想法。”下面的情况和她这种性格是完全符合的。她为她的最后一个伙伴感到骄傲，因为当他们到达殖民地时，他拒绝干活而宁可打猎，她高高兴兴地给他买了假发和银柄的宝剑，“使他看上去像一位优雅的绅士，因为他确实是一位这样的人物”。她对于炎热气候的偏爱，和她亲吻她儿子踏过的土地的那种激情是完全一致的。她高尚地忍受了别人的各种过失，只要它不是“在精神上完全低级下流，专横，残忍，在占上风时冷酷无情，在处境不利时卑躬屈膝、灰心丧气”。除此之外，她对一切人都善意相待。

这位饱经风霜的老罪人的各种品质和美德的清单，还远远没有开列完毕，我们完全可以理解，在伦敦桥上卖苹果的博罗的女人为什么把她称为“上帝赐福的玛丽”，并且认为她的书比她货摊上所有的苹果还要值钱，而那位博罗则拿起这本书躲进货棚深处，一直读到眼睛发酸。我们详述有关人物性格的这些迹象，无非是借此证明，摩尔·弗兰德斯的作者并非像人们所指责的那样，仅仅是一位对于人的心理本质毫无概念的新闻记者和客观事实的忠实记录者。的确如此，他的人物的形象和实质都是自动形成的，它们似乎对作者置之不理，而且并不完全符合他的心意。他从不仔细描绘或特别强调任何精巧微妙或哀婉动人之处，而是冷静地匆匆忙忙把故事继续讲下去，似乎这些精巧动人之处都是自动涌现出来的，而他对此毫无觉察。一个富于想象力的笔触（例如，当那位王子坐在他儿子的摇篮旁边，而罗克萨纳注意到“当那婴儿熟睡之时，他多么喜欢瞧着他”），似乎对于我们比对于他本人含有更多的意义。在对于把重要消息传送给新门监狱中的盗窃犯这样一个次要人物的必要性发表了一通非常现代化的议论之后，唯恐我们会在睡梦之中论及此事，他请求我们原谅他扯得离题太远。他似乎把他的人物深深地印在心中，结果他自己也弄不清楚，他究竟是怎样把他们变得栩栩如生的；而且，和一切无意识的艺术家们一样，他在他的作品中所留下的财富，比他的同时代人所能发掘出来的更多。

因此，我们对于他的人物所作的解释，很可能使他感到困惑。我们为自己找到了甚至在他本人眼前也要小心加以伪装的各种含义。于是发生了这样的情况：我们对于摩尔·弗兰德斯的赞叹，远远地超过我们对于她的谴责。我们也无法相信，笛福对于她犯罪的确实程度已作了决定性的判断，或者他没有意识到，当他考虑到那些被社会所遗弃的人们的生活之时，他提出了许多深刻的问题，对于这些问题，即使他并未公然回答，他也在书中暗示了一些和他所表白的信仰相互矛盾的答案。从他的论文《妇女的教育》所提供的证据中，我们知道他已远远地超越他的时代，深刻地考虑过妇女的能力（他对此评价极高），以及她们所遭受的不公正待遇（他对此严厉谴责）。

> 考虑到我们的国家是一个文明的基督教国家，我经常想到，我们否认了妇女学习的权利，这是世界上最野蛮的风俗之一。我们愚蠢而傲慢地每天都在指责女性；我深信，如果妇女享有和我们平等的受教育权利，她们所犯的罪过会比我们的更少。

妇女权利的鼓吹者们，或许几乎不想把摩尔·弗兰德斯和罗克萨纳列入她们的守护神的名单；然而，这一点很清楚：笛福不仅想要她们说出关于这个问题的某些十分现代化的论调，而且他把她们置于这样的环境之中，让她们所遭受的特殊的苦难以这样一种方式呈现出来，以至于必然会引起我们的同情。摩尔·弗兰德斯说，妇女所需要的是勇气和“坚持她们自己的立场”并立即显示出其可能获得的利益的那种力量。罗克萨纳，一位具有和她相同信念的女士，更加敏锐地为反对婚姻的奴役而争辩。那位商人告诉她说，婚姻会使她“在这个世界上开创一个新的事业”；她却认为“这是对于通常的实践提出相反意见的一种说法”。在所有的作家中，笛福最少犯那种赤裸裸地说教的错误。罗克萨纳牢牢地吸引住我们的注意力，因为她完全没有意识到，从任何良好的意义上来说，她是女性的一个榜样，所以她有权承认，她的那一部分论点“带有一种高尚而严肃的倾向，这一点我当初的确完全没有想到”。意识到她本身的各种弱点，以及由这种意识所产生的对于她自己的动机的真诚的疑问，导致了令人愉快的后果，那就是保持她的形象的鲜明生动和富于人性；而这么多社会问题小说的殉教者和先驱者们，却让他们的作品皱缩枯萎，只剩下他们各自的信念的干巴巴的教条。

但是，笛福之所以令我们钦佩，并非由于我们能够显示出他已经预告了梅瑞狄斯的某些观点，或者写出了可能被易卜生改写成剧本的某些场面（这种奇怪的建议已经提出来了）。不论他对于妇女地位的主张是什么，它们都是他的主要优点的一种附带产品；他的主要优点就在于他只论述事物的重要的、持久的方面，而不涉及其暂时的、琐细的方面。他的作品往往显得单调。他能够摹仿一位科学旅行考察者实事求是的精确性，直到我们惊叹他的笔居然能够描绘，或者说他的头脑居然能够想象，那些甚至不能以事实来作为借口的场面，以此来减轻它的枯燥乏味。他忽略了蔬菜的大部分特性，并且忽略了人类的大部分天性。这一切我们都可以容忍，尽管我们已经在许多我们认为是伟大的作家身上容忍了一些同样严重的缺陷。但是，那也并不损害削弱剩余部分的特殊优点。从一开始，他就限定了他的活动范围，并且限制了他的雄心壮志，这使他得到了一种洞悉事实真相的真实，它要比那种他称之为他的目标的外表事实的真实远为珍贵和持久。摩尔·弗兰德斯和她的朋友们向他毛遂自荐，吸引了他的注意，并非像我们所说，因为他们“栩栩如生”，亦非如他所断言，因为他们是公众可能获得教益的惩恶劝善的例证。出于苦难生活的熏陶而在他们身上滋生的一种自然而然的真实性，激起了他的兴趣。对于他们而言，没有任何借口可以利用；没有任何仁慈的避难所可以掩盖他们的动机。贫穷就是压迫他们的监工头儿。对于他们的失误，笛福从未超过一种口头上的审判。但是，他们的勇气、机智和顽强，却使他欣喜。他发现，在他们的社会中，充满着有趣的谈话、好听的故事、互相信赖的诚意和一种自己创造的道德准则。他们的命运变化无穷，在他自己的一生中，他对这种变化赞赏、玩味、注视。最重要的是，那些男人和女人毫无顾忌地公开谈论自古以来就感动了男男女女的那种激情和欲望，因此，即使到了现在，他们的生命力还未削弱。在被人公开注视的任何一件事情之中，都包含着一种尊严。甚至在他们的经历中起了如此巨大作用的金钱这个肮脏的主题，当它并非代表一种悠闲舒适和趾高气扬的态度，而是意味着荣誉、诚实和生活本身，它就变成一个并不肮脏而是悲剧性的主题了。你可以提出反对意见，说笛福平凡单调，但你决不能说他热衷于琐碎无聊的事情。

他确实属于那些伟大而朴素的作家的行列，他们的作品，建立在对于人性中虽然不是最有魅力却是最为持久的因素的理解之上。站在饿汉桥①上俯瞰伦敦，那一片景色是灰黯的、严肃的、宏大的，充满着由熙熙攘攘的车辆和商贩所引起的轻微的骚动，要是没有那些船只的桅杆和城里的塔尖与拱顶，这幅图景是平凡而毫无诗意的，它使我们想起了笛福。站在街角的那些手里捧着紫罗兰的衣衫褴褛的姑娘们，还有那些久经风霜的老妇人，她们在桥拱下面陈列着她们的火柴和鞋带，耐心地等候着顾客，她们似乎都是从他的书中跑出来的人物。他和克雷布②与吉辛③属于同一个学派，他并非仅仅是他们在这个严格的学习场所的平辈同学，而是它的鼻祖和大师。

---

① 原文是 Hungerford Bridge。
② 乔治 · 克雷布（1754—1832），英国诗人。
③ 乔治 · 罗伯特 · 吉辛（1857—1903），英国小说家。

论简·奥斯丁*

如果卡桑德拉·奥斯丁小姐能够随心所欲，那么除了简·奥斯丁的小说之外，我们就很可能再也得不到什么关于她的资料了。只有在写给她姐姐卡桑德拉的书信里，简·奥斯丁才毫无拘束地吐露心曲，只有对她的姐姐，她才倾诉她心中的希望，以及她一生中唯一重大的失望（如果关于她失恋的谣传是确凿有据的话）；但是，当卡桑德拉·奥斯丁小姐年事已高，她妹妹与日俱增的声誉使她怀疑，总有一天陌生人会来祈求而学者们会来探讨她妹妹的书信，于是她焚烧了——对她本人而言，这是很大的牺牲——可以满足他们好奇心的每一封信，仅仅豁免了她认为过于琐细不足以引起人们兴趣的那一部分。

因此，我们对于简·奥斯丁的了解，仅仅来自闲言碎语，几封书信，和她的小说。至于闲言碎语，如果它能超越它的时代而留存至今，那就断然不可鄙视；只要略为重新整理，它就能很好地适合于我们的目的。例如，小菲拉德菲娅·奥斯丁这样评论她的堂姐：简“一点也不漂亮，非常一本正经，不像一个十二岁的小姑娘，……简有点儿想入非非、矫揉造作”。还有米特福德夫人，她在奥斯丁家的姑娘们小时候就认识她们，她认为简“是她记忆之中最俊美，最娴静，最装模作样，并且像花丛中翩然飞舞的蝴蝶一般寻求丈夫的姑娘”。此外还有米特福德夫人那位不知名的朋友。“她现在拜访了她，并且说奥斯丁已经僵化成为曾经存在过的最呆板拘泥、沉默寡言的独身者，在社会上，人们对于她并不比对一根拨火棍或火炉栅栏更为重视，直到《傲慢与偏见》问世，才表明了在这个冷漠矜持的外壳里蕴含着多么珍贵的宝藏……。现在情况已经大不相同了，”那位善良的夫人接着说，“她仍然是一根拨火棍——然而是一根令人生畏的拨火棍……。她是一位才智不凡的人，一位人物性格的描绘者，然而她却默默无

---

* 本文选自伍尔夫论文集《普通读者》。

言，这真是可怕！”另一方面，当然还有那些奥斯丁们，这是一个难得沉湎于自我夸耀的家族，但是尽管如此，他们都说她的兄弟们“非常喜欢她，并且十分为她自豪。由于她的天才、美德和动人的风度，他们对她爱慕依恋，并且人人都喜欢在后来想象他自己的侄女或女儿和那位亲爱的姐妹简有相似之处，但他们又从不企望能够看到完全可以与她媲美的人物”。妩媚动人而又刻板拘泥，受到家属的宠爱而又被陌生人所畏惧，说话尖刻而又心肠柔软——这些矛盾的因素绝不是水火不能相容的，而当我们转向她的小说，我们就会发现，在那儿我们也被作者身上同样的复杂性所困惑。

首先，被菲拉德菲娅认为简直不像个十二岁孩子的那位一本正经、想入非非、矫揉造作的小姑娘，不久就成了一篇令人惊讶的、并不幼稚的短篇小说《爱情和友谊》的作者，虽然说来令人难以置信，它是奥斯丁在十五岁时写的。它显然是为了给教室里的同学们消遣才写的；在这部小说集里的另一个短篇，是带着一种嘲弄的严肃口吻献给她的兄弟的；还有一篇则由她的姐姐用水彩清晰地画出一些人物头像作为插图。这是一些开开玩笑的游戏文章，人们会觉得它们是家庭中的财富；其中穿插着讽刺，这些讽刺是击中要害的，因为所有年轻的奥斯丁们全都嘲笑那些“长吁短叹、晕倒在沙发里”的高雅的女士们。

当简高声朗读对于他们全都非常厌恶的那种恶习的最后一段讽刺之时，兄弟姊妹们必定忍俊不禁。她写道：“失去奥古斯塔斯的痛苦使我以身殉情。致命的晕厥夺去了我的生命。你要千万小心不可晕厥，亲爱的劳拉，……只要你高兴，你尽管可以常常发狂，但是万万不可昏倒，……”她匆匆忙忙继续写下去，能写多快就写多快，快到简直顾不上拼写正确与否，为了叙述劳拉与索菲娅、菲兰德与古斯塔夫斯以及驾着一辆公共马车隔天往返于爱丁堡和斯特林之间的那位绅士的令人难以置信的冒险故事，叙述保存在写字台抽屉里的财产失窃的经过，描绘那些饥肠辘辘的母亲和扮演麦克佩斯的儿子。毫无疑问，这个故事必定引起了教室里同学们的哄堂大笑。然而，这位十五岁的姑娘，坐在公共客厅的隐蔽角落里写作，并非为了博得兄弟姊妹们一笑，也不是为了家庭中的消遣娱乐，这是显而易见的。她是在为每一个人写作，为无足轻重的小人物写作，为我们的时代写作，为她自己的时代写作；换言之，甚至在那么小的年龄，简·奥斯丁就在写作了。人们聆听着故事，注意到那些句子的节奏、匀称和严密。“她不过是一位脾气温和的、有教养的、乐于助人的年轻妇女；就此而论，我们几乎不可能不喜欢她——但她不过是一个受人轻视的对象而已。”她写出这样的句子，是想要使它在圣诞节的假期过去之后仍然保留在人们的记忆之中。生气蓬勃，流畅自如，妙趣横生（而这种漫无边际的逗趣近乎荒唐）——《爱情和友谊》就是由这一切所构成的；然而，这个永远不会消失在其他声调中的音符，这个响彻整部作品的清晰而尖锐的音调，又是什么？这是一片笑声。这位十五岁的姑娘在欢笑，在这个世界上她自己的角落里欢笑。

十五岁的姑娘们总是在欢笑。宾尼先生在餐桌上拿盐代替了糖，她们就笑了。汤姆金斯老太太一屁股坐在椅子里那只猫身上，她们几乎要笑死了。但过了一会儿，她们又哭了。她们没有固定的容身之所，从那个角度，她们可以在人类的天性中看到某种永远是可笑的东西，在男男女女身上看到某种永远会激起我们讽刺的品质。她们并不懂得，格雷维尔夫人怠慢别人而可怜的玛丽亚受到冷遇，这都是在每一个跳舞会上必然会发生的永恒的特征。但是，简·奥斯丁自从她出生以来就懂得了这一点。守护在摇篮上方的仙女之一，必定在简出生之时就带着她飞越了整个世界。当简又被放回摇篮后，她就不仅知道了这个世界看上去像什么样子，而且已经选定了她自己的王国。她作出了保证：如果她能够统治这片领土，她就不会去贪图别的东西。于是，在十五岁的时候，她就对别人很少抱有幻想，而对她自己则完全不抱幻想。不论她写什么东西，她总是加以润饰，面面俱到，并且把它在宇宙之中——而不是在牧师的住宅之中——的关系安排停当。她是非个人的；她是不可思议的。当作家简·奥斯丁在那本书中最为杰出的那段速写里记下了格雷维尔夫人的一小段谈话之时，其中丝毫也没有牧师的女儿简·奥斯丁对于她曾经受到的冷遇表示愤怒的痕迹。她的目光直接投向它的目标，而我们明确地知道，在人类天性的地图上，这个目标是在何处。我们之所以能够知道，是因为简·奥斯丁信守她的誓言；她从不超越她自己的疆界。她从来不曾，甚至在感情冲动的十五岁也不曾，在羞愧之中泄漏了自己的秘密，在一阵怜悯之中删除了讽刺的描写，或者在狂想的迷雾之中模糊了故事的轮廓。她似乎曾经说过，激情和狂想——她用手杖一指——在那边全都终止，而她的领土的疆界是完全清晰的。然而，她也并不否认明月、山峦和城堡的存在——存在于她的领土之外。她甚至还写过一部她自己的传奇小说。这是为苏格兰的皇后而写的。奥斯丁确实对她非常仰慕。她把她称为"世界上首屈一指的人物之一"，并且说，"她是一位迷人的公主，她当时唯一的朋友是诺福克公爵，而公爵目前的朋友是惠特克先生、勒弗罗伊夫人、奈特夫人和我本人"。说了这些话，她的热情就被限制在一定的范围之内，并且归结为一阵欢笑。回想对比一下年轻的勃朗特姐妹不久以后在她们北方的牧师住宅里用什么词儿来描写韦林顿公爵，这是非常有趣的。

这位一本正经的小姑娘成长了。她成了米特福德夫人记忆之中"最俊美，最娴静，最装模作样，像花丛中翩然飞舞的蝴蝶一般寻求丈夫的姑娘”，并且附带着又成了一部名为《傲慢与偏见》的小说的作者，这部小说是她躲在房间里，在一扇吱吱嘎嘎的房门的掩护之下悄悄地写成的，写成之后却在抽屉里放了好多年没有发表。人们认为，此后不久她就开始写作另一部小说《华生一家》，由于某种原因，她对这部作品很不满意，没有写完就把它撂下了。一位伟大作家的二流作品是值得一读的，因为它们为他的杰作提供了最好的批评资料。在这儿，奥斯丁在写作中所遇到的困难更加令人瞩目，而她用来克服这些困难的手段也没有那么巧妙地被掩盖起来。首先，开头几章呆板而枯燥，这证明了奥斯丁属于这样一种类型的作家，这些作家在他们的初稿中直截了当地把事实摊出来，然后一再回过头去加以修饰，赋予血肉，渲染气氛，借此把事实掩盖住。怎样才能做到这一点——怎样才能有所抑制而又有所增添，需要通过什么精巧的艺术手腕——这我们可说不上来。但是，这个奇迹已经被创造出来了；十四年家庭生活枯燥无味的历史，已经被转化成另外一种精巧细腻、流畅自如的样式介绍出来；我们永远也不会想到，简·奥斯丁曾经为此强迫她自己在这些篇页上一再挥笔修改，做了多么艰苦的准备工作。在这儿，我们终于理解，简·奥斯丁毕竟不是什么魔术师。和其他作家一样，她必须创造出某种气氛，在这种气氛之中，她自己特殊的天才方能结出硕果。在这儿，她正在摸索；在这儿，她要我们等待。突然间，她成功了；现在事物终于能够按照她所喜欢的方式呈现出来。爱德华兹一家正要去参加舞会。汤姆林森家的马车正在奔驰过去；她可以告诉我们，“他们给了查尔斯一副手套，并且叫他把手套戴着别脱下来”；汤姆·马斯格雷夫拿着一桶牡蛎躲到一个远远的角落里，他实在舒服极了。她的天才是自由而活泼的。我们的知觉立刻就变得敏锐了；我们被那种只有奥斯丁才能给予我们的特殊的深度迷住了。这特殊的深度是由什么构成的呢？它的构成因素是乡村小镇中的一次舞会；几对男女在会场里相遇并握手言欢；他们吃了一点东西又喝上几杯；至于在这过程中突然发生的变化，无非是一位青年被一位年轻的女士所冷落，而他又得到另一位年轻女士的青睐。没有什么悲剧，也没有英雄主义。然而，由于某种原因，这个小小的场景是活跃的，和它外表上的庄重是完全不相称的。奥斯丁使我们看到，如果爱玛在舞会上有如此的举动，她是多么体贴，多么温柔，被多么真挚的感情所鼓舞，那么在那些更为沉重的人生危机之中，奥斯丁本人也会显示出这种真挚的感情；当我们注视着爱玛，这一切不可避免地会浮现在我们的眼前。因此，简·奥斯丁是一位比外表上看来具有更深刻感情的大师。她刺激我们的想象力，让我们自己去补充她所没有写出来的东西。从外表上看来，她所提供的不过是一桩细节，然而，在这桩细节之中，包含着某种在读者的头脑中可以扩展的因素，她把外表琐细的人生场景的最为持久的形式赋予这种因素。她总是把重点放在人物身上。她使我们去猜测，当奥斯本爵士和汤姆·马斯格雷夫在两点五十五分来拜访，此时玛丽正好把盘子和刀盒拿进来，爱玛会作出怎样的举动？这是一个极端尴尬的场面。那两位青年男子，是习惯于文雅得多的礼仪的。爱玛很可能会表明她自己是缺乏教养的、庸俗的、不足取的人物。那段迂回曲折的对话，使我们悬虑不安、如坐针毡。我们的注意力一半放在目前，一半放在将来。最后，爱玛的举止如此得体，证明了我们完全可以对她寄予高度的希望，于是我们深受感动，好像我们目睹了一桩极其重要的事情。在这儿，在这段未经润饰的、重要的附属情节里，确实包含着简·奥斯丁伟大品质的所有要素。它具有文学的永恒品质。把表面上的生动活泼、栩栩如生弃而不顾，仍然有一种对于人类价值的精微细致的鉴别能力存在着，它为我们提供了一种更加深刻的乐趣。如果把这一点也弃而不顾，人们就能够带着极大的满足细细品味那种更为抽象的艺术；在那个舞会场景中，人物的情绪是如此变化多端，各个部分的比例是如此匀称协调，这使人们有可能去欣赏那更为抽象的艺术，就像人们去欣赏诗歌，仅仅是欣赏它本身的美，而不是把它当作一个把故事引向某个方向的环节来加以欣赏。

但是，人们的闲言碎语说简·奥斯丁呆板拘泥、沉默寡言——“是人人畏惧的一根拨火棍”。关于这一点，在小说中亦可见到它的迹象；奥斯丁可以非常冷酷无情；在所有的文学家中，她是一位始终不渝的讽刺家。《华生一家》文笔生硬的开头几章，证明了她不是一位多产的天才；她没有艾米莉·勃朗特那种天赋——只要把大门打开，让别人感觉到她的存在，就可以赢得人们的好感。她谦卑而愉快地收集树枝和稻草作为建筑巢穴的材料，并且把它们整整齐齐地排列在一起。那些树枝和稻草本身是有点儿枯燥而沾了点尘土的。它们构成了巨大的邸宅和小小的房舍，茶话会、宴会和偶尔举行的野餐；生活局限于有价值的社会关系和恰当的经济收入的范围之内，在这个范围里，有泥泞的道路，湿漉漉的脚板，而那些女士们则很容易疲劳厌倦；有一点儿原则和影响支撑着这个世界，此外还有生活在农村的中产阶级上层家庭通常都很欣赏的教育。罪恶、冒险和激情被摒弃于这个世界之外。然而，对于这一切平凡单调、微不足道的事物，她什么也没有回避，什么也没有忽视。她耐心而精确地告诉我们，书中的人物如何“一路上毫不停留地来到了纽伯里，在那儿，一顿把中饭和晚饭合在一起的美餐结束了他们一天的享乐和疲劳”。她并非仅仅在口头上尊重传统；除了接受传统观念之外，她还信仰它们。当她描绘像埃德蒙·伯特伦那样的牧师，或者特别是当她描绘一位水手之时，他的神圣的职务似乎妨碍了她，使她不能自由地运用她的主要工具——她的喜剧天才——因此就很容易陷入这样的局面：她发表了一通冠冕堂皇的颂词或者作出一些就事论事的描写。然而，这些不过是例外而已；在大部分情况下，她的态度令人想起那位无名女士的惊叹："她是一位才智不凡的人，一位人物性格的描绘者，然而她却默默无言，这真是可怕！"她不想改造什么也不想消灭什么；她默默无语；而那确实是可怕的。她一个接着一个地创造出她的傻瓜、道学先生和世俗之徒，创造出她的柯林斯先生们、沃尔特·埃利奥特爵士们和贝内特夫人们。她用鞭子一般的词语驱策着他们，使他们围成一个圆圈；这根词语的鞭子在他们身边飞舞，剪下了他们永恒的身影。于是他们就留在那儿；没有为他们找任何借口，也没有对他们表示怜悯。当她把朱莉娅和玛丽亚·伯特伦这两个人物处理完毕，她们什么痕迹也没留下；伯特伦夫人"坐在那儿喊着伯格，试图阻止它跑到花圃里去"，这就是她所留下的印象。奥斯丁作出了一种神圣的公正判决：格兰特博士起初喜欢嫩鹅肉，最后"在一个星期之内参加了三次丰盛的学院授职宴会，终于患了中风，一命呜呼了”。有时候，她的人物被塑造出来，似乎只是为了让简·奥斯丁去享受割下他们脑袋那种最高的乐趣。她十分满意；她心满意足；在一个为她提供了如此美妙的乐趣的世界里，她不愿更动任何人头上的一根头发，或者移动一块砖头，一叶青草。

我们也实在不愿意。因为，即使强烈的虚荣心引起的苦闷或者精神上的愤怒引起的激动怂恿我们去改进一个充满着怨恨、褊狭和愚蠢的世界，这个任务也超出了我们力所能及的范围。人们本来就是如此——那位十五岁的姑娘了解这一点；那位成熟了的妇女证明了这一点。就在此刻，某一位伯特伦夫人正在阻止伯格跑到花圃里去；她叫查普曼去帮助芬尼小姐，然而太晚了一点。奥斯丁的鉴别能力是如此完美，她的讽刺挖苦是如此恰当，虽然这种讽刺始终存在，我们却几乎没有注意到它。没有一处描述偏狭的笔触、没有一点涉及怨恨的暗示，会使我们从专心致志的阅读中惊醒。欢愉的心情和我们阅读的乐趣奇异地融合在一起。美的光辉照亮了那些愚蠢的人物。

事实上，那种难以捉摸的品质往往是由迥然相异的部分构成的，需要有一种特殊的天才来把这些不同的部分结合在一起。简·奥斯丁的聪明才智是和她的完美趣味交相辉映的。她笔下的傻瓜就是一个傻瓜，势利之徒就是势利之徒，因为这样的人物和她心目中头脑清醒、理智健全的典范是格格不入的，甚至在她使我们欢笑之时，也清清楚楚地向我们传达了这样的信息。再也没有任何小说家更加充分地利用了对于人类各种价值的完美无瑕的直觉。她揭示出偏离了仁慈、忠诚、真挚这些英国文学中最讨人喜欢的品质的离经叛道的因素，这是违背无瑕的心灵、忠实的趣味和近乎严峻的道德的。她完全是运用了这种手段来描绘瑕瑜互见的玛丽·克劳福德的。她尽可能轻快自如、兴致勃勃地让玛丽去喋喋不休地反对那位牧师，或者去赞同一位有一万英镑年俸的准男爵；但是，奥斯丁不时弹起她自己的调子，虽然声音并不响亮，却是完整的曲调，于是尽管玛丽·克劳福德的饶舌仍然使我们觉得有趣，但听上去却显得平淡无奇了。因此，她笔下的场景具有一种深度、美感和复杂性。从这种对比之中，产生了一种美感，甚至是一种庄严，它不仅和她的聪明才智同样卓越，而且是它的不可分离的组成部分。在《华生一家》中，她让我们预先领略了这种力量；她使我们感到惊奇：为什么一个普普通通的出于善意的举动，当她加以描绘之时，会变得如此富有意义？在她的杰作之中，这种天赋发展到了完美的程度。在这儿，没有什么东西是不恰当的。中午时分，在诺桑普顿，一位迟钝的青年男子和一位相当孱弱的年轻妇女在楼梯上交谈，他们为了要参加宴会正在到楼上去换装，女佣们打他们身边走过。然而，他们的谈话突然由平凡琐细变为富有意义，而对于他俩说来，这就成了他们一生之中最值得怀念的时刻。它本身充满着意义；它光芒四射、鲜艳夺目地浮现在我们眼前；它是深刻的，颤动的，它在那儿宁静地悬浮了一秒钟；接着那个女用人打他们身旁经过，于是这一滴汇集了人生所有幸福的水珠轻轻地坠落，重新成为日常生活涨落不已的潮流的一部分。

带着这种深入事物内部的洞察力，简·奥斯丁选择了日常生活、社交聚会、野餐和乡村舞会的平凡琐事作为她的写作题材，还有什么比这更加自然的呢？没有什么摄政王[①]和克拉克先生提出的“改变她的写作风格的建议”可以诱惑她；没有什么传奇、冒险、政治或阴谋可以与她在乡间住宅的楼梯上所见到的景象相比。摄政王和他的图书馆员的确碰上了可怕的障碍；他们正在试图动摇一颗不易腐蚀的良心，干扰一种正确无误的判断。那位在十五岁时就写出了如此优美句子的姑娘从未停止写作，她从来不是为摄政王或他的图书馆员写作，她是为整个世界写作。她明确地了解她的力量究竟是什么，了解这样的力量适合于把什么题材来作为一个最终标准很高的作家所应该处理的题材。有些印象存在于她的领域之外；有些情绪依靠她本身的才智是无法用任何夸张或技巧来加以包含容纳的。例如，她无法使一位姑娘热情洋溢地谈论军旗和教堂。她不能全心全意地浸沉于一个浪漫的瞬间之中。她有各种办法可以回避激情的场面。她以她自己的旁敲侧击的办法来接近自然美。她描写美丽的夜色之时，一次也没有提到过空

① 摄政王指英王乔治四世，生于1762年，于1820—1830年担任英国国王，在他登上王位之前，于1811—1820年曾任摄政王。

中的明月。尽管如此，当我们读到“万里无云的夜空的光辉和树木的浓荫所形成的对比”这几个匀称的短语之时，我们立即就感到夜色的确像她所说的那么“庄严、宁静、可爱”，很简单，那夜晚的确就是如此。

她的各种天赋异常完美地处于平衡状态。她所完成的小说没有一部是失败的，在她所写的章节中几乎没有什么低于她的平均水准的例子。然而，她毕竟只有四十二岁就死了。她在她的能力发展到顶峰之时逝世了。她仍然随时可以发生变化，那些变化常常会使一个作家创作事业的最后阶段成为最饶有兴味的阶段。她是生气蓬勃的，不可抑制的，她天赋的创造力具有伟大的生命力，毫无疑问，如果她活下去的话，她将会写出更多的作品，于是人们不禁要考虑，她是否会使用不同的方式来写作。她的疆界是明确的；明月、山峦和城堡在她的疆域之外。但是，她是否有时也受到诱惑，要暂时超越她的疆界？她是否开始以她自己轻快而卓越的方式去筹划一次小小的探索性的航程？

让我们以她最后一部完整的小说《劝导》为例，借此推测如果她活下去的话可能会写出来的作品。在《劝导》

中有一种特殊的美和特殊的单调。这种单调乏味往往是两个不同的时期之间的过渡阶段的标志。那位作家有点厌倦了。对于她的世界中的各种活动方式，她已经太熟悉了；她不再带着新鲜的感觉去记录它们。在她的喜剧中有一种刺耳的调子；这使人想起，她几乎已经不再觉得一位沃尔特爵士的虚荣或一位埃利奥特小姐的势利是有趣的了。那讽刺是生硬的，那喜剧是粗糙的。她不再带着如此新鲜的感觉意识到日常生活的有趣可笑。她的思想并不是完全集中于她所观察的对象上。然而，当我们感觉到简·奥斯丁过去曾经这样做，而且做得更好，我们同时也会感觉到她正在试图去做某种她从未尝试过的事情。在《劝导》中有一种新的因素，也许就是那种品质使得休厄尔博士[①]激动并且坚持说它是“她的作品中最美的一部”。她开始发现，这个世界比她过去所想象的更加广阔、更加神秘、更加浪漫。我们觉得，她对于安妮的评论也适用于她本人：“在少年时代，她不得不小心谨慎，当她年事渐长，她学

① 威廉·休厄尔（1794—1866），英国著名科学家、哲学家，著有《归纳科学的历史》等书。

会了一种浪漫的态度——这是一个不自然的开端的自然的后果。”她经常详细地描述自然的美丽动人和令人感伤之处，在她惯常描述春天的地方，她详细地描述了秋天。她谈到“乡村的秋季给人的影响是如此甜蜜而又悲伤”。她描绘了“枯黄的秋叶和凋谢的树篱”。她注意到“人们并不因为曾经在一个地方遭受过痛苦而减轻对于它的依恋”。但是，并不仅仅是由于一种对于自然的新的感受，才使我们觉察到奥斯丁的变化。她对于生活本身的态度也改变了。在这本书的大部分篇幅里，她通过一位书中妇女的眼光来观察人生，这位妇女本身是不幸的，她对于别人的幸福和不幸有一种特殊的同情，到了最后，奥斯丁不得不在沉默之中评价这种特殊的同情。因此，和通常的情况相比，她的观察较少注意到事实而更多地注意到感情。在那个音乐会场景中，以及在关于妇女爱情的坚贞这段著名的谈话里，有一种已经表达出来的情绪，它不仅证明了一种传记上的事实，说明简·奥斯丁曾经恋爱过，而且证明了一种美学上的事实，说明她已不再害怕去表达这种情绪。人生的经历，如果它是一种严肃的经历，必须把它深深地沉没在记忆之中，让时间的流逝来使它净化，然后她才能允许自己把它在小说中表现出来。然而，到了一八一七年，她已准备就绪了。从外表上看，处于她的情况之下，还有一种变化也是迫在眉睫的。她的声誉的增长曾经是非常缓慢的。奥斯丁·利先生写道："我怀疑，是否有可能再举出另一位著名的作家，他的个人事迹也是如此完全地隐藏于一片朦胧之中。"只要奥斯丁再活上几年，这一切都会发生变化。她会在伦敦生活，参加晚宴和午宴，与知名人士会见，结识新的朋友，阅读书籍，到处旅行，把积累起来的许许多多对于人生的观察带回那平静的村舍，在闲暇之中尽情地加以享受。

这一切对于简·奥斯丁尚未写出的另外六部小说将会发生什么影响？她决不会去描写罪恶、激情或冒险。她决不会由于出版商的纠缠不休或朋友们的恭维奉承而不假思索地变得马虎潦草、言不由衷。但是，她一定会了解更多的东西。她的安全感一定会动摇。她的喜剧必然会受到损害。她必定会减少她对于人物对话的信赖（这在《劝导》中已见端倪），而更多地依靠沉思反省来给我们一种对于她的人物的认识。在几分钟的闲聊里，那些了不起的小小的对话为我们总结了我们要永远了解一位克罗夫特海军上将或一位马斯格罗夫太太所必需的一切情况，那种速记式的、可能击中要害也可能偏离目标的表达方式曾经包含容纳了许多人物分析和心理描写的章节，而现在要用这种方式来表达她目前所理解的人类本质的复杂性，那就显得太过粗糙而无济于事了。她必定会发明创造一种新的方式，它像原来的方式一样清晰明了、从容自若，但是更加深刻、更加含蓄，她要使用这种方式，不仅为了表达人们已经说出来的事情，而且为了表达他们尚未吐露的内心隐曲，不仅为了刻画人们的面貌，而且为了写出人生的真谛。她会站在离开她的人物更远一些的地方，更多地把他们当作群体而不是当作个体来观察。她的讽刺不再像过去那样滔滔不绝，而是变得更加严厉、更加苛刻。她会成为亨利·詹姆斯和普鲁斯特的先驱——但是我们已经说得够多的了。这些空洞的推测是徒劳无益的；那位女性之中最完美的艺术家，那位写出了不朽杰作的作家，“在她刚刚开始对她自己的成功感到自信的时候”，与世长辞了。

论现代小说*

对于现代小说作任何考察，即使是最随便、最粗略地浏览一番，我们也难免会想当然地认为：这门艺术的现代实践，是在过去的基础之上的某种改进。可以这样说，使用简单的工具和原始的材料，菲尔丁[①]成绩斐然，简·奥斯丁更胜一筹，但是，把他们的各种机会和我们的相比，不啻有天渊之别！他们的杰作，确实有一种奇特的简朴风格。把文学创作和某种过程——例如汽车制造过程——相比拟，乍看似乎还像，仔细端详就不恰当了。在以往几个世纪中，虽然在机器制造方面我们已经学会了不少东西，在文学创作方面我们是否有所长进，可还是个疑问。我们并未比前人写得更为高明。只能这样说：我们不断地偶尔在这方面、偶尔在那方面稍有进展；但是，如果站在足够的高度来观察一下整个进展过程的轨迹，它就带有一种循环往复的趋势。无庸赘述，我们没有权利认为自己（即使是暂时性地）处于那种优越的地位。站在平地上，挤在熙熙攘攘的人群之中，尘雾弥天、双目难睁，我们怀着艳羡的心情，回顾那些比我们更幸福的战士，他们的仗已经打赢，他们的战果如此辉煌，使我们不禁窃窃私议：他们的战斗或许不如我们的激烈吧。这可要由文学史家来裁决，由他来说我们究竟是处于一个伟大的散文小说时代的开端，中间，还是末尾；因为，我们置身于山下平原，视野必然不广。我们只知道：某种赞赏或敌对的态度，会激励我们；某些道路通向肥沃的原野，其他道路则通向不毛的荒原和沙漠；而对此稍加探讨，似乎还值得一试。

我们并非与古典作家们争论。如果说我们是和威尔斯先生、贝内特先生、高尔斯华绥先生[②]争论，其部分原因，是由于他们人还在世，因此他们的作品就有一种仍旧

---

* 此文发表于 1919 年，后来收入伍尔夫的论文集《普通读者》。

① 亨利 · 菲尔丁（1707—1745），英国现实主义小说之父，其作品有《大伟人江奈生 · 魏尔德》、《汤姆 · 琼斯》等。

② 赫 · 乔 · 威尔斯（1866—1946），阿诺德 · 贝内特（1867—1931），高尔斯华绥（1867—1933），英国小说家。

鲜活、呼吸犹存、经常呈现的缺陷，使我们敢于放肆地任意对待它们。确实如此，我们对于这三位作家的许多贡献表示感谢；而另一方面，我们对于哈代先生和康拉德先生，却是无比感激，对于《紫色的土地》、《绿色的大厦》和《遥远的地方与往昔的岁月》的作者赫德森先生[1]，我们也是如此，不过程度要浅得多。威尔斯先生、贝内特先生和高尔斯华绥先生曾经激起过不少希望，又不断地令人失望。因此，我们主要是感谢他们向我们揭示了他们原来可能做到而没有做到的事情，并且感谢他们指明了我们肯定不能做、然而也许同样肯定不想做的事情。一言半语，概括不了我们对他们作品的指责和不满；这些作品卷帙浩繁、品质不一、精粗杂陈，既令人钦佩，又叫人失望。如果我们想用一个词儿来说明我们的意思，我们就会说，这三位作家是物质主义者。他们之所以令我们失望，因为他们关心的是躯体而不是心灵，并且给我们留下了这样的感觉：英国小说最好还是（尽可能有礼地）背离

① 威廉·亨利·赫德森（1841—1922），英国小说家。

他们，大步走开，即使走到沙漠里去也不妨，而且离开得越快，就越有利于拯救英国小说的灵魂。单用一个词儿，自然不可能一语中的、一箭三雕。就威尔斯先生而论，物质主义这个词儿显然偏离目标甚远。然而即使如此，这个评语也令人想起掺混在他的天才中的致命杂质，想起和他的纯净的灵感混合在一起的那一大块泥巴。在那三人中，也许正因为贝内特先生是技艺超群的能工巧匠，他也就成了最糟糕的罪魁祸首。他写起书来鬼斧神工、结构紧凑，即使是最吹毛求疵的批评家们，也感到无懈可击、无隙可乘。甚至在窗扉之间都密不透风，在板壁上面也缝隙全无。然而——如果生命却拒绝在这样的屋子里逗留，那可又怎么办？写出了《老妇谭》[①]，创造了乔治·肯南和埃德温·克莱汉厄[②]以及其他许多人物的那位作家，可以声称他已经克服了这种危险。他的人物过着丰衣足食的，甚至令人难以想象的生活。但是，还得要问一问：他们究竟是怎样生活的？他们又为什么要生活？我们好像觉得，他

① 《老妇谭》是贝内特的著名小说。
② 肯南和克莱汉厄都是贝内特小说中的人物。

们甚至会抛弃了在五镇[①]精心建造的别墅，把越来越多的时间花在火车的头等软席车厢里，手按各种电铃和按钮，风尘仆仆地漫游四方；而他们豪华旅行的目的地，也变得越来越明确，那就是在布赖顿[②]最好的旅馆里大享其清福。可不能这样来评论威尔斯先生，说他之所以被称为物质主义者，是因为他太喜欢把他的故事编写得扎实紧凑。他太富于同情心了，不允许自己花太多时间把各种东西搞得整整齐齐、扎扎实实。他是一位纯粹出于菩萨心肠的物质主义者，把应该由政府官员来做的工作承担了起来，过多的理想和事实占据了他的心房，使他无暇顾及或者往往忽视他的人物是多么生硬粗糙。如果说威尔斯的尘世和天堂，不论现在和今后，都只是他的琼和彼得[③]的居住之处，难道还有比这句话更加厉害的批评吗？无论他们的创造者慷慨地赋予他们什么制度和理想，他们低劣的本性，

① 五镇是贝内特小说中的地名，指英格兰中部五个制造陶瓷的市镇。
② 布赖顿是英国南部著名海滨浴场所在地。
③ 琼和彼得是威尔斯写的同名小说中的人物。

不是总会使之黯然失色吗？虽然我们深深地敬仰高尔斯华绥先生的正直和仁慈，在他的作品中，我们也还是找不到我们所寻求的东西。

如果我们把一张物质主义的标签贴到所有这些书本上去，我们的意思是说，他们写了些无关紧要的事情；他们浪费了无比的技巧和无穷的精力，去使琐屑的、暂时的东西变成貌似真实的、持久的东西。

我们必须承认，我们是有点儿吹毛求疵。更有甚者，我们还发现，要说明我们所苛求的究竟是些什么东西，以便使我们的不满情绪显得公平合理，是相当困难的。在不同的时候，我们的疑问以不同的形式出现。但是，当我们随手丢下一部刚看完的小说，这个疑问又极其固执地重新涌上心头，我们长叹一声——这究竟是否值得？其目的意义究竟何在？会不会是这样的情况：由于人类的心灵好像常常会有的那种小小的失误，当贝内特先生拿着他无比精良的器械走过来捕捉生活之时，他的方向也就偏离了一二英寸？结果，生活溜走了；而也许没有了生活，其他都不值一谈。不得不借助于这样一个比喻，无异于坦率地承认，我的见解有点含糊暧昧；但是，如果我们不提生活而像批评家们习以为常地那样来谈论现实，我们也不见得使情况更好一些。既然承认所有的小说评论都有点含糊暧昧，我们不妨冒昧地提出这种观点：对我们来说，当前最时髦的小说[1]形式，往往使我们错过、而不是得到我们所寻求的东西。不论我们把这个最基本的东西称为生活还是心灵，真实还是现实，它已飘然而去，或者远走高飞，不肯再被我们所提供的如此不合身的外衣所束缚。尽管如此，我们仍旧坚持不懈地、自觉地按照一张设计图纸，来依样画葫芦地构造我们三十二章的长篇巨著，而这张图纸却和我们心目中所想象的东西越来越不相像。为了证明作品故事情节确实逼真所花的大量劳动，不仅是浪费了精力，而且是把精力用错了地方，以至于遮蔽了思想的光芒。作者似乎不是出于他的自由意志，而是在某种奴役他的、强大而专横的暴君[2]的强制之下，给我们提供情节，

① 伍尔夫所谓时髦小说，是指威尔斯、贝内特、高尔斯华绥等写的小说，而不是指现代派作品。

② 指传统的清规戒律的束缚。

提供喜剧、悲剧、爱情和乐趣，并且用一种可能性的气氛给所有这一切都抹上香油，使它如此无懈可击，如果他笔下的人物都活了转来，他们会发现自己的穿着打扮直到每一粒纽扣，都合乎当时流行的款式。专横的暴君的旨意得到了贯彻，小说被炮制得恰到好处。然而，由于每一页都充斥着这种依法炮制的东西，有时候——随着岁月的流逝，这种情况越来越经常地发生——我们忽然感到片刻的怀疑，一阵反抗情绪油然而生。生活难道是这样的吗？小说非得如此不可吗？

往深处看，生活好像远非“如此”。把一个普普通通的人物在普普通通的一天中的内心活动考察一下吧。心灵接纳了成千上万个印象——琐屑的、奇异的、倏忽即逝的或者用锋利的钢刀深深地铭刻在心头的印象。它们来自四面八方，就像不计其数的原子在不停地簇射；当这些原子坠落下来，构成了星期一或星期二的生活，其侧重点就和以往有所不同；重要的瞬间不在于此而在于彼。因此，如果作家是个自由人而不是奴隶，如果他能随心所欲而不是墨守成规，如果他能够以个人的感受而不是以因袭的传统作为他工作的依据，那么，就不会有约定俗成的那种情节、喜剧、悲剧、爱情的欢乐或灾难，而且也许不会有一粒纽扣是用庞德街[①]的裁缝所惯用的那种方式钉上去的。生活并不是一对对排列整齐的车灯[②]；生活是一圈明亮的光环，生活是与我们的意识相始终的、包围着我们的一个半透明的封套。把这种变化多端、不可名状、难以界说的内在精神——不论它可能显得多么反常和复杂——用文字表达出来，并且尽可能少羼入一些外部的杂质，这难道不是小说家的任务吗？我们并非仅仅在吁求勇气和真诚；我们是在提醒大家：真正恰当的小说题材，和习惯赋予我们的那种信念，是有所不同的。

无论如何，我们是企图用诸如此类的方式，来说明几位青年作家的品质，这种品质使他们的作品和他们前辈的著作迥然相异，而詹姆斯·乔伊斯先生[③]，是这批青年作家中的佼佼者。他们力求更加接近生活，更真诚地、更确

---

① 庞德街是伦敦时装店集中的街道。
② 原文为 gig lamps，车灯。
③ 詹姆斯·乔伊斯（1882—1941），爱尔兰著名小说家。

切地把引起他们兴趣的、感动他们的东西保存下来。为了做到这一点，他们甚至不惜抛弃一般小说家所遵循的大部分常规。让我们按照那些原子纷纷坠落到人们心灵上的顺序把它们记录下来；让我们来追踪这种模式，不论从表面上看来它是多么不连贯、多么不一致；按照这种模式，每一个情景或细节都会在思想意识中留下痕迹。让我们不要想当然地认为，在公认为重大的事情中比通常以为渺小的事情中含有更为丰富充实的生活。无论什么人，只要他阅读过《青年艺术家画像》①，或者阅读过《小评论》杂志上现在刊登的、更为有趣得多的那部作品《尤利西斯》②，他就会甘冒风险提出一些诸如此类的理论，来说明乔伊斯先生的意图。从我们这方面来说，眼前只有一个不完整的片断就妄加议论，是要担点风险，而不是确有把握的。然而，不论全书的整个意图是什么，它毫无疑问是极端真诚的；而按此意图创造出来的成果，虽然我们可能

① 《青年艺术家画像》是乔伊斯的著名小说。

② 《尤利西斯》是乔伊斯的著名小说，伍尔夫撰写此文时，这部小说正在杂志上连载，尚未完成，故云：“片断”。

认为它晦涩难解或令人不快，却无可否认是重要的。和我们称之为物质主义者的那些人相反，乔伊斯先生是精神主义者。他不惜任何代价来揭示内心火焰的闪光，那种内心的火焰所传递的信息在头脑中一闪而过，为了把它记载保存下来，乔伊斯先生鼓足勇气，把似乎是外来的偶然因素统统扬弃，不论它是可能性、连贯性，还是诸如此类的路标，许多世代以来，当读者需要想象他摸不到、看不见的东西时，这种路标就成了支撑其想象力的支柱。例如，在公墓中的那个场面，它那辉煌的光彩，它那粗俗的气氛，它的不连贯性，它像电光一般突然闪现出来的重大意义，毫无疑问确实接近于内心活动的本质。无论如何，只要你初次阅读它，就难以不把它誉为杰作。如果我们所要求的是生活的本来面目，那么我们在这儿的确找到了它。如果我们想要说此外我们还盼望什么别的东西，如果我们想要说出为什么如此有创造性的作品还是难以和《青春》①或《卡斯特桥市长》②相比拟，老实说，我们

① 《青春》是约瑟夫·康拉德的短篇小说。

② 《卡斯特桥市长》是英国小说家哈代（1840—1928）的长篇小说。

发现自己还得搜索枯肠。我们用上面那两部作品来进行比较，因为我们必须举出最高级的范例。乔伊斯的作品不能和上述名篇相媲美，是因为作者的思想相对而言比较贫乏，我们当然可以简单地就这么说，并且就此敷衍过去。但是，还是有可能把这个问题稍为进一步探索一下。我们是否可以用这种感觉来进行类比：我们觉得自己待在一间狭窄而明亮的房间里，感到局促闭塞而不是开阔自由，因为我们不仅受到作家思想上的而且也受到他写作方式上的限制。不正是这种写作方式，把创造力抑制住了吗？不正是由于这种写作方式，我们既不欢乐，又不舒畅，被集中限制于一个自我，尽管这个自我的感觉细致入微，它从来不包涵或创造超出它本身之外的任何东西？也许带点教诲意味，由于侧重描述卑微猥琐之处，不是产生了一种干瘪枯燥、孤独褊狭的效果吗？或者仅仅是由于人们，特别是现代的人们，对于这种独创性的任何努力，感觉到它的缺点要比说出它的长处容易得多吗？无论如何，置身于事外来考察各种“方式”，乃是一种错误。如果我们是作家的话，能够表达我们想要表达的内容的任何方式，都是对的；如果我们是读者的话，能够使我们更接近于小说家的意图的任何方式，也都不错。这种方式的长处，是使我们更接近于我们打算称之为“生活的本来面目”的那种东西。阅读一下《尤利西斯》，不是会使人想起，有多少生活被排斥了、被忽视了吗？翻开《项狄传》或者《潘登尼斯》①，不是令人大吃一惊，因而相信生活不仅还有别的方面，而且是更重要的方面吗？

无论它可能是什么情况，当前小说家所面临的问题，我们假定它还是和过去一样，是要想方设法来自由地描述他所选择的题材。他必须有勇气公开声明：他所感兴趣的不再是“这一点”而是“那一点”；而他必须单单从“那一点”选材，来构成他的作品。对于现代人来说，“那一点”，即兴趣的集中点，很可能就在心理学暧昧不明的领域之中②。因此，侧重点马上和以往稍有不同，而强调了迄今为止被人忽视的一些东西。一种不同形式的轮廓，

---

① 前者是英国小说家劳伦斯·斯特恩（1713—1768）的主要作品；后者是萨克雷（1811—1863）的著名小说。

② 指潜意识的发掘和心理隐曲的披露。

立刻就变得很有必要了；对此我们感到难以掌握，我们的前辈感到难以理解。除了现代人之外，或者说除了俄国人之外，就没有人会对契诃夫自己命名为《古雪夫》的那个短篇小说中所安排的情景感到兴趣。一些俄国士兵在一艘运送他们回国的轮船上病倒了。作者给我们描写了他们零星的谈话和思想的片断。然后，其中有个士兵死了，他的尸体被搬走了。那谈话又进行了一段时候，直到古雪夫本人也死了，看上去“活像一条胡萝卜或白萝卜”，被扔进海中。作者把重点放在出乎意料的地方，以至于起初好像简直看不到什么重点。后来，当眼睛逐渐适应昏暗朦胧的光线并且能够分辨室内物体的形态之时，我们就能看出这个短篇是多么完美、多么深刻，而契诃夫按照他自己心目中想象的情景，多么忠实地选择了“这一点”、“那一点”以及其他细节，把它们综合在一起，构成了某种崭新的东西。但我们可不能说“这一点是喜剧”或“那一点是悲剧”；我们也拿不准这是否能称为短篇小说，因为，根据我们学过的概念，短篇小说必须简明扼要、有个结论，而这篇作品却有点儿扑朔迷离，未下结论。

对于现代英国小说最肤浅的评论，也几乎不可避免地要涉及俄罗斯的影响。而如果提起了俄国人，很可能会令人感觉到，除了他们那种小说之外，要撰文评论任何其他小说，都是白费时间。如果我们想了解灵魂和内心，那末除了俄国小说之外，我们还能在什么别的地方找到能与它相比的深刻性呢？如果我们对我们自己的物质主义感到厌倦的话，那末他们的最不足道的小说家，也天生就有一种对于人类心灵的自然的崇拜。“要学会使你自己和人们血肉相连、情同手足……但是，不要用头脑来同情——因为这还容易做到——而是要出自内心，要热爱他们。”[①]同情别人的苦难，热爱他们，努力去达到那值得心灵竭力追求的目标，如果这一切都是神圣的话，那末在每一位俄国作家身上，我们好像都看到这种圣徒的特征。正是他们身上那种超凡入圣的品质，使我们对自己缺乏宗教热忱的浅薄猥琐感到不安，并且使我们的不少小说名著相比之下显得华而不实、玩弄技巧。如此胸怀宽大、富于同情心的俄

① 列夫·托尔斯泰语。

国人的思想结论，恐怕不可避免是极端悲伤的吧。其实，我们可以更精确地说：俄国人的思想并无明确的结论。他们给人以一种没有答案的感觉；如果诚实地观察一下人生，那么生活提出了一个又一个问题，这些问题是不可能得到解答的，而只是一个接一个地在耳边反复回响着，直到故事结束了，那没有希望得到解答的疑问，使我们充满了深深的、最后甚至可能是愤怒的绝望。也许他们是正确的。毫无疑问，他们看得比我们远，而且没有我们那种遮蔽视线的巨大障碍物。但是，也许我们也看到了一些他们所没有看到的东西，不然的话，为什么他们这种抗议之声和我们的忧郁情绪融合在一起呢？这种抗议之声，是另一种古老文明的声音。这种古老文明传播过来，好像已经在我们身上培养起一种去享受、去战斗而不是去受苦、去理解的本能。从斯特恩到梅瑞狄斯的英国小说，证明了我们的民族天性喜爱幽默和喜剧，喜爱人间的美，喜爱智力的活动，喜爱肉体的健美。把这两种南辕北辙极端相反的小说进行一番比较，想要推论演绎出什么结果来，那是徒劳无功的，除了它们确实使我们充分领会了一种艺术具有无限可能性的观点，并且提醒我们，世界是广袤无垠的，而除了虚伪和做作之外，没有任何东西——没有一种“方式”，没有一种实验，甚至是最想入非非的实验——是禁忌的。这就是这番比较演绎出来的结论，此外再也没有别的了。所谓“恰当的小说题材”，是不存在的。一切都是恰当的小说题材；我们可以取材于每一种感情、每一种思想、每一种头脑和心灵的特征；没有任何一种知觉和观念是不适用的。如果我们能够想象一下，小说艺术像活人一样有了生命，并且站在我们中间，她肯定会叫我们不仅崇拜她、热爱她，而且威胁她、摧毁她。因为只有如此，她才能恢复其青春，确保其权威。

《简·爱》与《呼啸山庄》*

夏洛蒂·勃朗特[①]诞生至今已有一百年之久，现在她已成为那么多传奇、爱戴和文学的中心，然而，在这一百年中，她只不过活了三十九年。要是她能活到普通人的寿命，那么关于她的那些传奇将会大不相同，此事想来真是不可思议。她或许会像她同时代的某些名人那样，成为人们在伦敦或别处经常遇见的人物，成为无数画面和轶事的主题，成为许多小说（也可能是回忆录）的作者，当她离去之时，我们沉浸在对于她中年时期显赫声誉的回忆之中。她或许会生活富裕，一帆风顺。然而，事实并非如此。当我们想起她时，我们不能不想起在我们现代世界中时运不济的某一个人；我们不得不回顾前一世纪五十年代，想起荒野的约克郡沼泽地带一所遥远的教区牧师住宅。在那教区牧师的住宅里，在那荒野的沼泽地带，她不幸而又孤独，永远处于贫困和精神奋发的状态之中。

这些情况既然影响了她的性格，很可能在她的作品中也留下了它们的痕迹。我们设想，一位小说家必定会使用许多很不经久耐用的材料，来建立他的小说结构，这些材料起初给它以现实感，最后却使它被没用的废料所拖累。当我们又一次翻开《简·爱》，我们无法压抑那种怀疑：我们将会发现，她想象中的世界和那荒野的教区牧师住宅一样，是古老的、维多利亚中期的、不合时尚的，那种地方只有好奇者才会涉足，只有虔诚者才会保存。我们怀着这样的心情翻开了《简·爱》，仅仅读了两页，所有的疑虑就从我们的头脑里一扫而光。

> 猩红色帘幕的褶皱阻挡了我右边的视野；左边是明亮的玻璃窗，它虽然保护着我，却不能把我和十一月的那个阴暗的日子隔离开来。当我一页页地翻阅我

---

* 此文写于1916年，收入伍尔夫的论文集《普通读者》。

① 夏洛蒂·勃朗特（1816—1855），十九世纪英国著名的文坛三姐妹中的大姐。主要作品有《简·爱》、《谢利》等。

的书本，我不时停下来思索那个冬日下午的情景。在远方是一片白茫茫的云雾；在近处是湿漉漉的草地和风吹雨淋的灌木，下不完的雨水在一阵长长的狂风哀号声前面疯狂地掠过。

再没有什么比那荒野的沼泽本身更不经久，再没有什么比那阵“长长的狂风哀号声”更赶时髦。也再没有什么比这种兴奋状态更加短命。它促使我们匆匆忙忙浮光掠影地读完整部作品，不给我们时间去思考琢磨，也不让我们的目光离开书页。我们是如此专心致志，如果有人在房间里走动，他的行动似乎不是发生在房间里面，而是在遥远的约克郡。作者攥住我们的手，强迫我们沿着她的道路前进，迫使我们去看她所看到的东西，她可从来也没有离开过我们，或者让我们把她给忘了。最后我们终于沉浸在夏洛蒂·勃朗特的天才、激情和义愤之中。不同寻常的脸庞、轮廓扎实的人物、性情乖僻的容貌在我们面前一闪而过；然而，那是通过她的眼睛，我们才看到了他们。她一旦离去，我们就休想再找到他们。想起了罗切斯特，我们就不得不想起简·爱。想起了荒野沼泽，简·爱又浮现在我们眼前。想起那个会客室[①]，甚至那些“似乎印上了色彩鲜艳的花环的白色地毯”，那个“灰白色的巴黎式样的壁炉台”，它上面镶嵌着的波希米亚玻璃花饰发出“红宝石颜色”的光彩，还有那房间里“雪与火交相辉映的混合色彩”——要是没有简·爱的话，这一切又算得了什么？

作为一个人物而言，简·爱的缺陷并不难找。她总是当家庭女教师，又总是要坠入情网，在一个毕竟大多数人既非教师又非情人的世界里，这可是一种严重的局限性。和简·爱这个人物的这些局限性相比较，一部简·奥斯丁

① 夏洛蒂和艾米莉·勃朗特具有非常相似的色彩感觉。“……我们看到——啊！它是多么美丽！——一个铺着猩红色地毯的光彩夺目的地方，桌布和椅套也是猩红色的，洁白的天花板镶着金边，在天花板的中央，用银链吊着一大束玻璃坠子，被那些光线柔和的小蜡烛照得闪烁不已。”（《呼啸山庄》）“然而，这不过是一间非常漂亮的会客室，在它的里面有一间闺房，两个房间都铺着白色的地毯，在地毯上似乎印着色彩鲜艳的花环；两个房间的天花板都是雪白的，在那上面压铸着白色的葡萄和蔓叶的图案，在天花板的下面，猩红色的睡椅和卧榻与它形成色彩丰富的对比，而镶嵌在灰白色的巴黎式样的壁炉台上的那些花饰，是用红宝石颜色的波希米亚闪光玻璃做的；在两扇窗户之间，几面大镜子反映出那雪与火交相辉映的混合色彩。”（《简·爱》）——作者原注

或托尔斯泰作品中的人物，就会呈现出许许多多不同的方面。他们活着，而且通过他们对于真实地把他们反映出来的许多不同人物的影响，使他们本身又复杂化了。不论他们的创造者是否守护着他们，他们到处走动，而他们所生活的世界，对我们说来，既然他们已经创造了它，这就似乎是一个我们自己可以去拜访的独立的世界。托马斯·哈代在其个性的能力和视野的狭窄方面，和夏洛蒂·勃朗特更为相近。然而，他们在其他方面的差异是巨大的。当我们阅读《无名的裘德》之时，我们并不匆匆忙忙把它看完，我们沉思默想，我们离开了正文，随着枝蔓的思想线索飘流开去，在人物的周围建立起一种诘问和建议的气氛，对于这一点，他们自己往往是意识不到的。既然他们是简单淳朴的农民，我们就不得不让他们去面对着命运和那具有最大内涵的疑问，结果在一部哈代的小说中，最最重要的人物，似乎往往就是那些没名没姓的人。这种独特的能力，这种思索推理的好奇心，夏洛蒂·勃朗特是丝毫也不沾边的。她并不企图解决人生的问题；她甚至还意识不到这种问题的存在；她所有的一切力量，由于受到压抑而变得更加强烈，全部倾注到这个断然的声明之中：“我爱”，“我恨”，“我痛苦”。

那些自我中心、自我限制的作家们，自有一种力量去摒弃那种更加广泛、宽容的观念。他们的印象，在狭隘的墙壁之间被紧紧地束缚住了，并且被打上了深深的印记。从他们头脑中产生的东西，无不打上他们的印记。他们向其他作家所学甚微，而被他们所采纳的成分，他们又不能消化吸收。看来哈代和夏洛蒂·勃朗特似乎都在一种拘谨而有教养的报刊文字的基础之上建立了他们的风格。他们的散文的主要成分是笨拙而难以驾驭的。然而，通过艰苦的劳动和最顽强的整体性，他们把每一种思想加以推敲斟酌，直到它征服了文字，使之与它本身化为一体，他们为自己铸造出一种完全合乎他们思想模式的散文，而且它有一种独特的美感、力量和敏捷。夏洛蒂·勃朗特至少没有从广泛的阅读中得到什么好处。她从来也没有学会职业作家的行文流畅，或者获得任意堆砌和支配文字的能力。她写道：“我永远也不能从容自如地与强有力的、考虑周全的、温文尔雅的头脑交往，不论对手是男是女。”这似乎很可能出自在外省杂志上投稿的头面作家的手笔；但她集中了火力，增加了速度，接下去用她自己权威性的声音说道："直到我已越过了传统的保留态度的外围工事，跨过了自信心的门槛，在他们内心的炉火旁边赢得一席之地。"就在那儿，她坐了下来；正是那内心之火的红色的、闪烁的光芒，照亮了她的书页。换言之，我们阅读夏洛蒂·勃朗特的作品，并非由于她对人物细致入微的观察——她的人物是生气勃勃、简单粗糙的；并非由于她书中的喜剧色彩——她的书是严厉、粗犷的；亦非由于她对人生的哲学见解——她的见解不过是一位乡村牧师女儿的见解；我们阅读她的作品，是为了它的诗意。或许所有那些具有与她同样不可抗拒的个性的作家都是如此，结果他们就像我们在真实的日常生活中所说的那样，他们只要把门打开，使别人感觉到他们的存在，他们就赢得了人们的好感。在他们的心中，有某种桀骜不驯的、凶猛可怕的力量，永远在和那已被人们所接受的事物的秩序作斗争；这使他们渴望马上有所创造，而不是耐心地袖手旁观。正是这种渴望创作的热情，抗拒了一部分黑暗的阴影和其他次要的障碍，避开了普通人的日常行为而迂回曲折地前进，并且使它自己与他们更加难以表达的种种激情结成了同盟。这使他们成为诗人，或者，要是他们情愿用散文来写作的话，使他们不能容忍它的限制约束。正是为了这个原因，艾米莉[①]和夏洛蒂姊妹俩总是求助于大自然。她们俩都感觉到，需要有某种更强有力的象征，它比语言或行动更能表达人类天性中巨大的、潜伏的种种激情。夏洛蒂最优秀的小说《维列蒂》，正是以对于一场暴风雨的描写来结尾的。“夜幕低垂，天空昏暗——一艘破船从西方驶来，云彩变幻成种种奇异的形态。”她就是这样借助于大自然，描述了一种非此不足以表达的心境。然而，对于大自然，她们姊妹俩都不如桃乐赛·华兹华斯[②]观察得那么精确，也不如丁尼生[③]描绘得那么细腻。她们抓住了大地上和她们自己的感情或她们赋予书中人物的感情最为接近

---

① 艾米莉·勃朗特（1818—1848），英国作家。夏洛蒂·勃朗特之妹，主要写诗，但以小说《呼啸山庄》成名。

② 桃乐赛·华兹华斯（1771—1855），英国作家。著名的桂冠诗人威廉·华兹华斯之妹。

③ 丁尼生（1809-1892），英国著名诗人。

的那些方面，因此，她们笔下的风雨、沼泽和夏季可爱的天空，并非用来点缀一页枯燥文字或表现作者观察能力的装饰品——它们使那种情绪继续发展，显示了作品的意义。

一部作品的意义，往往不在于发生了什么事情或说了什么话，而是在于本身各不相同的事物与作者之间的某种联系，因此，这意义就必然难以掌握。对于像勃朗特姊妹那样的作家，则情况尤其是如此。这是带有诗人气质的作家，她要表达的意义和她所使用的文字不可分离，而那意义本身，与其说是一种独特的观察，还不如说是一种情绪。《呼啸山庄》是一部比《简·爱》更难理解的作品，因为艾米莉是一位比夏洛蒂更伟大的诗人。当夏洛蒂写作之时，她以雄辩、华丽而热情的语言来倾诉："我爱"，"我恨"，"我痛苦"。她的经验虽然更为强烈，却和我们本身的经验处于同一个水平上。然而，在《呼啸山庄》中，却没有这个"我"。没有家庭女教师。也没有雇用教师的主人。有爱，然而却不是男女之爱。艾米莉是被某种更为广泛的思想观念所激动。那促使她去创作的动力，并非她自己所受到的痛苦或伤害。她朝外面望去，看到一个四分五裂、混乱不堪的世界，于是她觉得她的内心有一股力量，要在一部作品中把那分裂的世界重新合为一体。在整部作品中，从头至尾都可以感觉到那巨大的抱负——这是一场战斗，虽然受到一点挫折，但依然信心百倍，她要通过她的人物来倾诉的不仅仅是"我爱"或"我恨"，而是"我们，整个人类"和"你们，永恒的力量……"这句话并未说完。她言犹未尽，这也不足为奇；令人惊奇的却是她完全能够使我们感觉到她心中想说而未说的话。它在卡瑟琳·欧肖那句半吞半吐的话中涌现出来："如果其他一切都毁了而他留了下来，我将继续生活下去；如果其他一切都留下而却把他给毁了，整个宇宙将会变成一个极其陌生的地方；我就似乎不再是它的一部分了。"她在死者面前所说的话中，这种思想观念又一次迸发出来："我看到一种无论人间还是地狱都不能破坏的安息，我感觉到对那永无止境的、毫无阴影的来世生活的一种保证——他们已进入了永恒的来世——在那儿，生命无限地绵延；爱情无限地和谐；欢乐无限地充溢。"正是对于这种潜伏于人类本性的幻象之下而又把这些幻象升华到崇高境界的某种力量的暗示，使这部作品在其他小说中间显得出类拔萃、形象高大。然而，对于艾米莉·勃朗特来说，仅仅写几首抒情诗，发出一阵呼声，表达一种信念，是远远不够的。在她的诗歌中，她已彻底做到了这一切，而她的诗歌或许会比她的小说留传得更久。但她是诗人兼小说家。她必须使她自己承担一种更为艰巨而徒劳无功的任务。她必须面对其他各种生存方式的事实，和关于客观事物的机械论作斗争，以可以识别的形态来建立农庄和房舍，并且报道在她本身之外独立生存的男男女女的言论。于是我们达到了这些情绪的顶峰，并非借助于夸张或狂放的言词，而是通过听到一位坐在树枝上摇晃的小姑娘独自吟唱古老的歌谣，看到荒野的羊群在啮草，听见柔和的风轻轻地吹过草地。那个农庄中的生活，以及它的一切荒唐无稽的传说，就赫然呈现在我们眼前了。她给了我们充分的机会，使我们可以把《呼啸山庄》与一个真实的山庄、把希克厉与一个真实的人物互相比较。她允许我们提出疑问：在这些与我们自己通常所见的人们迥然相异的男男女女之中，如何会有真实性、洞察力或那些更为优美的情操？然而，甚至就在我们提出问题之时，我们在希克厉身上，看到了一位天才的姐妹所可能看到的那个兄弟；我们说，不可能会有他那样的人物，然而，尽管如此，在文学作品中，却没有一位少年的形象比他更为生动逼真。卡瑟琳母女俩也是如此。我们说，没有任何女人会有她们那种感受，或者会以她们那种方式来行动。尽管如此，她们还是英国小说中最可爱的妇女形象。艾米莉似乎能够把我们赖以识别人们的一切外部标志都撕得粉碎，然后再把一股如此强烈的生命气息灌注到这些不可辨认的透明的幻影中去，使它们超越了现实。那么，她的力量是一切力量中最为罕见的一种。她可以使人生摆脱它所依赖的事实；寥寥数笔，她即可点明一张脸庞的内在精神，因此它并不需要借助于躯体；只要她说起荒野沼泽，我们便听到狂风呼啸、雷声隆隆。

论乔治·爱略特*

认真地阅读乔治·爱略特的作品，就会意识到我们对于她了解得多么少，也就会逐渐意识到那种轻信的态度（一个有洞察力的人对这种态度不会十分赞赏），人们怀着这种态度，一半自觉、一半蓄意地接受了一位受了迷惑的妇女对于维多利亚后期的描述，这位妇女对于那些比她本人更困惑的读者们具有一种虚幻的控制能力。很难断言，究竟是在什么时候、用了什么方法，才解除了她那使人迷惑的符咒。有些人把这归功于她的传记的出版。或许是乔治·梅瑞狄斯以及他所提出的“活泼矮小的马戏演出主持人”和讲坛上“误入歧途的女人”这种说法，磨尖了成百上千个箭头，并且给它们涂上了毒药，那些射手们虽然瞄不准目标，却很高兴把箭射出去。她成了年轻人所嘲笑的对象之一，成了一群严肃人物的一个方便的象征，这些人物犯了相同的偶像崇拜的错误，可以用相同的嘲笑来把他们打发掉。阿克顿爵士[①]曾经说过，她比但丁还要伟大；当赫伯特·斯宾塞[②]禁止伦敦图书馆出借任何小说之时，他豁免了她的作品，似乎它们并非小说。她是女性的骄傲和楷模。此外，她的私人生活记录并不比她的公开活动更有吸引力。如果要求某人去描述那个小修道院[③]里某个下午的情景，那位故事叙述者必然会暗示：对于这些严肃的星期日下午的回忆，激起了他的幽默感。坐在矮脚椅子里的这位庄重严肃的女士，曾使他万分惶恐；他极其渴望自己能够发表一点明智的见解。当然，那种谈话是非常严肃的，正如那位伟大的小说家用秀丽而清晰的笔迹所写

---

* 本文选自伍尔夫论文集《普通读者》。
乔治·爱略特（1819—1880），英国小说家，主要作品有《亚当·比德》、《弗洛斯河上的磨坊》、《织工马南》、《米德尔马奇》等。

① 巴伦·阿克顿爵士（1834—1902），英国历史学家、文学批评家。

② 赫伯特·斯宾塞（1820—1903），英国著名哲学家。

③ 作者把爱略特的家比作修道院，把爱略特当作修女，把她和友人的严肃谈话比作宗教仪式，一方面固然是讽刺挖苦，另一方面，爱略特和路易士结合之后，的确过着一种与社会隔绝的生活。

的一条备忘录所证明的那样。这条记录注明是星期一早晨写的，她责备自己在讲话时没有适当地预先考虑到马丽伏[①]，当时她的意思是指另一位作家；但是毫无疑问，她说，她的听众们已经作出了纠正。尽管如此，回想起在星期日的下午和乔治·爱略特谈论马丽伏，这可不是一种带有浪漫色彩的回忆。随着岁月的流逝，这回忆已经消失了。它并未变得生动如画。

的确，人们难免要相信：那个长长的、忧郁的脸庞，带着严肃而愠怒的表情和几乎像马一般的力量，在那些想起乔治·爱略特的人们心头留下了压抑沮丧的印象，结果他们总是觉得这张阴郁的脸在透过她的书页瞅着他们。戈斯先生[②]最近描述了当他看到爱略特乘坐一辆双座四轮马车驰过伦敦街头的情景；

一位肥胖矮壮的女巫[③]，神情恍惚地正襟危坐，

① 皮埃尔·卡尔特·马丽伏（1688—1763），法国戏剧家、小说家。
② 埃德蒙·戈斯（1849—1928），英国学者、评论家。
③ 原文为 Sibyl，古罗马的神巫、女卜者、女预言家。

她的厚实的容貌从侧面望去多少有点儿悲哀，她头上戴着一顶不相称的帽子，总是合乎巴黎最流行的款式，在那个年月，这种帽子上通常插着一支巨大的鸵鸟羽毛。

里奇夫人[①]用同等的技巧留下了一幅更加入木三分的室内肖像：

她穿着美丽的黑色缎子长袍坐在火炉旁边，她身旁的桌子上放着一盏有绿色灯罩的台灯，我看到在桌上有德文书籍、小册子和象牙色的裁纸刀。她仪态安详、雍容华贵，有一双目光坚定的小眼睛和甜蜜的声音。当我望着她时，我觉得她是一位朋友，我在她身上感觉到的并不完全是一种个人的友情，而是一种善良而仁慈的冲动。

---

① 安妮·伊莎贝尔·萨克雷·里奇（1837—1919），英国著名小说家萨克雷的长女，她本人也是小说家、散文家。

她的言论的片断被保存下来了。她说："我们应该尊重我们的影响。通过我们自己的经验，我们知道别人对我们的生活影响有多大，我们必须牢记，我们反过来对于别人必定也会有同样的影响。"我们把这些教导小心翼翼地珍藏起来，牢牢地记在心中，你可以想象，在三十年后回顾当时的情景，复述她的那几句话，你会突然间忍俊不禁，生平第一遭捧腹大笑。

在所有这些记录之中，人们感觉到，那位记录者即使当时正在现场，也是保持了一段距离并且保持了清醒的头脑的，而在此后的岁月中，当他阅读这些小说之时，永远不会有一种生动活泼的、令人困惑的或美丽动人的个性的闪光使他眼花缭乱。在揭示了这么多个性特征的小说之中，缺乏魅力是一个巨大的缺陷；而她的批评家们，他们当然大多数是男性，曾经或许是有意无意地对她表示不满，说她缺乏那种众所公认在妇女身上极其吸引人的品质。乔治·爱略特并不妩媚动人；她没有强烈的女性气质；她缺乏那种怪僻和不同寻常的脾气，它们赋予许多艺术家以孩子般惹人喜爱的单纯。人们感到，对于大多数人而言，就像对于里奇夫人一样，她所体现的“并不是一种个人的友情，而是一种善良和仁慈的冲动”。但是，如果我们更加仔细地考察这些画面，我们将会发现，它们全都是一位上了年纪的著名妇女的肖像，她穿着黑色的缎子长袍，坐着四轮双座敞篷马车，她是一位经历过奋斗拼搏的女人，而从这种经历中，她产生了一种希望能够对别人有所帮助的深刻的愿望，但是，除了在她少年时代就熟悉她的那个小圈子中的人们之外，她并不希望和别人建立密切的关系。对于她的青春岁月，我们所知甚微；但是我们确实知道，她的文化、哲学、声誉和影响，全都建立在一个十分卑微的基础之上——她是一位木匠的孙女。

她的生活记录的第一卷，是异常令人沮丧的。在这卷记录中，我们看到她呻吟着、奋斗着，从褊狭的乡村社会难以忍受的厌倦之中挣扎出来（她父亲的社会地位上升了，比较接近于中产阶级，但中产阶级的生活不如田园生活富于诗情画意），成为一个有高度才智的伦敦报刊的助理编辑，成为赫伯特·斯宾塞的受人尊敬的同事。当她把这些早期的生活阶段在悲伤的独白之中披露出来，它们是令人痛苦的，克洛斯先生指责她借这些独白来诉说她本人的经历。她在少年时期就很突出，是一位“肯定很快就能学会关于服装俱乐部的某种技能”的姑娘；后来她制作了一张基督教会的历史图表，借此集资修复一座教堂；接下去她丧失了宗教信仰，使她的父亲十分恼火，以至于拒绝和她一起生活。接踵而至的就是她翻译斯特劳斯《耶稣传》[①]的那场斗争。这本书本身是沉闷而“使人心灵麻木”的，何况她必须承担料理家务和护理临死的父亲这些通常属于女性的职责，她十分依恋手足之情，却沮丧地相信，由于她成了一位女学者，她正在丧失她的兄弟对她的尊敬，这一切都几乎不能稍为减轻那种沉闷的感觉。她说：“我经常像一只猫头鹰一般走来走去，使我的兄弟感到极端地厌恶。”有一位朋友看到她面对着基督复活的塑像，煞费苦心地翻译斯特劳斯的《耶稣传》，他写道：“可怜的人儿！看到她面色苍白憔悴，头痛欲裂，还要为她的父亲担忧，有时候我真是可怜她。”然而，虽然当我

① 斯特劳斯（1808—1874），德国唯心主义哲学家，青年黑格尔派代表之一。他的《耶稣传》是对基督教的一种批判。

们阅读她的故事之时不得不带有一种强烈的愿望，但愿她的人生历程的各个阶段即使不是更加平稳至少也要更为美丽，但是，在她向文化的堡垒进军之时，带有一种顽强的决心，它使这部作品超越于我们的怜悯之上。她的进展是非常缓慢、非常艰难的，然而，在它的后面，有一种根深蒂固的、高尚的雄心壮志，作为不可抗拒的动力在推动着她。每一个障碍最后都从她的道路上扫除了。她了解每一个人。她阅读一切作品。她惊人的理智的活力获得了最后胜利。青春已经消逝，但她的青春是饱经忧患的。于是，在三十五岁那年，正当她精力最为充沛、意志极端自由之时，她作出了决定，这个决定对她说来意义如此深远，甚至对于我们说来仍然至关紧要：她决定到德国魏玛去，与乔治·亨利·路易士[1]结伴同行。

她和路易士结合之后不久随即创作出来的那些作品，最充分地证实了与个人的幸福同时来到她身边的极大的自

① 乔治·亨利·路易士是著名批评家、政论家，他的妻子进了疯人院。他和爱略特的结合被伪善的资产阶级社会认为是不道德的。

由。它们本身就给我们提供了丰富的精神享受。然而，在她的文学生活的起点，人们可以在她的某些生活境遇中发现种种影响，这些影响使她的思绪从她本身和当前的情景中游离开去，转向往昔的岁月和乡下的村庄，转向安静、美丽、单纯的童年回忆。我们可以理解，为什么她的第一部作品是《牧师生涯片断》而不是《米德尔马奇》。她和路易士的结合使她被爱情的气氛所包围，但是，由于社会环境和传统习俗，他们的结合又使她离群索居。她在一八五七年写道："我希望人们谅解，我决不会邀请别人来拜访我，要是他本人没有要求我作出这种邀请的话。"后来她又说，她"被这个世界所排斥了"，但她并不后悔。起初是由于她的境遇，后来则不可避免地由于她的名声，她变得如此令人瞩目，她丧失了在默默无闻时同等的条件下活动的能力，这个损失对于一位小说家来说，是很严重的。尽管如此，当我们沐浴在《牧师生涯片断》的明亮的阳光之中，感觉到那个博大的、成熟的心灵带着一种放纵的自由感在她那"遥远的过去"世界中展示出来，要谈论她的损失，似乎是不恰当的。对于这样一个心灵来说，一切都是收获。所有的经历，通过一层又一层知觉和反省的过滤，丰富了、滋养了这个心灵。在描述她对于小说的态度之时，根据我们对于她的生活的点滴了解，我们最多只能说，她对于某些教训（即使她获得了这些教训，却不是很早就获得的）耿耿于怀，这些教训之中，在她身上留下最深烙印的或许就是那种逆来顺受的忧郁品质；她把她的同情心寄予平凡的人物，并且十分乐于详细叙述家常的、普通的欢乐和忧愁。她没有罗曼蒂克的激烈态度，这种态度与个人独立存在的感觉联系在一起，它是永不满足的，不受压抑的，在这个世界的背景之上鲜明地勾勒出它的形象。一位目空一切的年迈的牧师，当他啜着威士忌酒沉思梦想之时，《简·爱》的那种火辣辣的自我中心主义，会在他的心头激起什么样的爱和恨？《牧师生涯片断》、《亚当·比德》和《弗洛斯河上的磨坊》，这些最初的作品是非常优美的。她笔下的波伊泽、道特森、吉尔菲、巴顿这些家属和其他人物，包括他们的环境和附属物，他们的优点是不可估量的，因为他们是有血有肉的，我们在他们中间活动着，时而厌烦，时而同情，但是对于他们所说和所做的一切，我们都毫无疑问地接受，我们只把这种信任给予伟大的、有独创性的作品。她把一股记忆和幽默的洪流如此自然而然地倾注到一个人物身上，一个场面紧接着另一个场面，直到那幅古老的英国乡村织锦画面重新呈现出来，这股洪流和一种自然的进程有这么多共同之处，使我们很少意识到还有什么可以批评的地方。我们欣然接受了这一切；我们感觉到了只有伟大的、创造性的作家才能给予我们的那种妙趣横溢的精神上的温暖和松弛。在阔别多年之后，重新来到这些作品面前，它们甚至会出乎我们意料地倾泻出同样丰富的能量和热力，以至于我们非常想要休憩于这股暖流之中，就像我们沐浴于从果园的红色砖墙上方照射下来的阳光里。我们如此顺从地接受了英格兰中部农夫和村妇的幽默感，如果我在这方面带有不假思索地放任自流的因素，那么在这些情况中也是如此。我们几乎不想去分析我们觉得如此宏大而富于人性的东西。当我们考虑到谢泼顿和海斯洛普的世界在时间上的距离多么遥远，考虑到那些农夫和雇工的心灵和乔治·爱略特大部分读者的心灵距离多么遥远，我们只能把我们从普通房屋到铁匠工场、从村舍小屋的客厅到教区牧师的花园各处漫游之时那种悠闲而喜悦的心情，归功于这个事实：乔治·爱略特不是用一种恩赐的态度或好奇的心理，而是用一种同情的精神来使我们分享他们的生活。她不是讽刺家。她的心灵的活动太过缓慢而笨拙，不适宜于喜剧。但是，她渊博地掌握了人类天性中的主要因素，用一种宽恕容忍、审慎得体的理解力把这些因素松散地凝聚在一起，当你重新阅读这些作品之时，就会发现这种理解力不仅使她的人物保持生动活泼，而且赋予他们一种对于我们的欢乐和眼泪的出乎意料的控制能力。就拿著名的波伊泽太太来说吧。很容易把她的特殊癖性发挥到极点，而事实上，乔治·爱略特或许有点太过频繁地想要嘲弄别人却使她自己在同样的地方反过来受到嘲笑。然而，当我们阅读完毕合上书本，我们的记忆力（就像有时候在现实生活中那样）使那些精巧微妙的细节浮现出来，当时我们被一些更加显著的特征所吸引，因而没有注意到这些微妙之处。我们想起了她的健康状况不佳。在有些场合她完全保持沉默。对于一个生病的孩子，她本人就是忍耐的化身。她十分溺爱托蒂。你可以这样默默地思索推测乔治·爱略特的大部分人物，并且会发现，甚至在那些最不重要的人物身上，也有宽敞的余地来让那些独特的品质悄悄潜伏，而她不必去把它们从隐匿之处显示出来。

但是，甚至在她的早期作品中，也有一些意义更为重大的瞬间，穿插在所有这一切忍耐和同情之中。她的胸怀显得相当宽阔，足以容纳一大批傻瓜和失败者，母亲和孩子，家犬和英格兰中部作物茂盛的田野，精明伶俐或酗酒糊涂的农夫、马贩子、旅店主人、助理牧师和木匠。他们全都被一种浪漫的气氛所笼罩着，这是乔治·爱略特允许她自己加以渲染的唯一的浪漫气氛——往昔岁月的浪漫气氛。这些作品具有令人惊讶的可读性，丝毫也没有夸大其词或矫揉造作的痕迹。然而，对于那些把她的一大批早期作品记在心头的读者来说，回忆的迷雾显然在渐渐地消退。这并不是说她的力量削弱了，因为，我们认为，在那部成熟的著作《米德尔马奇》中，她的力量达到了最高峰，这部宏伟的著作，包括它所有的不足之处，是为成年人而写的寥寥可数的几部英国小说之一。然而，她不再满足于那个田野和农庄的世界。在现实生活中，她曾经在别的地方寻求她的出路；而且，虽然回顾往昔是心平气和、令人宽慰的，但是甚至在那些早期作品中，也有那种困惑的心情、严格的苛求、怀疑的诘问和受到挫折的人物存在，而这种人物就是乔治·爱略特本人。在《亚当·比德》中的黛娜身上，我们隐隐约约地看到爱略特的身影。在《弗洛斯河上的磨坊》中的麦琪身上，她更加公开而完整地显示了她自己。她是《珍妮特的忏悔》中的珍妮特，是《罗慕拉》一书中的女主人公罗慕拉，是《米德尔马奇》中追求智慧并且在与拉第斯劳的婚姻里寻求人们几乎不能理解的东西的多罗塞娅。我们倾向于这种想法：那些对乔治·爱略特感到抵触的人们，是由于她的女主人公才会如此，而且他们很有理由这样做；因为，毫无疑问，她们显示了她最坏的方面，使她陷入困难的处境，由于自我意识而忸怩作态，不断地说教，而且有时候粗陋庸俗。然而，如果你能把这种姐妹关系统统丢开，你就会离开了一个渺小得多、低级得多的世界，尽管这是一个具有较高的艺术造诣和更高的欢乐和安慰的世界。在说明她的缺点

（就缺点本身而论）的原因之时，你会想起，她三十七岁之前从未写过小说，而当她到了三十七岁，她就逐渐带着一种痛苦和近于忿恨的混合情绪来考虑她自己。有很长一段时间，她宁可完全不要想起她自己。后来，当创作能力的第一次高潮衰退下去而她已获得了自信，她就越来越站在个人的立场来写作，但是，她这样做并没有毫不犹豫地抛弃那年轻的主人公。当她的女主人公说出了她想说的话时，总是显示出她的自我意识的痕迹。她想尽一切可能的办法来加以掩饰。此外，她赋予那自我意识以美感和财富；更加不可能的是，她还企图创造出一种白兰地酒的风味。但是，她是受到她的天才力量的驱策，才挺身而出在那宁静的田园生活场景现身说法的，这仍然是一个令人窘困的、带有刺激性的事实。

那位坚持自己出生于弗洛斯河上的磨坊中的高尚而美丽的姑娘，是个最明显的例证，说明一位女主人公可以在她的周围散布什么样的毁灭性影响。当她还是一个小姑娘，只要跟吉卜赛人逃跑或把钉子敲进玩偶的身躯便可使她满足；这时幽默感控制着她，使她天真可爱；但是，她在不断地发展着；还没等乔治·爱略特明白过来究竟发生了什么情况，她的手里就已经掌握着一个完全成年的女人了，她所要求的不是吉卜赛人，不是玩偶，也不是圣奥格镇本身能够为她提供的什么东西。爱略特起初为她创造了费利浦·威根姆，后来又创造了斯蒂芬·格斯特。人们经常指出前者的软弱和后者的粗糙，但是，这两个人物，在他们的软弱与粗糙之处，与其说是表明了乔治·爱略特没有能力描绘一幅男性的肖像，还不如说是表明了当她不得不为她的女主人公构想出一个合适的伴侣之时，那种拿不准的、不坚定的、没有把握的摸索使她的手颤抖。首先，她被迫超越了那个她所了解和热爱的故乡的世界，涉足于中产阶级的客厅，在那儿，青年男子们整个夏日的早晨放声歌唱，而年轻的妇女们则坐着为义卖会刺绣吸烟帽。她觉得自己在这方面是个外行，正如她对于所谓“良好的社会”的笨拙讽刺所证明的那样。

> 良好的社会有它的红葡萄酒和它的丝绒地毯，它的预约六个星期之久的宴会，它的歌剧和幽雅的舞

厅……它的科学由法拉第来研究，而它的宗教活动则由出入于名门豪族的高级牧师来主持，它怎么还会需要信心和强调呢？

在那段文字里，丝毫也没有幽默感或洞察力，只有一个妒忌者的报复心理，而这种心理我们觉得它在本质上是个人的。但是，尽管我们的社会制度对于一位偏离正道、超越界限的小说家的同情心和辨别力的要求复杂到可怕的程度，麦琪·吐立弗的所作所为要比把乔治·爱略特从她的自然环境中硬拉出来还要可怕。她坚持要把伟大的、情绪激动的场面引进到作品中去。她一定要堕入情网；她一定要陷于绝望；她一定要紧紧地拥抱着她的哥哥葬身于激流之中。你越是仔细地考察这些伟大的、情绪激动的场面，你越是忐忑不安地预感到乌云在酝酿、凝聚、密布，到了紧要关头，这片乌云会在我们的头顶上突然绽裂，化作一阵幻想破灭、唠叨不已的倾盆大雨。这有一部分是由于她掌握对话（当它不是方言的时候）的能力软弱，还有一部分是由于她带有一种上了年纪的人害怕疲劳的心理，在需要努力激起感情、集中思想之时，她似乎畏缩不前。她放任她的女主人公们唠叨不已。她缺乏巧妙恰当的措辞。她缺乏那种选定一个句子并把某个场面的核心压缩到这个句子中去的准确无误的鉴别能力。“你打算和谁跳舞？”奈特利先生在韦斯顿家的舞会上问道。“和你跳，如果你邀请我的话。”爱玛说道[1]；她这样说，就足以表达她的心情了。要是《米德尔马奇》中的卡索朋夫人，就会说上一个小时，而我们就会不耐烦地向窗外望去。

然而，把这些女主人公毫不同情地打发掉，把乔治·爱略特限制在她的“遥远的过去”的农村天地里，那末你不仅削弱了她的伟大之处，而且丧失了她真正喜爱的东西。那伟大之处就在眼前，我们对此不能怀疑。那视野的辽阔，那些主要特写场面的宏大而坚实的轮廓，那些早期作品朝气蓬勃的光彩，那些后期作品寻求探索的力量和内涵丰富的反省，吸引我们超过限度地漫步徘徊、流连忘返。然而，正是对于这些女主人公，我们要投以最后的一

① 这是奥斯丁的小说《爱玛》中的一段对话。

瞥。“从我是一个小姑娘的时候起，我就在寻求我的宗教，”多罗塞娅·卡索朋说道，“我过去经常祈祷——我现在几乎不再祈祷了。我现在试图放弃那种仅仅为了自己的欲望……”她是在为所有那些女主人公说话。那就是她们面临的难题。没有宗教她们就没法生活，于是当她们还是小姑娘的时候，她们就开始寻求一种宗教。对于仁慈善良的德性，每一位女主人公都抱有一种深深的女性的激情，这使得她怀着渴望和痛苦伫立之处成为那部作品的中心——这里就像教堂一般安静肃穆、与世隔绝，然而，她却再也不知道应该向谁祈祷。她们在学习过程中追求着她们的目标；在成年妇女的日常职责中追求；在女性更为广泛的贡献中追求。她们并未找到她们所追求的东西，我们对此不能怀疑。那古老的女性意识，充满着痛苦和情感，在沉默了许许多多年代之后，似乎已经在她们身上泛滥、洋溢，并且发出一种呼声来要求某种东西——她们几乎不知道这是什么东西——某种或许是与人类存在的各种事实水火不能相容的东西。乔治·爱略特的智力实在太强了，她决不会去窜改那些事实；而她的胸怀又太宽阔了，决不会去平息那种真理的要求，因为它是一种严峻的真理。她们的努力拼搏是极其勇敢的，除此以外，那一番搏斗对她的女主人公们而言总是以悲剧告终，或者以一种妥协作为结局，那就甚至更为悲惨。然而，她们的故事，就是乔治·爱略特本人经历的不完整的版本。对她来说，妇女生活的沉重负担和复杂处境也不能使她满足，她必须超越禁区，为她自己摘取那奇异而光彩夺目的艺术和知识之果。她把它们紧紧地攥在手里，几乎没有什么女人曾经这么做过，她不愿抛弃她自己所继承的东西——不同的观点，不同的标准——也不愿接受一种不恰当的报偿。我们就这样看见了她，一位难忘的人物，受到过分的赞扬而又在她的声誉面前畏缩不前，失望沮丧，矜持缄默，颤抖着退缩到爱情的怀抱中去，似乎只有在那儿才能得到真正的满足，也可能是合法的归宿，同时，她又怀着那种“过分挑剔而又如饥如渴的雄心壮志”，伸出手来要求生活能够为那自由而好奇的心灵提供的一切东西，并且以她的女性的抱负去勇敢地面对那男性的现实世界。不论她的创作可能有过什么遭遇，胜利成功就是她的结局，当我们回想起她敢于追求和得到的一切，想起她如何克服了阻挡她的每一个障碍——性别、健康和习俗——想起她追求更多的知识和更多的自由，直到她的躯体在这双重的负担压迫之下憔悴不堪、精疲力竭，我们应该在她的坟墓上安放我们力所能及的任何纪念品，给她献上月桂和玫瑰。

俄国人的观点*

既然我们经常怀疑，和我们有这么多共同之处的法国人或美国人是否能够理解英国文学，我们应该承认我们更加怀疑，英国人是否能够理解俄国文学，尽管他们对它满怀热情。至于我们所谓“理解”究竟是什么意思，可能争辩不休无法肯定。人人都会想起那些美国作家的例子，特别是那些在他们的创作中对我们的文学和我们本身都具有最高识别能力的作家；他们一辈子和我们生活在一起，最后通过合法的步骤成了英王乔治陛下[1]的臣民。尽管如此，难道他们了解我们了吗？难道他们不是直到他们生命的最后时刻还是些外国人吗？有谁能够相信，亨利·詹姆斯[2]的小说是由一位在他所描绘的那个社会中成长起来的人写的，或者，有谁能够相信，他对于英国作家的批评是出于这样一个人的手笔，他曾经阅读过莎士比亚的作品，却一点也没有意识到把他的文化和我们的文化分隔开来的大西洋以及大西洋彼岸的二三百年历史？外国人经常会获得一种特殊的敏锐性和超然独立的态度，一种轮廓分明的观察角度；但是，他们缺乏那种毫不忸怩拘束的感觉，那种从容自如、同胞情谊和具有共同价值观念的感觉，这些感觉有助于形成亲密的关系、正确的判断以及迅速交换信息的密切交往。

使我们和俄国文学隔膜的不仅有这一切缺陷，还有一个更加严重得多的障碍——语言的差异。在过去的二十年里欣赏托尔斯泰、陀思妥耶夫斯基和契诃夫作品的所有读者之中，能够阅读俄文原著的也许不超过一两个人。我们对于它们品质的估价，是由评论家们作出的，他们从未读过一个俄文字，或者到过俄国，或者听到过俄国人说俄语；他们不得不盲目地、绝对地依赖翻译作品。

---

* 本文选自伍尔夫的论文集《普通读者》。

① 指乔治六世（1895—1952），他于 1936 年至 1952 年任英国国王。

② 亨利·詹姆斯（1843—1916），美国小说家，后来加入英国籍；他善于刻画人物的心理活动。

那么，我们等于是说，我们是丢开了它的风格来对整个俄国文学作出判断。当你把一个句子里的每一个字从俄文转换成英文，从而使它的意义稍有改变，使它的声音、分量和彼此相关的文字的重心完全改变，那么除了它的意义的拙劣、粗糙的译文之外，什么也没有保留下来。受到了这样的待遇，那些伟大的俄国作家好比经历了一场地震或铁路交通事故，他们不但丢失了他们所有的衣服，而且还失去了一些更加微妙、更加重要的东西——他们的风度，他们的性格特征。英国人以他们赞赏俄国文学的狂热性来证明，那劫后余生遗留下来的东西，是十分强有力的、感人至深的；然而，考虑到它们已经是残缺不全的，我们就不能肯定，我们究竟有多大把握可以相信我们自己没有非难、曲解这些作品，没有把一种虚假的重要性强加于它们。

我们说他们在某种可怕的灾难之中失去了他们的衣服，这是因为某种如此的形象可以用来描述那种单纯朴素、富于人性的品质，这种品质摆脱了企图隐藏、伪装它的本性的一切努力而在惊慌失措之中流露出来，而这就是俄国文学——由于翻译或者某种更加深刻的原因——给我们留下的印象。我们发现，这些品质完全浸透了俄国文学，在比较次要的作家身上和比较重要的作家身上同样地明显。“要学会使你自己和人们血肉相连、情同手足。我甚至还要加上一句：使你自己成为他们不可缺少的人物。但是，不要用头脑来同情——因为这还容易做到——而是要出自内心，要怀着对他们的热爱来同情。”[①]不论你在何处碰巧读到这段引文，你马上就会说：“这是出自俄国人的手笔。”单纯朴素的风格、流畅自如的文笔，假定在一个充满不幸的世界中对我们主要的呼吁就是要我们去理解我们受苦受难的同胞，而且“不要用头脑来同情——因为这还容易做到——而是要出自内心”——这就是笼罩在整个俄国文学之上的那片云雾，它的魅力吸引着我们，使我们离开我们自己黯然失色的处境和枯焦灼热的道路，到那片云雾的荫庇之下去舒展——而那后果当然是不堪设想的。我们变得窘困、拘束；否定了我们自己的品质，我们

① 托尔斯泰语。

就用一种装模作样的仁慈善良和简朴风格来写作，这是极端令人作呕的。我们不能带着淳朴的自信去称别人为“兄弟”。在高尔斯华绥的一个短篇小说里，有一个人物这样来称呼另一个人物（他们俩都深深地陷于不幸之中）。顷刻之间，一切都变得牵强、做作。在英语中，和“兄弟”相当的词汇是“老兄”——这是一个大不相同的词儿，带有一种讽刺挖苦的意味，一种难以明确表达的含蓄的幽默。虽然那两个英国人在他们深深陷于不幸之时相遇并且这样互相招呼，我们可以肯定，他们将会找到工作，发财致富，在他们一生中的最后几年过上奢侈的生活，并且留下一笔钱财来防止可怜的穷鬼们在泰晤士河岸上称兄道弟。但是，正是那种共同的苦难，而不是共同的幸福、努力或欲望，产生了那种兄弟情谊。正是那种深刻的“悲伤”——哈格柏格·赖特博士发现这是俄国人的典型特征——创造了他们的文学。

一个这样的理论概括，即使把它应用于文学实体之时包含着某种程度的真理，如果一位天才作家在它的基础之上开始工作，当然就会使它发生深刻的变化。立刻就发生了许多其他的问题。可以看出，一种创作“态度”并不简单；它是非常复杂的。在一场交通事故中丧魂落魄、失去了衣服和风度的人们，会说出一些生硬的、刺耳的、不愉快的、别扭的话，即使他们说话的时候带着那场灾难在他们身上造成的放任、直率的态度。我们对于契诃夫作品的初步印象，不是朴实无华而是困惑不解。它的意义究竟何在？他为什么要把这一点写成一个短篇小说？当我们读了他的一篇又一篇作品，我们就会提出这样的问题。一个男人爱上了一个女人，他们分手之后又相逢，最后他们俩谈论他们的处境以及用什么方法才能从“这可怕的束缚”之中解脱出来。

“‘怎么办？怎么办？’他紧紧地捧住他的脑袋问道，……好像他很快就可以找到解决的办法，而一种崭新的、光辉灿烂的生活就会开始。”那篇小说就到此结束。一个邮差驾着马车送一位学生到驿站去，一路上这位学生试图同那邮差攀谈，但他始终保持沉默。突然，那邮差出乎意料地说“让任何人搭乘邮车都是违反规章的。”于是他面有愠色地在站台上踱来踱去。“他在对谁发怒？对人们？对贫穷？对那秋天的夜晚？”那篇小说又到此结束。

我们问道：难道这就是结局吗？我们总有一种跑在休止符号前面的感觉；或者说，这有点像一首曲调，在预料之中的结尾和弦尚未奏出之前，它就突然终止了。我们说，这些小说是没有结论的，接下去我们就假设，短篇小说应该以一种我们公认的方式来结尾，在这种假设的基础之上，我们构成了我们的批评。我们这样做，就提出了一个我们自己是否适合于充当读者的问题。如果曲调是熟悉的而结尾是强调的——有情人终成眷属、坏蛋们狼狈不堪、阴谋诡计统统戳穿，正像维多利亚时代的大多数小说所写的那样，我们就不大会弄错；然而，如果曲调是陌生的而结尾的音符是一个问号，或者仅仅表示那些人物还将继续谈论下去，就像契诃夫的短篇小说那样，我们就需要一种非常大胆而敏锐的文学感受能力，来使我们听清那个曲调，特别是使那和声显得完整的最后几个音符。或许我们要读过大量的短篇小说才能如此感受，而这种感受能力对于获得我们满意的结论是十分必要的，我们把小说的各个部分归纳拢来，我们就会发现，契诃夫并非文笔散漫、毫不连贯，而是有意识地一会儿奏出这个音符、一会儿奏出那个音符，其目的是为了完整地表达他的作品的思想意义。

我们不得不仔细寻找，以便在这些奇特的短篇小说中发现它们的着重点恰好在何处出现。契诃夫自己所说的话给我们指引了正确的方向。他说："……像我们之间的这样的谈话，对于我们的父母说来，是不可想象的。在晚上，他们默默无言，却安然酣睡；我们，我们这一代，辗转反侧难以入眠，但话说得很多，总是想要决定我们是否正确。"我们文学中的社会讽刺和心理描写技巧，都来自不安的睡眠和不断的谈话；但是，在契诃夫与亨利·詹姆斯之间，在契诃夫与萧伯纳之间，毕竟存在着巨大的差异。显著的差异——但它从何而来？契诃夫也意识到社会现状的丑恶和不公正；农民的恶劣处境使他大为震惊；但他没有改革者的热情——这决不是要我们停下来作结论的休止符号。他对于心灵极感兴趣；他是人与人关系的最精巧微妙的分析者。但是我们又要说，不，结论不在于此。难道他的根本兴趣不是在于灵魂与其他灵魂之间的关系，而是在于灵魂与健康状况之间的关系——在于灵魂与仁慈善良之间的关系？这些小说总是向我们揭示出某种虚伪做作、装腔作势、很不真诚的东西。某个妇女陷入了一种不正当的关系，某个男人由于他的不人道的环境条件而堕落了。灵魂得病了；灵魂被治愈了；灵魂没有被治愈。这些就是他的短篇小说的着重点。

我们的目光一旦习惯于这些色调，小说的原来那种“结论”，就有一半化作一缕轻烟；它们看上去就好像背后有一束光线在照射着的幻灯片——俗气、耀眼、浅薄。作为小说最后一章的一般性结局，书中人物或则缔结良缘，或则一命呜呼，并且把作者的价值观念大吹大擂地公开声明、强调突出，这成了最基本的类型。我们觉得，什么问题也没有解决，也没有把什么东西恰当地加以归纳。另一方面，那种我们当初似乎认为是漫不经心、毫无结论、充满繁琐细节的创作方法，现在看来却是出乎一种优雅细腻的独创性和极其讲究的艺术趣味，它大胆地选择题材，恰当地安排布局，并且被一种真诚的态度所控制着，除了在俄国作家中间，我们在别处再也找不到可以与此媲美的品质。或许这些问题无从解答，然而，让我们不要伪造证据，来创造出某种合适的、正统的、符合我们虚荣心的东西。俄国人的方法或许不能吸引我们公众的耳朵；他们毕竟习惯于更响亮的音乐、更强烈的节拍；但是，既然那曲调听上去就是如此，他就把它写了下来。结果，当我们阅读这些完全没有结论的小故事之时，我们的眼界开阔了，我们的灵魂获得了一种令人惊奇的自由感。

在阅读契诃夫的作品之时，我们发现自己在不断地重复“灵魂”这个词儿。它洒满了他的篇页。年老的酒鬼们随便地使用这个词儿：“……你高踞于行政机构的上层，高不可攀，可是没有真正的灵魂，我亲爱的孩子……那里面就毫无力量。”的确，灵魂就是俄国小说中的主要角色。在契诃夫的作品中，灵魂是细腻微妙的，容易被无穷无尽的幽默和愠怒所左右；在陀思妥耶夫斯基的作品中，它有更大的深度和容量，它易患剧病和高热，但它依然是占支配地位的因素。也许就是为了这个缘故，一位英国读者需要花这么大的力气，来把《卡拉马佐夫兄弟》和《鬼》读上两遍。对他说来，那“灵魂”是异己的。它甚至是令人厌恶的。它几乎没有幽默感，而且完全没有喜剧感。它是无定形的。它与理智关系甚微。它是混乱的、噜苏的、骚动的，似乎不能接受逻辑的控制和诗歌的格律。陀思妥耶夫斯基的小说是波涛翻腾的旋涡、飞沙走石的风暴、会把我们吸进去的嘶嘶作响、沸腾滚泡的排水口。它是完全纯粹用灵魂作原料来构成的。违背我们自己的意愿，我们身不由己地被吸了进去，在那里面旋转，头昏眼花，几乎窒息，同时又充满着一种眩晕的狂喜。除了莎士比亚的作品之外，再也没有比阅读这种作品更令人兴奋的了。我们把门打开，发现自己在一个房间里，其中挤满了俄国的将军，将军的家庭教师，将军夫人与其前夫所生的女儿，将军的堂表兄妹，以及一大堆混杂的人物，他们都在放大喉咙谈论他们最隐秘的私事。但是，我们究竟置身何处？告诉我们，这究竟是在一家旅馆里、一幢公寓里或一座出租的房屋里，这当然是小说家的职责。可是，没人想到要对此作出任何解释。我们的灵魂，受折磨的、不幸的灵魂，它们要做的唯一的事情，就是谈论、揭露、忏悔，从肉体和神经的伤口中把那些在我们心底的沙滩上蠕动着的难以辨认的罪恶抽曳出来。但是，当我们倾听他们的谈话，我们骚乱的心情平静了下来。一根绳索向我们扔了过来；我们抓住了一段独白；我们用牙齿咬住绳索，被匆匆忙忙地从水里拖过去；我们狂热地、疯狂地不断往前冲，一会儿被水淹没，一会儿露出水面，在这一刹那间看到的景象，比我们以往任何时候都要理解得更加清楚，并且获得了我们通常只有在生活的压力最为沉重的时候才能得到的那种启示。当我们飞快地前进，我们在无意之中看清了所有这一切——人们的姓名和他们之间的关系；原来他们是住在罗里敦堡的一家旅馆里，波丽娜和德·格里乌克斯侯爵一起卷入了一场阴谋——但是，和灵魂相比，这些是多么次要的事情！最要紧的就是灵魂，以及它的热情、它的骚动、它的美丽和邪恶相交织的惊人的大杂烩。如果我们突然尖声大笑，或者，如果我们抽抽噎噎不胜悲切，还有什么比这更加自然的呢？——这几乎不会引起人们的注意。我们生活的步伐是如此惊人，当我们飞快前进之时，我们的车轮就会迸射出火星。此外，当生活的速度这样加快的时候，我们看到灵魂的各种因素，那就不是像我们速度较慢的英国人的头脑所设想的那样，在幽默的场面或热情激动的场面中分别出现，而是一层夹一层地纠缠在一起，无法分解地混杂为一团，于是就揭示出人类心灵的一种崭新的概貌。原先各自分离的因素，现在互相融合在一起。人们同时是恶棍又是圣徒；他们的行为既美好而又卑鄙。我们热爱他们，同时又痛恨他们。我们惯常所说的那种善恶之间明确的分界线，是不存在的。我们所最钟爱的人往往就是最大的罪犯，而那最可怜的罪人往往使我们感动，以至于产生最强烈的赞赏和爱慕。

猛然升腾到浪尖儿上，又被卷入海底在岩石上撞得粉身碎骨，在这种情况之下，一位英国读者难以感到心情舒坦。他在他自己的本国文学中所习惯的那种程序，被颠倒了过来。按照我们的惯例，如果我们想要叙述一位将军的爱情轶事（首先，我们会发现很难不去嘲笑一位将军），我们必须从描述他的宅邸着手；我们必须使他的环境具体化。只有一切都准备就绪，我们才能来描述那位将军本身。此外，在英国占统治地位的不是俄国的茶炊，而是我们的茶壶；时间是有限的；空间是拥挤的；我们可以感觉到其他著作——甚至是其他时代——中的不同观点的影响。社会被划分为低等、中等、上等阶层，每一个阶层有它自己的传统，自己的规矩，从某种程度上说，甚至还有它自己的语言。不论他本人愿意与否，一位英国小说家会受到不断的压力，迫使他去承认这些框框，结果就把固有的秩序和某种形式强加于他；他必然倾向于讽刺而不是怜悯，他宁可考察整个社会而不是去理解个人本身。

陀思妥耶夫斯基却没有受到这种限制。不论你是贵族还是平民，是流浪汉还是贵妇人，对他说来全都一样。不论你是谁，你是容纳这种复杂的液体、这种模糊的、冒泡的、珍贵的素质——灵魂——的器皿。它洋溢、横流，与其他灵魂融汇在一起。我们还来不及弄清楚是怎么回事儿，一位买不起一瓶酒的银行小职员的平凡故事就不胫而走，扩散到他的岳父和他岳父极其恶劣地对待她们的那五位情妇的生活中去，以及住在同一幢公寓中的邮差、仆妇和公主们的生活中去；没有任何事情是超出陀思妥耶夫斯基的小说领域之外的；当他疲乏之时，他并不停止，而是继续写作。他无法限制他自己。那人类的灵魂——它热气腾腾地、滚烫地、混杂地、惊人地、可怕地、令人压抑地翻腾满溢，向着我们滚滚而来。

剩下来尚未讨论的，是所有小说家中最伟大的一位——因为，除了这个称号之外，我们还能给《战争与和平》的作者以什么别的称呼呢？我们也将发现托尔斯泰是一位异己的、难以理解的外国人吗？在他的观察角度中，是否也有某种怪癖，直到我们成了他的弟子并且迷失了方向，它还是怀着疑虑与困惑的心情，无论如何避免和我们接近？从他的最初几句话里，我们至少可以肯定一件事情——这儿有一个人，他看到了我们所看到的东西，并且像我们所习惯的那样来着手描写，不是从内心写到外表，而是从外表写到内心。这儿有一个世界，在这个世界里，八点钟可以听到邮差的敲门声，而人们在十至十一点钟之间就寝。这儿有一个人，他不是未开化的野蛮人，不是大自然的孩子；他是受过教育的；他有过各种各样的经历。他是那些生来就是贵族并且充分地利用了他们的特权的人们中的一位。他是大都市的而不是郊外的人物。他的感觉、他的智力是准确的、有力的、经过充分培养的。当一个如此的心灵和躯体向人生发动攻击之时，其中带有某种光荣自豪、壮丽辉煌的因素。因此，没有人能够像他那样，把体育活动的兴奋、骏马的妙处以及他在这个世界上强烈地希望得到的一切东西对于一个强壮的年轻人的感官的刺激表达出来。每一条树枝、每一片羽毛，都被他的磁性所吸住。他注意到一个孩子衣服上湛蓝或鲜红的色彩、一匹骏马尾巴换毛的过程、一阵咳嗽的声音、一个男人想要把手插到已经缝住的口袋中去的动作。他精确的目光记录了一阵咳嗽和双手细微的动作，他精确的头脑又把这些现象归因于人物性格中某种隐蔽的因素，因此，我们熟悉他的人物，不仅仅是通过他们的恋爱方式、政治观点和灵魂的不朽，并且还通过他们打喷嚏和哽噎的方式。甚至在一部翻译作品里，我们也会觉得自己被置于高山之巅，并且有一架望远镜送到了我们手中。一切事物都是令人惊异地清晰，并且绝对地鲜明。正当我们在狂喜之中，深深地呼吸山顶上新鲜的空气，感到精神振奋、心灵净化，突然间，某一个细节——也许是一个男人的脑袋——以一种惊人的方式从那幅图景中脱颖而出，向我们逼近过来，好像它的生命本身的强大力量把它喷射出来。“我突然遇到一件奇怪的事情：起先我的视线被挡住了，看不到周围的情景；后来他的面庞似乎慢慢地消失，直到最后只留下一双眼睛，在我的眼前闪烁；接着那眼睛似乎钻到了我的头颅里面，于是一切变得混乱不堪——我什么也看不到了，被迫闭上了我的眼睛，为了摆脱他的目光在我身上所产生的喜悦和恐惧之感……。”一次又一次，我们分享着《家庭的幸福》这篇小说中玛莎这个人物的感觉。你得闭上你的眼睛，来逃避那喜悦和恐惧的感觉。占优势的往往是那喜悦之情。在这篇小说里有两段描写，一段写一位姑娘在夜晚和她的恋人在花园里散步，另一段写一对新婚夫妇昂首阔步走到他们的客厅里去，这两段描写把那种强烈的幸福感如此成功地传达出来，使我们把书合拢以便更好地体味这种感觉。但是，总是存在着一种恐惧之感，它使我们像玛莎一样，想要逃避托尔斯泰注视我们的目光。这是否那种在现实生活中可能会扰乱我们心境的感觉——感到他所描写的幸福过分强烈因而不会持久，觉得我们正处于一场灾难的边缘？或者，是否感到我们强烈的喜悦不知怎么有点儿可疑，并且迫使我们和《克莱采奏鸣曲》中的波兹涅谢夫一起问道："但是，为什么要生活？"生活支配着托尔斯泰，正如灵魂支配着陀思妥耶夫斯基。在所有那些光华闪烁的花瓣儿的中心，总是蛰伏着这条蝎子："为什么要生活？"在他的著作的中心，总有一位奥列宁、皮埃尔或列文，他们已经取得了所有的人生经历，能够随心所欲地对付这个世界，但他们总是不停地问，甚至在他们享受生活的乐趣之时也要问：生活的意义是什么，我们人生的目的又应该是什么。能够最有效地驱散我们的各种欲念的，并非牧师僧侣，而是那位自己也曾熟悉它们、热爱它们的人。当他也来嘲弄它们，整个世界的确就在我们的脚下化作一堆尘土、一片灰烬。就这样，恐惧和我们的喜悦交织在一起；而在那三位俄国作家之中，正是托尔斯泰最强烈地吸引着我们，也最强烈地引起我们的反感。

然而，我们的思想从它的诞生之处就带上了它的偏见[①]，毫无疑问，当它涉及俄国文学这样一种异己的文学，必定离开事实真相甚远。

---

① 作者言下之意，英国人的思想诞生于英国的传统文化，必然会带上它的偏见，因此难以客观地评价一种异己的文学。

论约瑟夫·康拉德*

突然间，我们的客人离开了我们，叫我们还来不及在思想上有所准备或考虑好告别的言辞；而他的不拘礼节、不辞而别和他多年前神秘地到这个国家来定居是合拍一致的。因为在他的周围始终萦绕着某种神秘的气氛。这种神秘的气氛一部分来自他的波兰血统，一部分来自他令人难忘的容貌，一部分来自他奇怪的选择：他宁愿住在穷乡僻壤，听不到流言蜚语，受不到人们的邀请，因此，要得到关于他的消息，只有依靠那些习惯于拉拉门铃就登门拜访的淳朴乡民所提供的证据，按照他们的报告，那位陌生的主人礼仪周全、目光炯炯，说起英语来带有强烈的外国口音。

固然，死亡往往会加快并且集中我们的记忆，但康拉德的天才带有某种基本的而非偶然的难以接近的因素。他近年来的声誉，明显地异乎寻常，毫无疑问在英国居于最高地位；然而他并非大众化的作家。有些人带着热情的喜悦来读他的作品，其他人认为他冷漠而缺乏光彩。在他的读者中间，包括年龄和爱好极其悬殊的人们。十四岁的小学生们从马立特[①]、司各特、亨梯[②]、狄更斯中间匆匆经过，把他和其他作家一块儿囫囵吞下；那些老练而挑剔的读者们逐渐深入到文学的心脏，他们在那儿反复翻弄着几片珍贵的面包屑，小心翼翼地把康拉德选上他们的筵席。当然，在人们不论什么时候总会发现别扭和不协调的地方，在他的美感中，可以发现一种不协调的根源。读者翻开康拉德的小说，必定和海伦[③]照镜子时的感觉相同，她注视镜中的倩影就会明白：不论她怎么办，在任何情况下她都不可能被当作一位平凡的妇女。康拉德具有如此的天赋，他使自己受到这样的训练，他又是如此地受惠于一种

---

* 此文系1924年伍尔夫在康拉德逝世时所撰，收入论文集《普通读者》。康拉德（1857—1924），英国著名小说家，主要作品有《水仙号上的黑水手》、《黑暗的心》、《吉姆爷》等。

① 马立特（1792—1848），英国小说家。

② 亨梯（1832—1902），英国作家，擅长创作儿童冒险故事。

③ 海伦是希腊神话中的绝代佳人。

奇特的语言，它的特殊魅力在于它的拉丁素质而不在于它的撒克逊品质，因此，他的文字似乎不可能有一点拙陋的或无意义的败笔。他的情人——他的风格——在静止状态有时候有点儿令人昏昏欲睡。但是，让我们去和她攀谈吧，那么她就会风度翩翩地向我们逼近过来，带着多么动人的色彩、胜利的喜悦和威严！然而，这一点尚可争议：如果他在创作那些他不得不写的作品之时不是像这样不断地关心它们的外观，康拉德可能会既赢得高度声誉又受到大众欢迎。它们阻滞了、妨碍了、分散了艺术效果，他的评论家们指着那些著名的段落说道；而把它们从上下文中抽取出来，和其他攀折下来的英国散文之花一起展览，已经成了一种习惯。他们抱怨道：他是自我意识的、呆板的、雕琢的，对他说来，他自己的声音比人类在痛苦中的呼喊更为亲切。这种批评是我们大家所熟悉的，而且像乐队演奏《费加罗的婚礼》[①]时聋子们的评论一样，令人难以反驳。他们看见了那个交响乐队；他们听到从远处传来

---

① 《费加罗的婚礼》是奥地利音乐家莫扎特（1756—1791）的著名歌剧。

一阵凄凉模糊的磨擦声；他们自己的评论被打断了，于是他们很自然地得出结论：要是那五十位提琴手去敲石铺路而不是在这儿磨擦[1]莫扎特的乐曲，他们可以更好地为人生的目的服务。美教导着我们，美是一位训导者，既然美的教诲和她的声音是不可分离的，那么对于那些听不到她声音的人们，我们又如何能使他们信服呢？去阅读康拉德的作品吧，不要浅尝辄止而是整批地阅读，虽然从表面上看来康拉德所关心的只是向我们显示大海的夜色之美，谁要是在那相当呆板而低沉的音乐中听不出它的意蕴、它的骄傲、它的广阔而不可改变的完整，感觉不到善比恶更好，而忠诚、正直和勇气正是善的表现，那么他一定是真的没有把握住康拉德文字的意义。然而，要从这些作品的成分中捕捉这样的信息，可是件棘手的工作。放在我们的小碟子里滤干了，离开了语言的神秘和魔力，它们就丧失了兴奋和刺激的力量，丧失了作为康拉德散文的一种持久品质的极其猛烈的力量。

---

① 小提琴是以弓擦弦的乐器，作者故意用“磨擦”这个词，来挖苦聋子只看到琴弓擦弦，听不到悦耳的琴声。

因为，正是依靠他身上某种激烈的气质，领袖和船长的气质，康拉德抓住了青少年的心。直到他写出《诺斯特罗莫》为止，年轻的读者们敏捷地觉察到他的人物基本上是朴实而英勇的，不论他们的思想多么微妙，他们的创造者的手法多么迂回曲折。他们是习惯于孤独寂寞的海员，他们与大自然发生冲突，但与人和睦相处。大自然是他们的敌手；正是她激发了荣誉、豪爽、忠诚等男子汉特有的品质；也正是她，在隐蔽的海湾中把深奥莫测、严肃稳重的美丽姑娘培育为成年妇女。首先，正是大自然造就了惠莱船长和老辛格顿那样乖戾执拗、饱经风霜的人物，他们是朦胧暧昧的，但在他们的朦胧暧昧之中闪烁着灿烂光芒，对康拉德说来，他们是我们种族的尖子，他永不疲倦地为他们唱着赞歌：

他们曾经是坚强有力的，就像那些既不知道怀疑又不知道希望的人们一样坚强有力。他们曾经急躁而又忍耐，狂暴而又挚爱，横蛮而又忠诚。怀着善意的人们曾经试图把这些人描绘成为了他们每一口食物而哀号啜泣，为了担忧他们的生命而奔波劳碌。实际上，他们只知道辛劳、贫困、暴力和放荡——但不知道畏惧，并且不想在心中结下怨仇。他们不易驾驭却易受鼓舞；他们默不作声——但他们有足够的丈夫气概，在他们的心中藐视那些为他们的艰苦命运而恸哭的多愁善感的声音。这是一种独特的、属于他们自己的命运；在他们看来，能够去忍受这种命运，是精选出来的优秀分子的特权！他们这一代默默无声地、责无旁贷地生活着，从来不知道爱情的甜蜜和家庭的庇护——而临终之时也不受狭隘墓穴的威胁。他们是神秘大海的永恒的儿女。

这就是他的早期作品《吉姆爷》、《台风》、《水仙号上的黑水手》和《青春》中的人物；而这些书，不论风尚如何变迁，它们在我们的经典作品中的地位是不可动摇的。但是，它们赖以达到这种高度的品质，是像马立特或者库柏①所讲述的那种简单的冒险故事所无法具备的。因

① 库柏（1789—1851），美国小说家。一生创作了五十多部小说，其中著名的有《最后的莫西干人》、《杀鹿者》、《拓荒者》等。

为，这很清楚：要浪漫主义地、全心全意地、带着恋人的热情来赞赏和颂扬这样的人物和这样的事迹，你就必须具有双重的眼光；你必须同时内外兼顾。要颂扬他们的沉默，你得有一条嗓子。要赞赏他们的韧性，你必须对疲劳有灵敏的感觉。你必须能够和惠莱与辛格顿在相同的条件之下生活，并且在他们怀疑的目光面前把你之所以能够理解他们的那些品质隐藏起来。只有康拉德才能过这种双重的生活，因为康拉德是由两个人构成的：和那位远洋船长同时并存的是那位他称之为马罗的精细、优雅而又挑剔的分析者。他把马罗说成是“一位考虑极其周详而又最富于理解力的男子汉”。

马罗是那些天生的观察者之一，他们在退休生活中感到最为幸福。马罗最喜欢坐在甲板上，在泰晤士河昏暗的港湾里，一边抽烟一边回忆；在他的烟圈儿后面吐出了一圈圈美丽动听的话语，直到夏天的夜晚充满了烟味而变得有点雾气腾腾。同时，马罗对于曾经和他一块儿航过海的人抱有深深的敬意，但他也看到他们的幽默之处。他能灵敏地嗅出并且出色地描绘那些成功地掠夺了呆笨的老水手的生气勃勃的人物。他对于人类的缺陷独具慧眼；他的幽默带有讽刺意味。马罗也不是完全在他自己的雪茄的烟圈儿后面生活。他有一种习惯，他会突然睁开他的眼睛并且注视——一堆垃圾、一个港口、商店的一个角落——然后在燃烧的烟圈的火光中完整地描述那个在神秘的背景面前闪亮的事物。内省的和分析的性格两者兼备，马罗意识到这特殊的事物。他说，那种能力会突然降临到他身上，例如，他会在无意之中听到一位法国高级海员喃喃自语："我的天哪！时间过得真快！"他评论道：

> 没有什么东西〔他评论道〕比这句话更平凡的了；但对我来说，它是和某种视觉印象相互合拍的。我们如何带着半闭的眼睛、失聪的耳朵、蛰伏的思想走过人生的道路，这是令人惊异的。……尽管如此，我们中间几乎没有人不曾经历过这种稀有的觉醒时刻：我们看见了，听到了，理解了，许多事情——一切事情——在我们重新陷入惬意的昏昏欲睡状态之前一闪而过。当他说话的时候，我举目而望，我看见了

他，就好像以前我从未见到过他。

就这样，在那昏暗的背景之上，他描绘了一幅又一幅图画；首先是船的图画：下了锚的船；在暴风雨之前飞驰的船；在港口中停泊的船；他描绘了夕阳和晨曦；他描绘了黑夜；他描绘了大海的千姿百态；他描绘了东方海港艳丽的光彩、男人和妇女、他们的房屋和他们的姿态。他是一位精确的、毫不畏缩的观察者，习惯于“对他的感情和知觉的绝对忠诚”，而这种忠诚，康拉德写道：“是一位作家在他最意气风发的创作时刻所必须牢牢把握住的。”有时候，马罗异常安静而同情地在无意中漏出几句墓志铭式的诗文，使我们透过眼前闪耀着的所有的美和光彩，想起那背景的昏暗。

因此，通过一番粗略的区别，我们就会得出结论说：是马罗在作出评论而康拉德在进行创作。这会导致我们意识到我们说明那个变化的根据很不充分；康拉德告诉我们，在他写《台风》那部书的最后一个故事时发生了那个变化——这两位老朋友之间关系的某种交替变换引起了

“带有灵感性质的一种微妙的变化”。“……不知道为什么，似乎在这个世界上再也没有什么可写的了。”让我们假定说，是康拉德，正是作家康拉德带着忧伤的满足回顾他讲过的故事而说出了上面这番话；他很可能感觉到他再也写不出比《水仙号上的黑水手》中更好的暴风雨场面，或者再也不可能比他在《青春》和《吉姆爷》中更忠实地赞扬英国海员的优秀品质。正是在那时候，评论员马罗提醒他说，在自然的进程中，人必定会衰老，会坐在甲板上抽烟并且放弃航海。然而，他又提醒他说，那些艰苦的岁月已经储存在他们的记忆之中，他甚至会暗示说，虽然关于惠莱船长以及他和大自然之间的关系已经无话可说，在岸上还有许多男男女女芸芸众生，他们之间的关系虽然是一种更加私人的关系，也许值得深入考察一番。如果我们进一步假定，在船上有一部亨利·詹姆斯的小说而马罗把这本书给他的朋友带到床上去看，我们可以从下面的事实中为我们的假设找到支持——正是在一九〇五年，康拉德写了一篇很好的文章来评论那位大师。

那末，多年以来处于支配地位的伙伴正是马罗。《诺斯特罗莫》、《机缘》、《金箭》是马—康联盟在那个时期的代表作，有人继续认为，这是个最丰满充实的时期。他们会说：人类的心灵比森林更为错综复杂；它有它的狂风暴雨；它有它的夜游生物；而作为一个小说家，如果你希望在人的各种关系中来考察人，那恰当的对手就是人而不是大自然；他的严峻考验是在社会里面而不是在孤寂之中。对于他们说来，在那些书中总有一种特殊的魅力，那些明亮的目光不仅落在汪洋大海上，也落在茫然困惑的心灵上。但是，必须承认，如果马罗如此劝告康拉德去改变他的观察角度，那是一个勇敢的忠告。因为，一位小说家的眼光是既复杂又特殊的：它之所以是复杂的，是因为在他的人物之后和人物之外，他必须树立一些稳定的东西，好让他把人物与它们联系起来；它之所以是特殊的，是因为既然他是具有某种感觉的孤零零的个人，他所能够确信无疑的生活面是有严格局限的。如此微妙的一种平衡很容易受到破坏。在中期之后，康拉德再也不能使他的人物形象与他们的背景之间保持完美的关系。他再也不会像他信任他早期作品中的海员那样来信任他后期作品中更加深谙世故的人物。当他不得不指出他们和那个小说家的世界——那个价值和判断的世界——之间的关系之时，对于那价值究竟是什么，他远远不如以前来得肯定。于是，“他小心翼翼地把着舵”这句话在一场暴风雨的尾声一再地出现，其中带有一种完整的道德说教。然而，在这个更加拥挤复杂的世界里，这种简单明了的话语变得越来越不合时宜了。有多种兴趣和关系的复杂的男女，决不会忍受一个如此简单的判断；要是他们接受了它，他们身上许多重要的因素就被这个论断遗漏了。然而，对于绚丽多彩而有浪漫主义魅力的康拉德的天才来说，找到一些它的创作可以试图遵循的规律，是十分必要的。基本上——这仍旧是他的信念——这个文明的、自我意识的人们的世界，是建立在“几种非常简单的思想概念”的基础之上的；但是，在这个思想和个人关系的世界中，我们到哪儿去寻找它们呢？在客厅里可没有桅杆；台风也不会来考验政客和商人的存在价值。到处探索而找不到这样的支柱，康拉德后期作品中的世界周围有一种不由自主的模糊朦胧，一种不确定性，几乎是一种令人迷惑和疲劳的幻灭感。在黑暗之中，我们仅仅抓住了往昔的高贵和响亮的调子：忠贞、热情、荣誉、献身——总是那么美丽，但是现在有点厌倦地老调重弹，似乎时代已经改变了。也许这是马罗的过错。他的思考习惯是有点儿固定僵化。他在甲板上坐得太久了；他的自言自语可谓精妙绝伦，但他拙于交谈对答；而那些“刹那间的幻象”忽隐忽现，不能作为一种稳定的灯光来照明人生的涟漪和它漫长而逐渐发展的岁月。首先，或许他没有考虑，如果康拉德要创作的话，他应该有怎样的信念，这是首要的基本问题。

因此，虽然我们将到他的后期作品中去探险一番，并且带回一些珍贵的纪念品，但是其中有许多小径我们中间大部分人不会去涉足。正是那些早期作品——《青春》、《吉姆爷》、《台风》、《水仙号上的黑水手》——我们才会完整地加以阅读。康拉德的什么作品将会永存不朽？我们将在小说家的行列中把他放在什么地位？当别人提出这些问题的时候，我们就会想起这些早期作品，它们带有一种气派，好像正在告诉我们一些非常古老而完全真实的事情，而这些过去隐藏着的东西现在被揭示了出来；我们想起这些作品，这样的问题和比较就显得有点微不足道。完整而娴静，十分简朴而又异常美丽，它们在我们的记忆中浮现出来，就像在这炎热的夏季的夜晚，起初有一颗星星缓慢而庄严地出现在天空里，然后又是一颗。

《鲁滨孙飘流记》*

有许多种不同方式可以探讨这部经典作品，我们选择哪一种？我们是否一开始就申明，自从锡德尼[1]在札特芬逝世留下了未完成的《阿卡迪亚》遗稿以来，英国人的生活经历了沧桑巨变，而小说已经选择，或者说已经被迫选择了，它自身的发展方向。一个中产阶级已经诞生，他们有阅读能力，他们迫切期望阅读的不仅是王子和公主的爱情故事，而是关于他们自己和他们平凡生活细节的作品。经过千百人的手笔，散文已经发展到可以使它自身适应这种需求：它比诗歌更适合表达现实生活。这当然是探讨《鲁滨孙飘流记》的方式之一——通过小说的发展过程来加以探讨；然而另一种探讨方式立刻毛遂自荐——那就是通过作者的人生经历来探讨。我们在作者传记这片得天独厚的草原上探索，比起把这本书从头到尾读一遍，要花费更多时间。首先，笛福的出生年月就有疑问——究竟是1660年还是1661年？其次，他拼写自己的姓氏用了一个字母还是两个字母？他的祖先是什么人？据说他曾经是一位织袜商贩，这在十七世纪又算个什么身份？他后来成为撰写小册子的作家，并且获得威廉三世的信任；他写的一本小册子使他遭受戴枷示众的刑罚，并且被投入新门监狱牢房；他受雇于哈利②，后来又被戈多尔芬③雇用；他是第一个受人雇用的新闻记者；他写了无数的小册子和报刊文章；他还写了《摩尔·弗兰德斯》和《鲁滨孙飘流记》；他有一个老婆六个孩子；他很瘦，鹰钩鼻，尖下巴，灰眼珠，嘴边有个大黑痣。只要对英国文学稍加涉猎就不言自明：追踪小说的发展过程和观察小说家的容貌特征，要消磨多少时间，耗费多少生命。我们偶尔读了理论再看传记，看了传记再读理论，一个疑问油然而生——如果我们知道笛福确切的诞生日期，知道他为何原因爱上何

* 本文选自《普通读者续集》。
① 锡德尼（1554—1586），英国文艺复兴时期诗人。
② 哈利（1661—1724），十八世纪英国托利党领袖。
③ 戈多尔芬（1645—1712），当时担任英国财政大臣。

人，如果我们把英国小说起源、上升、发展、下降、衰亡的历史熟记心中，从它在埃及开始孕育（有此一说）直到它在巴拉圭荒原中消亡（或许如此），我们阅读《鲁滨孙飘流记》是否增添一分乐趣，获得更深一层理解？

那部书本身保持不变。不论我们探讨这部作品的方式如何迂回曲折、拖延磨蹭，最后等着我们的仍然是一场孤独的搏斗。作者和读者之间必须先有一番博弈，然后才有可能进一步交易，在此私密洽谈过程中，如果有人不断插话提醒，笛福贩卖过袜子，头发是棕色的，曾经带枷示众，这就令人分心，使人厌烦。我们的首要任务，而且往往是个艰巨的任务，就是掌握作者的透视角度。等到我们弄清楚作者如何安排他所创作的那个世界，批评家强迫我们接受这个世界的种种细节，传记家所关注的作家本人的许多奇遇，都是毫无用处的废物。我们必须亲自攀登到小说家的肩膀上，通过他的眼睛来观察，直到我们也弄明白，他是按照怎样的次序去安排小说家们命中注定要去观察的大千世界：个人和人类；他们背后的大自然；君临于他们之上而被我们简称为上帝的那种力量。于是混乱、误判、困难接踵而至。对我们而言，这些事物原来平淡无奇，小说家用他自己的方式将它们相互整合，它们就会之变得面目全非难以辨认。这种情况似乎千真万确：唇齿相依而呼吸着相同空气的人们，对于事物比例的感觉却大相径庭。在某人眼里，人是巨大的，树是渺小的；在另一个人眼中，树是庞然大物，人是背景中微不足道的小摆设。因此，无论教科书上如何论述，生活在同一时代的作家们观察世界的尺码各不相同。以司各特为例，他描绘的山峰巍然屹立，人物按比例相互匹配；简·奥斯丁选中了茶杯上的玫瑰花，用它来衬托人物的机智对话；皮科克[①]却用奇幻扭曲的哈哈镜映照天地，在镜中茶杯就像维苏威火山，或者维苏威火山如同一只茶杯。然而司各特、简·奥斯丁和皮科克生活在相同时代，他们看到相同的世界，在教科书中他们被编入文学史的同一个发展阶段。他们之间的差异，就在于他们的透视角度。如果我们能够牢牢抓住这一点，对我们而言，这场搏斗就以我方获胜告终；我们

① 托马斯·皮科克（1785—1866），英国十九世纪讽刺小说家、诗人。

与作家感同身受亲密无间，我们就可以转过身来，安心享受批评家和传记家慷慨提供的多种多样乐趣。

然而就在此刻出现了许多难题。因为对于这个世界我们有自己的看法，它来自我们自身的经历和偏见，因此它又与我们的自负和爱好紧密关联。如果有人要弄花招颠覆了我们内心的平衡，我们不可能不感受到伤害和侮辱。于是《无名的裘德》或普鲁斯特的一卷新书出版，报刊上就涌现出众多读者的抗议。切尔屯南的吉卜斯少校扬言：如果人生像哈代所描绘的那样阴暗，明天他就把一颗子弹射穿自己的脑袋；汉普斯德的威格斯女士必须提出抗议：虽然普鲁斯特的艺术手法奇妙，感谢上帝，现实世界与一个精神反常的法国人的歪曲描写毫不相同。那位先生和那位女士都想操控小说家的透视角度，使其雷同并且加强他们自己的观点。但是伟大的作家——哈代或普鲁斯特——却不顾私有财产的权利，继续走自己的路；凭着自己额头的汗水，他在一片混乱之中整理好秩序；他在那里栽一棵树，他在这里安排一个人物；他按照自己的心意处理神的形象，有时遥不可及，有时近在眼前。在文学杰作之中，就是在那些画面清晰、秩序井然的作品之中，作家严格要求我们按照他的透视角度去观察，我们往往会感到痛苦——我们的自尊心受到了伤害，因为我们自己的思维秩序被颠覆了；我们感到恐惧，因为我们原来的精神支柱被扭曲了——而且我们感到厌烦——因为，从一种崭新的观念之中，我们又能获得什么满足和乐趣？然而，从愤怒、恐惧和厌倦之中，有时会产生出一种稀有而持久的愉悦。

《鲁滨孙飘流记》可能就是一个恰当的例子。它是一部杰作，而它之所以成为杰作，主要原因就在于笛福自始至终保持着他自己的透视感觉。正是由于这个原因，在每个转折关头，他都对我们横加干涉、轻蔑嘲弄。让我们宽泛地阅览此书的主题，把它和我们的先入之见比较一番。我们知道，此书的故事是写一个人物，历尽各种艰险和奇遇，然后被孤零零地抛到一座荒岛上。仅仅这些暗示——艰险，孤独，荒岛——就足以唤起我们的想象，期盼看到世界尽头遥远的地方；看到日出和日落，看到那个男主人公与世隔绝，孤独地沉思社会的本质和人类奇特的生活方式。开卷阅读之前，我们可能已经把我们期望此书给予我们的乐趣模糊地描绘出来了。我们在阅读过程中，每一页都遭遇到粗暴的反驳。没有日落和日出，没有孤独和沉思。恰恰相反，睁眼望去，我们所面对的就是一只巨大的泥土罐子。换句话说，此书告诉我们：时间是 1651 年 9 月 1 日，主人公的姓名是鲁滨孙 · 克鲁苏；他的父亲患痛风症。于是，我们显然必须立刻改变我们的态度。现实，事实，物质，将在后面的叙述中占支配地位。我们必须赶快改变我们的比例尺码；大自然必须收拢她华丽的紫袍；她给人类带来的只是水旱灾害；人类被贬低为为维持生存而艰苦挣扎的动物；上帝被降级为地方行政官，他那坚固结实的宝座仅比地平线稍微高一点点。按照我们的透视角度，在每一个故事中寻求的三大信息——上帝、人类、大自然——都遭到冷酷无情的普通常识的驳斥。鲁滨孙 · 克鲁苏想到了上帝："有时我不禁自问，为何造物主要如此毁灭他所创造的全部生命……然而总是有什么东西立即反驳我，阻止我的这种想法。"上帝并不存在。他想到了大自然，在田野里"花草缤纷，佳木成林"，但重要的是树林里隐藏着一大群鹦鹉，可以驯养，教它们说话。大自然也不存在。他想到了死者，他亲自杀死的那些土人。最重要的是必须把他们立即埋葬，“曝晒在日光之下，他们很快就会发臭”。死亡也不存在。什么都不存在，除了那只泥土罐子。也就是说，最后我们只能被迫放弃我们的先入之见，去接受笛福自己想要告诉我们的东西。

让我们回过头去重读此书的开端那句话：“1632 年，我出生于约克市一个良好家庭。”再也没有比这个更平淡无奇、更平铺直叙的开端了。我们的注意力被吸引了，冷静地思考井井有条、勤劳刻苦的中产阶级生活的种种福祉。我们确信，再也没有比诞生在英国中产阶级家庭更大的幸运了。出身高贵或者贫困，都令人怜悯；他们都容易被忧虑不安所困扰；处于卑贱与高贵之间的中间地位，才是最佳选择；而中产阶级的优点——节制，稳健，宁静，健康——是最令人向往的品质。一个中产阶级青年交了恶运，居然头脑发昏迷上了冒险活动，真是令人遗憾。他就这样用散文笔法一路写下去，一点一点地描绘出他自己的肖像，使我们永远难忘——在我们心中留下不可磨灭的记忆，因为他自己也永远不会忘记，他的精明、谨慎，他对于秩序、舒适和体面的爱好；然后作者不知用了什么方法，我们发觉自己也在海上飘流，遭遇狂风暴雨，一眼望去，看到的所有景象都与鲁滨孙·克鲁苏目睹的一模一样。海浪、水手、天空、船只——一切都是通过他那双细心的、中产阶级的、缺乏想象力的眼睛所观察到的。他的目光洞察一切。呈现在我们眼前的一切事物，都符合他天生小心谨慎、善于领会、墨守成规、实事求是的理解力。他不可能热情洋溢。大自然的庄严宏伟，他天生就感到轻微的厌恶。他甚至怀疑上帝过分夸张。他是如此忙碌并且专注于抓住主要机会，对于周围发生的事情他只注意到十分之一。他相信一切事情都可以合理解释，只要他有时间去加以关注。看到一群“身躯庞大的生物”深夜泅水包围他的木船，我们比他更加惊慌。他举枪向它们射击，它们泅水撤离——它们究竟是不是狮子，他也说不清。就这样，不知不觉，我们吃惊得张大了嘴巴，而且一次比一次张得更大。见到狰狞怪兽，我们也张大嘴巴一口吞下；要是让想象力丰富、语言夸张的旅行家给我们讲这种故事，我们就会犹豫不决，不敢轻信。然而这位顽强的中产阶级人物所说的每一件事情，都可以作为事实来接受。他总是在统计木桶的数目，采取合理措施保证淡水供应；我们很难发现，他在细节方面会出现什么疏漏。我们怀疑，他是否忘记了船上还有一大块蜂蜡？决不会忘记。但是他已经用它做了一些蜡烛，这块蜂蜡在第三十八页就比它在第二十三页要小得多。他偶尔也会留下一些前后不一贯的漏洞——为什么那些野猫这么驯服，那些山羊如此胆怯？——我们也不会深感不安，我们可以肯定事出有因，而且理由充足，只要他有时间就可以给我们说明。但是，一个人在荒岛上，全凭一己之力养活自己，他所承受的生活压力决不是闹着玩的。号啕大哭也无济于事。一个人必须处处留神，闪电可能引起他的炸药爆炸，这决不是为大自然的壮丽景观狂喜不已的时刻——最紧迫的任务是为火药找到安全存放之处。于是靠着坚定不移地陈述他眼中所见的真实情况——作为一位大艺术家，他忽略某些细节，关注某些事实，为了体现他的主要品质，那就是真实感——最后他终于把平凡的行为写得尊严高贵，把普通的事物写得富丽堂皇。耕耘土地，烘烤面包，种植庄稼，建造住房——这些简单工作写得多么庄严。短斧、剪刀、木棍、大斧——这些简单工具写得多么美好。不受评论的干扰，故事按照自己的逻辑往前叙述，气势宏伟，风格质朴。然而，文学评论岂能使它更加激动人心？他所走的确实是一条与心理学家相反的道路——他所描写的是情绪对于躯体的影响，而不是对于精神的影响。但是，当他诉说自己在痛苦的瞬间紧握双手，会把任何柔软之物捏得粉碎，“我咬紧牙关，上牙与下齿紧紧咬住，一时难以分开”，这种叙述产生的印象，就如同好几页心理分析记录那么深刻。他自己在这方面的直觉是正确的。“让那些博物学家们去解释这些事情，”他说，“以及其中的道理和现象；我能给他们的全部建议就是，去描写事实……”如果你是笛福，描写事实确实就足够了；因为这种事实是确凿无疑的事实。笛福在这方面的天才，达到了描述性散文大师们之外无人企及的效果。他只要说“灰蒙蒙的拂晓时分”，寥寥数笔，就把风起云涌的黎明景色生动地描绘出来了。许多人的死亡和凄惨不幸的感觉，他使用了世界上最简洁的散文化表述：“从此以后我再也见不到他们，或者他们的任何遗迹，除了三顶礼帽，一顶便帽，两只并不成双配对的鞋子”。最后他大声说道：“我像国王一般并不完全孤独，我的一群仆役伺候着我。”这是指他的鹦鹉，他的狗和两只猫，我们不得不感觉到整个人类在荒岛上生活的凄凉孤独——不过笛福总有办法给我们的热情泼点冷水，他立即告诉我们：这两只猫并不是从船上带下来的。原来的那两只猫已经死了；这两只是新猫，而且由于猫的繁殖力旺盛，实际上给人添了不少麻烦，而狗却奇怪极了，一只狗崽也不生。

笛福就这样一再重申，处于最突出地位的前景没有别的东西，就是一只平淡无奇的土罐，他说服我们从这个透视角度去观察荒岛和人类孤独的心灵。他坚信罐子是扎扎实实用泥土做的，他使一切其他因素都服从他的整体构思——好像用一根绳子捆绑了整个宇宙，形成一个和谐的整体。当我们读完故事合上此书，不禁扪心自问：为什么那只简朴的土罐强迫我们接受的透视角度，不能完全满足我们的要求呢？一旦我们领会其中的意义，人类自身就会庄严雄伟地屹立于山峦连绵起伏、大海波涛汹涌、天空群星闪耀的背景之前。

伯爵的侄女*

小说有一个性质非常微妙的方面，它的重要性值得关注，却很少被人提及。我们可以对家庭出身保持沉默忽略不计，假定一个人的出身和其他人没有区别；然而英国小说却深深地卷入了社会等级的升降起落，没有这些内容也就面目全非难以辨认。梅瑞狄斯在《奥普勒将军与坎伯夫人案例》中写道："他请管家传话，他马上过去奉陪坎伯夫人，同时他又赶紧整理一下自己的服装。她是伯爵的侄女。"所有正统的英国人都毫不犹豫地接受这段描述，并且认为梅瑞狄斯完全正确。在那种情况下，一位将军肯定会额外地整刷一下他的外套。虽然将军可能具有与坎伯夫人同等的社会地位，上面的描述却告诉我们事实并非如此。赤裸裸的外表没有贵族名分，他被夫人的社会地位所震慑。没有伯爵、男爵或骑士头衔罩着他。他不过是个英国绅士罢了，而且还是个穷绅士。因此，即使对今日的英国读者而言，在他拜见坎伯夫人之前“赶紧整理一下他的服装”毫无疑问是必须的。

假定社会等级差别已经消失是无用的。每个人都可以声称自己未受此类身份等级约束，他的生活天地广阔。然而这是幻觉。闲暇无事在夏日炎炎的街头漫步，可以看到披着头巾的打杂女工在身穿罗绫的成功人士中间擦肩挤身而过；也可以看到女店员们把鼻子贴在汽车玻璃窗上窥望；还能见到容光焕发的青年和器宇轩昂的长者等候召唤觐见乔治国王陛下。不同等级之间或许并无对抗意识，然而亦无沟通交流。我们被篱栅围困，相互隔离，断绝联系。我们在小说里看到了自己，立刻明白这就是事实真相。小说家，尤其是英国小说家都知道，而且乐于知道，社会是由许多彼此隔离的玻璃匣子构成的窝巢，每个匣子里容纳了一个具有独特习俗和品质的群体。他知道有伯爵而伯爵们还有侄女；他知道有将军而将军们在拜见伯爵侄女之前要整刷外套。然而这些不过是小说家知识库中的

---

* 本文选自《普通读者续集》。

ABC罢了。因为在短短几页中，梅瑞狄斯就使我们明白，不但伯爵们有侄女，而且将军们有表亲；表亲们有朋友；朋友们有厨娘；厨娘们有丈夫，而将军们的表亲们的朋友们的厨娘们的丈夫们是一群木匠。这些人中的每一个，都生活在他们自己的玻璃匣子里，而小说家必须考虑到他们各自的独特个性。从表面上看来，中产阶级千篇一律，实际上决非如此。各种奇特的脉络和线索在社会大众之间纵横交错，把男男女女芸芸众生相互隔离，神秘的特权和无权状态是如此难以捉摸，无法用粗糙的头衔来分类标明，它们阻碍并且扰乱了人类交际往来的重大事务。当我们小心翼翼地穿过这些从伯爵的侄女到将军表亲的朋友之类社会等级的迷宫之后，我们依然面临深渊；我们前面有一道鸿沟；工人阶级就在对岸。像简·奥斯丁那样具有完美判断力和趣味的作家，向鸿沟对岸瞥了一眼；就把她自己的写作局限于自己的特殊阶级，并且发觉其中有无穷的层次。但是像梅瑞狄斯那样思维活跃、追根究底、爱好争论的作家，越界探索的诱惑不可抗拒。他的手指上上下下触摸社会等级的琴键，奏响了一个又一个音符；他坚持让伯爵和厨娘、将军和农夫按照各自的身份发言，并且在极其复杂的英国文明生活喜剧中扮演他们的角色。

他自然而然会去尝试探索。一位被喜剧精神所感染的作家，乐于敏感地鉴别这些阶级差异；这给了他机会去把握住这些东西，并且玩弄一番。没有伯爵的侄女和将军的表亲，英国小说就索然无味，一片荒芜。它就会与俄国小说相似，回过头去诉说浩瀚的心灵和人类的友情。它就会像俄国小说那样缺乏喜剧。即使我们意识到伯爵的侄女和将军的表亲使我们获益匪浅，我们有时候也会怀疑，在卷了刃的刀锋上欣赏讽刺喜剧所获得的乐趣，是否值得我们为此付出的代价。因为这个代价很昂贵。小说家承受了巨大的精神紧张压力。在两个短篇小说中，梅瑞狄斯英勇豪迈地试图跨越所有的鸿沟，从容不迫地把握住五六个不同的社会等级。现在他用伯爵侄女的口吻说话，等一会儿又改用木匠老婆的语气。他的大胆尝试未必圆满成功。你会感觉到（或许这并无根据）伯爵侄女的脾气未必像他所描绘的那么尖酸刻薄。贵族或许并非从他的角度所表述的那么趾高气扬、行为怪异。然而，他笔下的大人物还是比小人物写得更为成功。他的厨娘们太过老迈、肥胖；他的农夫们太过健壮、世俗。他过分突出了这些人物的精神气质，他们挥拳拍腿，表情夸张。他离他们太远，无法轻轻松松描写他们。

因此小说家，特别是英国小说家，似乎感到无能为力，而其他艺术家却没有受到同等程度的影响。他的作品受到了他自己出身的影响。他注定只能深切了解并且恰当描绘那些属于他自己社会阶层的人物。他无法摆脱那个培育了他的玻璃匣子。纵览小说发展，我们发觉狄更斯的小说中没有绅士，萨克雷的小说中没有工人。简·爱是否可以称为淑女，人们没有把握。奥斯丁笔下的伊丽莎白和爱玛们只能是淑女，决不会被看作其它人物类型。要想找个公爵或清洁工势必徒劳无功——我们怀疑在小说中任何地方都难以找到此类处于极端等级的人物。于是我们得出悲伤而无奈的结论，小说不仅比它原来可能达到的水平更差，而且大大地阻碍我们去了解社会高层或底层的情况——因为小说家毕竟是伟大的叙述者。我们实际上没有任何证据可以去猜测这片土地上最高层人物的心理感觉。国王感觉如何？公爵如何思考？我们都没法说。因为这片土地上最高层人物很少写作，而且他们从来不写关于他们自己的情况。我们从来不会知道，在路易十四眼中他自己的朝廷看上去是什么模样。确实很有可能有朝一日英国贵族不复存在，或者与普通民众融为一体，然而没有留下关于他们自己的任何真实图像。

但是，和我们对于工人阶级的无知相比，我们对于贵族的无知微不足道。在任何时候，英法两国的显赫世家都喜欢在他们的餐桌上款待知名人士，于是萨克雷、迪斯累里、普鲁斯特之流大作家对于贵族生活的款式和时尚了如指掌，执笔描述胸有成竹。然而很不幸，按照社会生活的发展框架，文学事业的成功总是意味着作家地位的上升而从来不可能是下降，广泛接触社会各阶层的机会也很少——这却是更令人盼望的事情。地位正在上升的小说家决不会被管道工夫妇纠缠不休，身不由己去和他们一起喝杜松子酒吃海螺。他的作品决不会使他去接触猫食贩子，或者使他和大英博物馆门口卖火柴鞋带的老太婆开始通信。他有钱了；他受人尊敬了；他买了一套晚礼服去和与他身份相当的人们一起用餐。因此，成功小说家的后期作品，如果有任何不同，总是显示出他的社会等级略有上升。我们往往会看到越来越多成功人士和杰出人士的肖像。另一方面，莎士比亚时代的老捕鼠人和马夫被彻底逐出了小说的场景，或者更加令人反感，他们成了怜悯的对象，奇特的例子。他们被用来衬托富人的高贵。他们被用来指出社会制度的罪恶。他们不再像乔叟写作的时代中那样，纯粹代表他们自己。因为，让工人们用自己的语言去写他们自己的生活，似乎已经不可能了。写作这种行为给人的教育，意味着他们的自我意识或阶级意识立刻加强，或者使他们脱离原来的阶级。匿名写作，在它的荫庇之下可以最快乐地写作，这是中产阶级作家独享的特权。作家们从中产阶级里涌现出来，因为只有在中产阶级里，写作才会像耕地盖屋一般轻松自然习以为常。因此，拜伦当诗人肯定比济慈更加困难；要使一位公爵成为伟大的小说家，就像由柜台后面的一位商人来写《失乐园》，简直不可思议。

但是情况在变化，以往的阶级区分不像现在那样坚硬固定。在这方面伊丽莎白时代比我们自己的时代更富于弹性；另一方面，我们又不像维多利亚时代的人们那么狭隘保守。因此，我们很可能正处于前所未有大变革的前夕。大约在另外一个世纪，这些阶级区别就毫无意义。我们所熟悉的公爵和农业劳工可能像巨鸨和野猫一样完全消失。我们人与人之间的区别，就只有智力和性格方面的自然差异了。奥普勒将军（如果那时还有将军），不必整刷他的外套（如果还有外套），就去拜见伯爵（如果还有伯爵）的侄女（如果还有侄女）。然而，将军、侄女、伯爵、外套一旦消失，英国小说是什么状况，我们难以想象。它的性质可能发生改变，使我们对它不再熟悉了解。它可能会绝灭。我们的后代可能很少写作小说取得成功，正如我们自己很少创作诗剧取得成功。真正民主时代的艺术将是——什么模样？

论乔治·梅瑞狄斯的小说*

二十年前，乔治·梅瑞狄斯的声誉正处于它的巅峰。他的小说克服了重重困难，终于走上了成名之路，由于它们所曾经受到过的压制，它们的名声显得更加辉煌，更加不同凡响。而且，人们普遍发现，这些杰出著作的作者本人也是一位杰出的老人。到鲍克斯山庄去访问过的人们传说，当他们走上那座郊外小屋的汽车道时，在屋内轰然回荡的谈笑声使他们感到激动。那位小说家端坐在客厅里那些通常的小摆设中间，看上去就像古希腊悲剧家欧里庇得斯的半身雕像。年龄使他优美的容貌变得憔悴、瘦削，但他的鼻子还是尖尖的，他湛蓝的眼睛依然敏锐而闪烁着嘲讽的光芒。虽然他坐在扶手椅里漠然不动，他的面貌还是生气勃勃、机警灵活的。他的确几乎完全聋了，但是，对于一个几乎无法跟上他自己思想的迅速步伐的人来说，这不过是最微不足道的折磨罢了。既然他听不到别人对他说些什么，他就可以全心全意地沉浸于自言自语的乐趣之中。不论他的听众很有教养还是头脑单纯，这或许对他都没有多大的关系。他以同样隆重的礼仪，把可以用来恭维一位公爵夫人的贺词献给一个孩子。同样，他不能用简单的日常生活语言去对这两者说话。然而，不论什么时候，这种精心推敲、矫揉造作的谈话，充满着明确具体的短语和层出不穷的隐喻，最后终于发展为一阵大笑。他的笑声围绕着他的句子旋转，好像他自己也很欣赏其中的幽默夸张。这位语言大师在他的词汇的海洋中击水嬉戏、深深潜泳。就这样，关于他的传说渐渐增多，乔治·梅瑞狄斯的声誉也就与日俱增，他的肩膀上长着一颗希腊诗人的脑袋，他住在鲍克斯山下一座别墅里，用一种几乎在公路上就能听见的响亮的声音，口若悬河地倾吐出充满着诗意、

---

* 本文选自《普通读者续集》，系伍尔夫于 1928 年 1 月为纪念梅瑞狄斯诞生一百周年所撰。
乔治·梅瑞狄斯（1828—1909），英国诗人、小说家。著有诗歌《现代的爱情》、小说《利己主义者》等。

讽刺和智慧的语言，使他的销魂夺魄、才气横溢的作品更加迷人、更加辉煌。

但这是二十年前的情况。作为一位健谈者，他的声誉必然衰退，而作为一位作家，他的声誉似乎也受到影响。在他的后继者之中，现在没有一个人身上可以明显地看到他的影响。当他的后继者之一本人的著作使他有权要求别人洗耳恭听他的高见之时，他偶尔涉及这个论题所发表的意见并无恭维奉承之意。

> 〔爱·摩·福斯特在他的《小说面面观》中写道〕梅瑞狄斯已不像他二十年前那么享有盛誉了……他的哲学观点未能历久不衰。他对于感伤主义的猛烈攻击使当代人感到厌倦……当他态度严肃、思想高尚之时，他的言论带有一种刺耳的杂音，一种盛气凌人的语调，后来它又变得沮丧不堪……一方面由于虚构杜撰，一方面由于频频说教（说教从来就不受欢迎，而如今则被认为是空洞贫乏），一方面又由于他把狭隘的乡土题材当作整个宇宙来写，梅瑞狄斯的名声现

在处于低潮，这也就不足为奇了。

当然，上述评价并非企图盖棺论定；然而，在它侃侃而谈的真诚态度之中，已足够精确地概括了人们论及梅瑞狄斯之时所流传的说法。不，总的结论似乎将会是：梅瑞狄斯的声誉未能历久不衰。然而，一百周年纪念的价值在于：这样的场合使我们能够把这种流传的印象固定下来。人们的谈论，与磨灭了一半的回忆夹杂在一起，形成了一阵迷雾，逐渐使我们几乎不识其真面目。重新翻开他的作品，试图用初次阅读它们的新鲜眼光来加以阅读，把它们从作者的声誉和偶然的事故这种无聊的评语中解放出来——这也许就是我们在一位作家诞生一百周年之际所能奉献的最为令人满意的礼物。

由于第一部小说往往写得比较疏忽大意，作者在其中显示了他的各种天赋而不知道怎样才能最有利地安排处理它们，因此我们不妨首先翻开《理查·弗浮莱尔》看看。并不需要十分精明，我们就可看出，那位作者是一位新手。此书的风格极不平衡。他忽然拧成坚硬的绳结，忽然又像一张煎饼那样平坦地舒展。他似乎三心二意，无所适从。嘲讽的讥评与冗长的叙述互相交替。他踌躇不决地从一种态度转向另一种态度。的确，这样编排起来的整个结构，似乎有点摇晃不稳。那位裹着一件斗篷的准男爵；那个乡村家庭；那幢祖传宅邸；那些在饭厅里吟诵警句的伯父们；那些洋洋自得、喜欢游泳的了不起的女士们；那些拍着大腿、十分快活的农夫们；在他们身上，都被随随便便地、一阵一阵地洒上了《朝圣行囊》[①]这只胡椒瓶里的枯燥无味的格言——所有这一切凝聚成一团多么奇特的混合物！但那种奇特之感可不是表面上的；它不仅仅在于那些鬓须和帽子已经过时；它还要更深刻些，它在于梅瑞狄斯心中的意图，在于他想要引起的变革。显而易见，他曾煞费苦心地去摧毁小说的传统形式。他并不试图保存特罗洛普和简·奥斯丁朴素的现实画面，他已拆毁了我们借以学会攀登的一切通常的阶梯。如此深思熟虑的举动带有一种目的。这种对于普通事物的蔑视，这些气派和风度，这

① 《朝圣行囊》是小说主人公理查的父亲准男爵奥斯丁·弗浮莱尔所写的一部格言集。

种用“阁下”和“夫人”构成的对话，这一切都是为了创造出一种与日常生活有所不同的气氛，去为一种对于人生景象的崭新的、独特的感受准备道路。皮科克，这位梅瑞狄斯曾向他学到不少东西的作家，也同样地任性，但是，我们很自然地欣然接受了斯金奥纳先生和其他人物，这个事实证明了他要求我们作出的那种假设所具备的优点。另一方面，梅瑞狄斯在《理查·弗浮莱尔》中所塑造的人物，和他们的环境并不协调一致。我们立即惊呼，他们是多么不真实，多么矫揉造作，多么不可思议。那位准男爵和男管家、那位男主人公和女主人公、那位好女人和坏女人，他们仅仅是准男爵和男管家、好女人和坏女人的类型罢了。那么，究竟为了什么原因，他才牺牲了现实主义的普通常识实际存在的有利条件——那攀登的阶梯和粉刷的泥灰？因为，当我们阅读他的作品之时，我们逐渐清楚地意识到，并非对于人物性格的复杂性，而是对于一个场景的华丽光彩，他才具有敏锐的感受能力。在他的第一部小说中，他创造了一个又一个我们可以赋予抽象名称的场景——青春、爱情的萌发、自然的力量。我们跨着狂想散文的骏马，越过一切障碍，向着这些场景蹄声笃笃地疾驰而去。

> 丢开各种制度！丢开腐朽的世界！让我们来呼吸魔岛的空气吧！金色铺展在草地上；金色奔流在溪水中；赤金在松树的叶梗上闪烁。

我们忘记了作为理查的理查和作为露西的露西；他们是青春的化身；熔化了的金子在那个世界上奔流。那么，这位作者是狂想家，是诗人；然而，我们尚未竭尽这第一部小说中所有的因素。我们必须把作者本人也考虑进去。他的头脑充斥着理想，渴望着争论。他的少年和少女们可能把他们的时间花在草地上采摘雏菊，然而不论是多么无意识地，他们呼吸着一种充满着智慧的疑问与批评的空气。在许多场合，这些互相矛盾的因素关系紧张，并且有破裂的危险。这本书从头至尾到处是裂缝，当它们出现之时，那位作者似乎在心里同时存在着二十种互相矛盾的念头。但是，这本书终于能够奇迹般地保持完整而不致分崩离析，这肯定不是由于它在描绘人物方面的深度和独创性，而是由于它的理智的力量和强烈的抒情所具有的活力。

于是，我们处于一种好奇心被激起的状态之中。让他再写一两本书，他就会开始走上轨道，控制住他生硬的笔调；而我们将要翻开《亨利·里奇蒙》，看看现在发生了什么情况。在一切可能发生的情况之中，这种情况肯定最为奇异。所有不成熟的迹象都一扫而光，那种心神不定的、带有危险的踌躇不决也随之消失。故事情节沿着狄更斯所走过的自传体叙述的道路迅速平稳地前进。是一位少年在说话，一位少年在思索，一位少年在冒险。因此，毫无疑问，那位作者克制了他的唠叨重复，删除了他的冗词赘句。那风格是尽可能地明快。它十分流畅，毫无佶屈聱牙之处。人们感到，斯蒂文森[①]必定从这种得心应手的叙述之中获益匪浅，它的遣词造句精确而灵巧，它能迅速而准确地捕捉可见事物的形象。

---

① 罗伯特·路易斯·斯蒂文森（1850—1894），英国小说家，以文笔优美著称。

在夜晚，走进深绿色树叶的浓荫之中，嗅着树木的香气；拂晓醒来，世界沐浴在阳光里，你登高远眺，把你明天、后天、大后天早晨将会看到的山峰记在心中；有一天早晨，这个世界上最亲爱的人儿将在你醒来之前来到你身边，使你大吃一惊；我想，这是一种美妙无比的乐趣。

文辞是华丽的，但有点儿忸怩作态。他在倾听他自己所说的话。我们的怀疑之感油然而生，它徘徊彷徨，最后终于落在（就像在《理查·弗浮莱尔》中）那些人物身上。这些少年并不比放在篮子顶上的苹果样品更为真实。他们太单纯、太豪侠、太爱冒险，不是属于和大卫·考坡菲那种人物相同的、不可比拟的类型。他们是一些少年的样品，是小说家的标本；于是我们又再次遇到梅瑞狄斯思想上极端的因袭性，过去，我们曾在他的思想中惊奇地发现过它。尽管他十分大胆（可能没有什么他不敢冒的风险），在许多场合，一个合乎现成模式的人物，就能使他十分满意。但是，正当我们认为那些年轻的绅士们过于凑巧合适、他们的奇遇过于陈腐不堪，那肤浅的幻想浸没了我们的脑袋，于是我们就和里奇蒙·罗伊以及奥蒂丽娅公主一起沉没到幻想和传奇的世界中去，在那儿，一切都紧密结合在一起，我们可以毫无保留地把我们的想象力任凭作者去支配。这样任人支配首先是惬意的；它给我们皮靴的后跟装上了弹簧；它的火花驱散了我们心中冷冰冰的怀疑，使那个世界在我们的眼前清澈透明地闪闪发光，不必对此再加陈述，因为它肯定是不容分析的。梅瑞狄斯能够引起这样的瞬间感受，这证明他具有异乎寻常的力量。然而，这是一种反复无常的力量，它的出现带有高度的间歇性。作者在有些篇页中殚精竭虑、冥思苦索，一个短语一个短语地推敲，就是迸发不出思想的火花。随后，正当我们想要掷下那本书的时候，那火箭腾空而起，整个景象闪烁着光芒；过了若干年之后，那突如其来的辉煌光彩，还会使人们想起那本书。

如果这种间歇性的光彩是梅瑞狄斯特殊的优点，那就值得我们更仔细地加以研究。或许我们首先会发觉：那些吸引我们的眼光并且留存在我们记忆中的景象是静止的；

它们是照明的灯彩而不是深刻的发现；它们并未增进我们对于人物的了解。这一点十分重要：理查和露西，哈里和奥蒂丽娅，克拉拉和弗农，比彻姆[1]和雷尼被小心地安排在适当的环境之中——在一艘游艇上，在开满花朵的樱桃树下，在河岸上——以便使自然景色总是成为人物情绪的组成部分。作者把大海、天空和树木写出来，是为了象征人物的感受和看到的景象。

天空是青铜色的，像一只巨大熔炉的拱顶。那些光和影的皱褶，像珍贵的绸缎美丽柔和的光泽。那天下午，蜜蜂嗡嗡之声犹如雷鸣，使人的听觉为之一振。

这是对于一种精神状态的描写。

这些冬季的早晨是神圣的。它们无声无息地消

① 有人把《比彻姆的事业》译作《包尚的事业》。比彻姆是书中的人物。

逝。大地似乎还在等待。一只鹧鸪婉转地鸣啼，掠过了细长柔嫩而被露水湿透的树桠；开阔的山坡上一片青翠；到处是烟雾缭绕，到处是盼望期待。

这是对于一个妇女脸庞的描写。但是，只有某些精神状态和某些脸部表情可以在想象中描写——只有那些高度锤炼以至于单纯的东西才能这样描写，惟其如此，它们是不容分析的。这是一种局限性；因为，虽然我们也许可以看到这些人物，在片刻的光芒照耀之下形象十分鲜明，他们却没有变化和发展；当那光芒减弱了，我们就留在黑暗之中。对于司汤达、契诃夫和简·奥斯丁的人物，我们有一种直觉的了解；对于梅瑞狄斯的人物，我们缺乏这种了解。我们对于那些作家的人物了解得如此深透，几乎可以完全免去那些稍纵即逝的"伟大场景"。在那些小说中，某些最动感情的场景是最平静的。我们已经受到九百九十九个轻微笔触的影响，当那第一千个笔触出现之时，它和其他的笔触同样轻微，然而，那效果却是异常巨大的。但是，在梅瑞狄斯的书中没有轻微的笔触，只有锤子一般沉重的笔法，因此我们对于他的人物的了解是局部的、一阵阵的、间歇的。

梅瑞狄斯并非那些伟大的心理学家之一，他们不动声色地、耐心细致地在头脑中每根神经纤维内外摸索他们的道路，使一个人物和另一个在最微细之处也完全不同。他属于诗人的行列，他们用激情或理想来鉴别人物；他们使人物象征化、抽象化。然而，或许他的困难就在于此——他并不像艾米莉·勃朗特那样完完全全是一位诗人小说家。他并不把世界浸透在一种情绪之中，他的头脑自我意识太强，太老于世故，不可能长期保持抒情状态。他不仅吟诵；他还要解剖。甚至在他最抒情的场景中，也有一种嘲弄挖苦围绕着那些词句，并且嘲笑它们的漫无节制。继续阅读下去，我们就会发现，如果容许那种喜剧精神主宰整个场面，它就会把那个世界弄得面目全非。《利己主义者》这部作品，立即修正了我们关于梅瑞狄斯是创造伟大场景的杰出大师这种理论。在这儿，没有那种曾经促使我们越过各种障碍向一个又一个情绪高峰疾驰的突如其来、匆忙急迫的冲动。这是一个需要争辩的实例；而争辩就需要逻辑；威罗俾爵士[1]，这个"我们原始男性的放大形式"，被放在考察和批评的炉火面前慢慢地翻来转去烘烤，不允许那受难者抽动一下身子来逃避那坚定的火焰。这或许是事实：被烘烤的是一具蜡像模型，而不是活生生的血肉之躯。同时，梅瑞狄斯对我们极度赞扬，作为小说读者，我们对此不甚习惯。他似乎说，我们是文明人，正在一起观看人类关系中的喜剧。我们对人类关系深感兴趣。男人和妇女可不是猫和猴子，而是一种发展更大、范围更广的生物。他想象我们能够对我们同胞的行为有一种无偏见的好奇心。一位小说家对他的读者如此赞扬，这是极其罕见的，我们起先不知所措，后来不觉莞尔。的确，他的喜剧精神和他的抒情风格相比，是一位更有洞察力的女神。正是她，在梅瑞狄斯创作方式杂乱的荆棘丛中开辟了一条明确的道路；正是她，以其观察之深刻一再使我们感到惊奇；正是她，创造了梅瑞狄斯世界中的庄重、严肃和活力。人们不禁要想，如果梅瑞狄斯生活在一个以喜剧

---

① 威罗俾是小说《利己主义者》中的主人公。

为准则的时代或国家里，他可能永远也不会养成那种智力优越的气派，那种隐晦严肃的方式，这种方式正如他所指出的那样，是要用喜剧精神[①]来加以匡正的。

但是，在许多方面，时代——如果我们能够判断如此没有定形的东西——是与梅瑞狄斯互相敌对的，或者更确切地说，他当时所处的时代和他在我们的时代（1928年）中所取得的成功是互相敌对的。他的教诲现在听来似乎太刺耳、太乐观、太浅薄。它把某种观点强加于人；如果哲学观点没有在一部小说中消耗殆尽，而我们可以用铅笔把这个警句划出来、用剪刀把那句劝诫剪下来，并且把它们用糨糊统统粘在一起形成一个系统，那么我们就有把握说，或者是那种哲学观点，或者是那部小说，或者是这两者都出了毛病。首先是他太过坚决地要教训别人。他甚至在倾听最意味深长的秘密之时，也不能抑制他自己的意见。没有比这更加引起小说中人物的忿恨不满的了。他们似乎争辩说，如果把我们创造出来的目的仅仅是为了表达

① 1877 年，梅瑞狄斯曾在伦敦学会讲演《喜剧的观念及喜剧精神的效用》，讨论过这方面的一些问题。

梅瑞狄斯先生对于宇宙的观点，那么我们宁可根本就不存在。因此他们就死去了；如果一部小说充满着死去的人物，即使它充满着深刻的智慧和崇高的教导，它也没有达到作为一部小说应有的目标。然而，行文至此，我们涉及了当前时代可能倾向于对梅瑞狄斯更表同情的另一个论点。当他在十九世纪七十至八十年代写作之时，小说已经发展到了只有向前迈进才能生存的地步。这是一种可能的论点：在《傲慢与偏见》和《爱林顿的小屋》[1]这两部十全十美的小说问世以来，英国小说不得不逃避这种完美楷模的支配主宰，正如英国诗歌不得不避开丁尼生的完美典范。乔治·爱略特、梅瑞狄斯和哈代都不是完美的小说家，大部分是由于他们坚持要把思辨或诗歌的品质引进到小说中来，这或许和最完美的小说是无法媲美的。另一方面，如果小说仍旧保持简·奥斯丁和特罗洛普的那种状态，那么到了现在小说就失去了生命。因此，梅瑞狄斯成为一位伟大的发明创造者，他理应受到我们的感谢，并激

① 这是英国小说家特罗洛普在 1864 年写的小说。

起我们的兴趣。我们对于他有许多疑问，我们对于他的作品无法构成明确的意见，这都是由于他的创作是实验性的，因此它包含了不能和谐融合在一起的因素——书中的各种品质是互相矛盾的；那个能够把它们凝聚、结合的品质却被忽略掉了。因此，在阅读梅瑞狄斯的作品之时，为了对我们最方便有利，我们必须留出某种余地，并且放松某些标准。我们不能期待传统风格的完美平稳，也不能盼望忍耐的、陈腐的哲学取得胜利。另一方面，他声称："我的创作方式使我的读者们准备接受一次人物角色的关键性的展览，然后充分展示出他们的热血和头脑在一种严酷的处境的压力之下的情景。"他的声明常常被证明是正确的。一幕又一幕景象带着强烈的闪光涌上心头。他用"让他的肺部充分活动"来代替大笑，或者用"享受针线飞快而错综复杂的活动"来代替缝纫，如果使他写出这种句子来的舞蹈教师式的花哨文风使我们恼火，我们就应该记住，这种词句是为"严酷的处境"准备道路的。梅瑞狄斯正在创造一种气氛，我们可以从这种气氛自然而然地过渡到一种高度激动的情绪状态。在特罗洛普那样的现实主义小说家陷于平淡枯燥之处，像梅瑞狄斯那样的抒情小说家就会变得浮华虚假；而这种虚假，当然不仅要比平淡更为耀眼，而且它是违背散文小说恬静冷淡本质的一条更大的罪状。如果梅瑞狄斯彻底放弃了小说而完全献身于诗歌，或许他是接受了很好的劝告。然而，我们必须提醒自己，那过错可能是在我们方面。我们享用已被翻译所阉割、中和的俄国小说为时过久，我们热衷于法国人迂回曲折的心理描写，这可能会使我们忘记：英国人的语言是自然丰富的；英国人的性格是充满幽默和怪癖的。在梅瑞狄斯辉煌华丽的文风背后，有一位伟大的祖先；我们不能回避对于莎士比亚的一切回忆。

在我们阅读之时，这许多问题和限制涌上我们的心头。可以认为，这个事实证明了我们离他不够近，所以不至于被他迷住，同时我们也离他不够远，所以不能按匀称的比例来观察他。因此，现在试图作出最后的估价，那就比在通常的情况之下更容易产生错觉。但是，甚至在目前，我们也能证实，阅读梅瑞狄斯的作品，就是意识到一个丰富充实、坚强有力的头脑，就是听到一种声音在轰然回荡，虽然我们之间相隔甚远无法听清他在说些什么，他那独特的腔调我们是不会弄错的。此外，当我们阅读之时，我们觉得自己面对着一位希腊神祇，尽管他是处于一幢郊外别墅客厅里无数摆设品的包围之中；他谈吐不凡、才华横溢，虽然人们说话声音较低他就不能听见；即使他的肢体僵硬麻木，他还是令人惊奇地生气勃勃、机警灵活。这位非常卓越而心神不安的人物，他的地位是和那些伟大而怪僻的人物在一起，而不是和那些伟大的大师们在一道。你可以猜想，他的作品会一阵一阵间歇地被人阅读；他会被人遗忘，被人发现，被人再发现而又被人再遗忘，就像多恩[①]，皮科克和杰勒德·霍普金斯[②]那样。但是，只要英国小说还有人阅读，梅瑞狄斯的小说必定会不时浮现在人们眼前；他的作品必定不可避免地引起人们的争论和探讨。

① 约翰·多恩（1571—1631），英国玄学派诗人。
② 杰勒德·霍普金斯（1844—1889），英国诗人。

论托马斯·哈代的小说*

托马斯·哈代之死使英国小说界失去了一位领袖，我们这么说的意思是，没有任何其他作家的至高无上的地位能被人们所普遍接受，似乎没有谁如此自然地适合于让人们顶礼膜拜。当然，也没有人比他对此更少追求。要是那位超凡脱俗、单纯朴实的老人听到我们在这种场合所使用的华丽辞藻，他一定会痛切地感到手足无措、窘不可言。尽管如此，这仍旧是不折不扣的事实：当他活着的时候，无论如何总算还有一位小说家可以使小说艺术似乎称得上是一桩光荣的事业；当哈代在世之日，没有任何借口可以用来鄙视他所从事的那门艺术。这也不仅仅是他的特殊天才所造成的后果。人们对他的敬意，有一些是来自他谦逊、正直的性格，来自他在多塞特郡那种绝不追求私利或自我吹嘘的简朴生活。为了两方面的理由，为了他的天才，也为了他使用他的天赋的严肃态度，我们不可能不把他当作一位艺术家来加以推崇，并且对他这个人本身感到尊敬和爱慕。但是，我们所必须议论的还是他的作品，是他好久以前所写的小说，它们好像和当代小说相去甚远，正像哈代本人和当代生活的骚动不安与渺小平庸同样距离遥远。

如果我们打算追溯小说家哈代的业绩，我们就不得不回到一个时代之前。一八七一年，他正当三十一岁，已经写了一部小说，名曰《非常手段》，但当时他绝对不是一位有把握的能工巧匠。据他自己说，他"正在摸索道路，寻找一种创作方法"；他似乎意识到自己具备各种天赋，然而他不懂得它们的性质，或者说他不懂得如何去利用发挥它们的长处。去阅读这第一部小说，就是去分担它的作者捉襟见肘的窘迫感。作者的想象力是强烈而有讽刺意味的；他有某种自学而得的书本知识；他能够创造人物但不

---

* 本文撰写于 1928 年 1 月哈代逝世之后，后来被收入伍尔夫论文集《普通读者续集》。

能控制他们；他显然受到他技术上的困难的牵制；而更为奇特的是，他被一种感觉所驱使，认为人类是他们本身之外的某些力量所玩弄的对象，这使他极端地，甚至夸张地利用偶然巧合的情节。他已经具有一种确切的信念，认为小说既非一种玩具亦非一场争论，它是提供关于男男女女的生活的真实抑或严酷、剧烈的印象之工具。但是，也许这本书最值得注意的品质，是透过书页传来的一阵瀑布的轰鸣和回响。这是在后来的作品中占如此重大比例的那种力量的第一次具体表现。他已经证明了他是大自然的一位细致入微、炉火纯青的观察者；他能区别雨点落在树根或耕地上的差异；他能分辨风儿吹过不同树木椏枝的声音。然而，他是从广义上把大自然理解为一种力量；他感觉到其中似有神灵，它能对于人类的命运或者同情，或者嘲笑，或者无动于衷地袖手旁观。在写这部小说之时，他已经有了这种感觉；而关于阿德克莱芙和赛西莉亚小姐①的粗糙的故事之所以令人难忘，是因为它是在神灵的注视之

① 阿德克莱芙和赛西莉亚是小说《非常手段》中的人物。

下，在大自然面前创作出来的。

他是一位诗人，应该说这已经显然无疑；要说他是一位小说家，也许还未有定论。然而，到了第二年《绿荫下》一书问世，这就清楚地表明了那种“摸索创作方法”的艰苦努力大部分已经成为过去。前面那部书的某种顽强的独创性已经消失了。和第一部作品相比，第二部显得更有造诣、妩媚动人，带有田园诗的风味。那位作者似乎很有可能发展成为一位英国的风景画家，他的画面上全是茅舍、花园和老年农妇，她们到处徘徊，去收集保存那些正在迅速淘汰湮没的古老方式和词汇。然而，他是古代风俗习惯的一位多么衷心的爱好者，一位口袋里藏着显微镜的多么细心的博物学家，一位多么念念不忘语言形式之变化的学者，曾经带着多么强烈的感情去倾听旁边树林里一只小鸟被猫头鹰杀死时的哀鸣！那哀鸣“传播到那一片寂静之中，却并不和它交织在一起”。我们又听到在远处有一种奇异而不祥的回音，就像风和日丽的夏季早晨在海面上回荡的一声枪响。当我们阅读这些早期作品之时，有一种荒凉寂寞之感。我们有一种感觉：哈代的天才是顽强而任性的；起先有一种天赋随心所欲地支配着他，接着又有另外一种天赋处于支配地位。它们拒绝在日常活动中齐头并进。这确实很可能是一位既是诗人又是现实主义者的作家的命运；他是田野和晨曦的忠实的儿子，然而他又受着书本知识所培养起来的怀疑和沮丧的折磨；他热爱古老的生活方式和淳朴的农民，然而他又命中注定要看到他先辈们的信念和欲望在他的眼前烟消云散。

大自然又在这对矛盾中增添了另一个因素，很可能会打乱一种匀称的发展。有些作家生来就意识到一切事情；另外一些作家却有许多事情意识不到。有些作家，像亨利·詹姆斯和福楼拜，不仅能够充分利用他们的天赋所带来的好处，而且能够在创作活动中控制他们的天才；他们能够意识到各种场合中所有的可能性，从来不会出乎意料地大吃一惊。另一方面，那些无意识的作家，像狄更斯或司各特，似乎还没有征得他们本人的同意就被感情的浪潮高高举起，滚滚向前。当浪涛平伏之时，他们也说不出究竟发生了什么事情，或者究竟为了什么原因。我们必须把哈代放到他们中间去——这正是他的力量和软弱的根源。

用他自己的话来说，叫做“一刹那间的幻象”，这种说法精确地描绘了在他所写的每一本书中都可以找到的那些表现出惊人的美和力量的片段。带着一种我们无法预见而他似乎也无法控制的突然加剧的力量，某一个情节从其他情节中分离了出来。好像它是单独地、永恒地存在着，我们看到那载着芬妮尸首的大车在滴着雨水的树荫下沿着大路前进；我们看到那些趾高气扬的绵羊在苜蓿丛中挣扎；我们看到特拉在呆若木鸡的巴斯喜巴小姐[①]周围挥舞着军刀，削掉她一绺头发，把毛虫像雨点一般扔到她的胸脯上。这些景象生动逼真地呈现在眼前，而且我们不仅仅是看到了这些景象，因为在阅读之时我们的每一种感官都参与了活动，这样的景象渐渐地映入了我们的眼帘，它们的光彩在我们的记忆中永存。但是，这股力量突然来临，又倏忽离去。在刹那间的幻象之后，是漫长的平凡的白昼，我们也不能相信有任何手艺或技巧可以捕捉住这股任性的力量，并且更好地加以利用。因此，那几部小说充满着不

① 芬妮、特拉和巴斯喜巴是小说《远离尘嚣》中的人物。

均衡感，它们佶屈聱牙，沉闷而缺乏感情，但它们从来都不是贫乏无味的；在它们周围总有一点扑朔迷离的无意识的东西，那个鲜明的光晕和那没有表达出来的轮廓往往给人以最深刻的满意之感。似乎哈代本人并未意识到他做了些什么，似乎他的意识包含着的东西比他所能创造出来的更多，而他就让他的读者们自己去寻找他作品的完整的意蕴，并且根据他们自己的经验来加以补充。

由于这些理由，哈代的天才的发展是不确定的，它的造诣是不均衡的；然而，当时机到来之时，它的成就是辉煌的。在《远离尘嚣》这部小说中，那时机完全充分地到来了。主题是恰当的；方法是恰当的；那位诗人和老乡，那位官能敏锐的人，那位忧郁反省的人，那位渊博的学者，他们全都应召而至，齐心协力地创作这本小说，无论文艺风尚多么变化多端，它必定在伟大的英国小说中间牢固地占据它的一席之地。首先，哈代比任何小说家更能够把那种物质世界的感觉带到我们的面前：我们感觉到人的生存的渺小前途被一种自然景色所包围，这景色独立存在着，然而它又给予哈代的人生戏剧一种深沉而庄严的美。

那黑色的低地，点缀着埋有尸骨的古冢和牧羊人的茅舍，它和苍穹相颉颃，像海面上的波纹一般光滑，但是坚实而永恒，向一望无际的远方延伸过去，在它的皱褶中隐藏着幽静的村舍，它们的炊烟在白天袅袅上升，它们的灯光在夜晚广袤无垠的黑暗中闪耀。加布利埃尔·欧克[①]在大地的背脊上放牧着羊群，他就是那永恒的牧羊人；那些星星就是古代的篝火；多少年来，他一直在他的羊群旁边守望。

但是在下面的山谷里，大地充溢着温暖和生命；农场里人们忙于耕作，谷仓里装满了粮食，田野里牛哞羊咩响成一片。大自然是丰饶多产、壮丽辉煌而又富于情欲的；然而她尚无恶意，仍旧是劳动者伟大的母亲。现在哈代第一次充分发挥了他的幽默感，在乡巴佬的嘴里，它最鲜活、丰富。简·柯根、亨利·弗赖依和约瑟夫·波尔格拉斯在干完了一天的活儿之后，聚集在麦芽厂里喝点啤酒，发泄一下他们的既尖刻又有诗意的幽默感，它早就在他们

① 欧克是小说《远离尘嚣》中的人物。

的脑袋瓜里酝酿着，自从那些香客们踏上了朝山进香之路，它就借着酒兴找到了具体的表现形式；莎士比亚、司各特和乔治·爱略特都喜欢偶尔听到这种乡巴佬的幽默逗趣的话儿，但是没有人比哈代对此更为喜爱或者了解得更加透彻。然而，在威塞克斯小说[①]中，农民们并不是作为个人角色而占突出的地位。他们构成了一个群众智慧、群众幽默的深潭，一种永恒生命的蕴藏。他们评论着男女主人公的行动，然而，当特拉、欧克、芬妮或巴斯喜巴进入了小说或者离开了，消逝了，简·柯根、亨利·弗赖依和约瑟夫·波尔格拉斯却依然存在。他们晚上喝酒，白天耕地。他们是永恒的。我们在哈代的小说中一再遇到他们，他们身上总是带着某种典型的东西，它更近乎那种标志着一个民族特征的性格，而不是那种属于个人的面貌。农民就是那刚正不阿的伟大神殿；农村就是那幸福生活的最后堡垒。他们一旦消失，整个民族就失去了希望。

① 哈代的许多小说以不列颠岛南部的农村地区为背景，哈代把这一地带称为威塞克斯，后来人们把这些作品称为威塞克斯小说。

欧克、特拉、巴斯喜巴和芬妮·罗萍陪同我们来到了哈代小说中那些男子和妇女的完美形象面前。在每一部小说中，总有三四个人物处于主宰地位，他们巍然屹立，像闪电的指挥一般吸引着暴风雨的力量。他们是欧克、特拉和巴斯喜巴；游苔莎、韦狄和凡恩[1]；亨查德、露赛塔和法佛雷[2]；裘德、淑·布莱德赫和菲洛森[3]。在这几组不同的人物之间，甚至还有某种相似之处。他们作为个人而存在着，并且作为个人而各不相同；但他们也作为典型而存在着，并且作为典型而有相似之处。巴斯喜巴就是巴斯喜巴，但她是个女人，对于游苔莎、露赛塔和淑来说，她是一位姊妹；加布利埃尔·欧克就是加布利埃尔·欧克，但他是个男子，对于亨查德、凡恩和裘德来说，他是一个兄弟。不论巴斯喜巴多么妩媚动人，她还是个弱者；不论亨查德如何顽固不化、误入歧途，他仍是个强者。这是哈代的观感的基本部分；这是他许多小说的主要素质。女人

① 小说《还乡》中的人物。
② 小说《卡斯特桥市长》中的人物。
③ 小说《无名的裘德》中的人物。

是比较柔弱而肉感的，她依附于强者并且模糊了他的视线。尽管如此，在他的更伟大的作品中，生活多么自由地冲破了这个固定的框框！当巴斯喜巴在她的苗圃中坐在马车里，对着小镜子里她自己迷人的姿容微笑之时，我们就可以知道——我们之所以能知道，正是哈代有能耐的证明——在故事的结局之前她会遭受多么厉害的痛苦，并且会给别人也带来痛苦。然而，这一瞬间焕发着生命的全部青春和美。像这样的景象，在他的小说中一再出现。他的人物，不论男女，对他说来都是具有无限吸引力的生物。对于妇女，他表现出一种比对于男子更加温柔的关切，而且也许对她们有一种更加强烈的兴趣。尽管她们的美丽可能是空虚的、她们的命运也许是可怕的，但是，当她们身上闪耀着生命的火花，她们的脚步是轻盈的，她们的笑声是甜蜜的，有一种力量使她们能够投入大自然的怀抱，化为她庄严肃穆的一部分，或者使她们站起来，像舒卷的浮云一般从容娴静，像山花烂漫的丛林一般野性难驯。那些男人——他们所遭受的苦难不像女人那样来自对于他人的依赖，而是来自与命运的冲突——唤起了我们更为苛刻严厉的同情。对于加布利埃尔这样一个男子汉，我们不需要一时的悬念。我们必须尊敬他，虽然我们不能如此慷慨地热爱他。他牢牢地站稳了脚跟，可以猛烈地还击——至少对于男性是如此——他可能遭受的任何打击。对于可能发生的事情，他有一种预见，这种能力来自他的天性而非得之于教育。他的气质是坚强稳定的，他的爱情是坚定不移的，他能够睁着眼睛忍受打击而毫不畏缩。但他也不是一具木偶。在通常情况下，他是个亲切而平凡的人物。他能够在街上行走而不至于使人们转过身来盯着他瞧。总之，没有人能够否认哈代有能力——真正小说家的能力——来使我们相信：他的人物是受到他们自己的热情和癖性所驱策的同胞，而同时他们又具有——这是诗人的天赋——某种我们大家所共有的象征性的东西。

当我们考虑到哈代塑造男女人物形象的能力之时，我们才清楚地意识到那些把他和同辈作家们区别开来的深刻的差别。我们回顾一系列哈代所塑造的人物，并且自问我们究竟记住了他们的一些什么品质。我们想起了他们的热情。我们想起了他们多么深深地相爱，而其结局往往多么悲惨。我们想起了欧克对于巴斯喜巴忠贞的爱情以及韦狄、特拉、菲茨比亚斯那些男人骚乱而短暂的热情；我们想起了克莱姆[1]对他母亲的孝顺之情以及亨查德对于伊丽莎白·琼那种充满嫉妒的父母之爱。但是，我们不会想起他们曾经如何恋爱。我们不会想起他们如何交谈、改变、相互了解，美妙地、逐渐地步步深入，从一个阶段发展到另一个阶段。他们之间的关系，并不是由那些似乎很轻微，其实却非常深刻的智力上的理解或微妙的直觉构成的。在所有那些小说中，爱情是铸造人类生活的重要的具体事实之一。然而这是一场灾难；它突然势不可挡地发生了，关于它几乎没有什么可说的。恋人之间的谈话，当它并非热情洋溢之时，是切合实际或者带有哲学意味的，似乎在履行他们的日常义务之余，他们更渴望去探索人生及其目的，而不是去审视对方的感情。即使他们有能力分析他们的感情，生活太动荡不安，不会给他们时间来进行这种分析。他们需要集中他们的全部精力，来应付命运的直

① 小说《德伯家的苔丝》中的男主人公。

截了当的打击、捉摸不定的计谋、日益增长的狠毒。他们再也没有多余的精力可以花在人类喜剧的精巧微妙之处。

因此，到了一定的时候，我们就能肯定地说：在哈代的小说中，我们将不会找到其他作家的小说中给予我们最大快感的某些品质。他没有简·奥斯丁的完美、梅瑞狄斯的机智、萨克雷的范围或托尔斯泰惊人的智力。在那些伟大的经典作家的作品中有一种决定性的效果，它把它们的某些情景从故事中分离出来，使其超越于变化的范围之外。我们并不过问它们对于故事的叙述含有什么意义，我们也不利用它们来干扰处于情景外围的那些问题。莞尔一笑、一阵红晕、对话中的寥寥数语，这就足够了；我们的快感就源源而来，持续不断。然而，哈代的作品可没有这种集中凝练和完整圆满。他的光芒并不直接照射到人物的心坎上。它超越了心灵，向外投射到黑暗的荒原和在暴风雨中摇晃的树木上。当我们的目光回到那个房间里面，炉边的那一群人物早就分散了。每一个男子或妇女，都在孤零零地与暴风雨搏斗；他越是离开了其他人的观察，他把自己的性格越发充分地揭示了出来。我们并不像我们了解皮埃尔、娜塔莎或贝姬·夏泼那样了解他们。我们并不是对他们里里外外周围各处都了如指掌，像他们暴露在偶然的访问者、政府的官员、贵夫人、战场上的大将军面前那样。我们并不了解他们的思想多么错综复杂、包罗万象、骚动不安。从地理位置上说，他们也固定于英国农村的一隅之地。哈代很少离开了那些自耕农或贫农去描写比他们更高的社会阶层，而且那种描写的后果往往是令人不快的。在会客室、俱乐部和跳舞厅里，在那些有闲暇、有教养的人士聚会之处，在那些孕育着喜剧、展现了各种性格的地方，他感到手足无措、局促不安。但是，反过来看，情况也同样正确。如果我们不了解他的男女人物各自之间的相互关系，我们了解他们和时间、死亡与命运的关系。如果我们在迅速激动的心情中没有在城市的灯光和人群的衬托之下看到他们，我们在土地、暴风雨和时令季节的衬托之下看到了他们。我们了解他们对于人类可能面临的某些最惊人的重大问题的态度。他们在我们的记忆之中呈现出超越凡人的高大形象。我们所看到的不是他们的细枝末节，而是放大了的、庄严化了的形象。我们看到苔丝穿着睡衣给她的婴儿举行受洗仪式之时，她“带着一种几乎是神圣的尊严”。我们看到玛蒂·索斯“像一个为了更高尚的、抽象的人道主义品质而漠然否定性欲特征的人物”，把花朵安放在温特鲍恩的墓地上。他们的谈吐中有一种《圣经》一般的庄严和诗意。他们身上有一种不可否认的力量，一种爱情或仇恨的力量，这种力量在那些男人身上导致他们去反抗生活的压迫，在那些妇女身上它暗示着遭受苦难的无限可能性；正是这种力量主宰着人物，并且使我们没有必要去发现那些隐藏着的更加美好的特征。这是悲剧的力量，而且，如果我们打算把哈代置身于他的同辈伙伴之中，我们应该称他为英国小说家中最伟大的悲剧作家。

然而，当我们接近哈代哲学的危险地带之时，让我们提高警惕。在阅读一位富于想象力的作家的小说之时，没有什么比和他的书本保持适当的距离更为重要的了。特别是对于一位有显著癖性的作家而言，没有什么比牵强附会地把一些见解联系上去，断言他有某种信念，把他局限于某种一贯的观点更为轻而易举的事情了。最能接受印象的头脑，往往最不善于作出结论，对于这条规律，哈代亦非例外。要让那些浸沉于这印象之中的读者来作出结论。这是读者的责任，去掌握什么时候该把作者有意识的意图放在一边，而去支持某些也许他自己意识不到的更为深刻的意图。哈代本人也认识到这一点。他早就告诫过我们，一部小说“是一种印象，不是一场争论”，而且，他又指出：

> 没有整理过的印象自有它们的价值，而通向一种真正的人生哲学的道路，似乎在于把偶然和变化强加于我们的生活现象的各种各样的解释谦逊地记录下来。

当然，这样说肯定是符合事实的：在他最伟大的作品中，他给我们以印象；在他最薄弱的作品中，他给我们以争论。在《林地居民》、《还乡》、《远离尘嚣》中，尤其是在《卡斯特桥市长》中，我们所看到的哈代对于生活的印象，是没有经过他的意识安排处理的本来面目。他一旦开始篡改他直接的直觉印象，他的力量就消失了。“你不是说过那些星星也是一个一个世界吗，苔丝？”当他们驾车把他们的蜂房运到市场上去的时候，小阿伯拉罕问道。苔丝回答说，它们就像“俺家那棵树桩儿上结的苹果，它们多半是漂漂亮亮没疵斑儿的——有几个是虫蛀枯瘪的”。“我们住在哪一个上面——是个漂亮的苹果呢？还是个枯瘪的？”“枯瘪的。”她回答道，或者毋宁说是那个戴着她的面具的悲伤的沉思者在代替她回答。那几个字从嘴里吐出来，冰凉而生硬，好像从一架机器上伸出来的几根弹簧，而不久以前我们还只是看到一具血肉之躯，不是一架机器。我们的同情心受到了残酷的打击，过了一会儿，那辆小车被撞翻了，我们看到了统治着我们星球的那种具有讽刺意味的方式的一个具体的例证，我们的同情心才重新油然而生。

就是为了这个原因，我们说《无名的裘德》是哈代所有小说中最令人痛苦的一部，也只有对这部小说，我们才能公平地指责它是悲观主义的。在《无名的裘德》中，争论被允许凌驾于印象之上，结果虽然这部书是极端悲惨的，它却不是悲剧的。当灾难一场接着一场发生，我们感觉到这个指控整个社会的案例并不是被公平地讨论着，或者在争论之时并没有理解到各种事实。在这儿，并没有像托尔斯泰批评社会之时使他的指控强劲有力的那种广度、力量和对于人类的知识。在这儿呈现在我们面前的，是人类的渺小的残酷，而不是神灵的巨大的不公正。只要把《无名的裘德》和《卡斯特桥市长》比较一下，我们就可以看出哈代真正的力量究竟何在。裘德一直在可怜巴巴地与学院的院长们以及各种虚伪的社会习俗相对抗。亨查德遍体鳞伤，并不是因为他和其他人相对抗，而是和他本身之外的某种东西相对抗，它是一种和具有像他那样的雄心与魄力的男子汉相敌对的力量。没有任何人对他怀有恶意。甚至曾经受过他委屈的法佛雷、纽森和伊丽莎白·琼也来同情他，而且甚至还钦佩他人格的力量。他站起来面对着命运，并且支持着那位年老的市长，他的毁灭主要是由于他自己的过错；哈代使我们感觉到，我们是在一场不均衡的对抗中支持着人性。在这儿并没有什么悲观主义。在整部书中，我们始终意识到这个问题的庄严崇高，然而，它又是以最具体的形式呈现在我们面前的。从小说开篇亨查德在市场上把妻子卖给水手纽森这个场景直到最后他病死在艾敦荒原，整个故事的气魄是无与伦比的，它的幽默是丰富而辛辣的，它的活动变化是开阔而自由的。那载着模拟人像游街示众的马车，法佛雷与亨查德在阁楼上的拼搏，柯克森夫人在亨查德夫人死去时的讲话，无赖们在小酒店里的闲聊，这些场面或者以大自然作为背景，或者让大自然神秘地支配着前景，都是英国小说中最光辉的篇章之一。衡量一下每个人所能获得的幸福，也许是微乎其微的，但是只要像亨查德那样，他的斗争是针对着命运的判决而不是人间的法律，只要那场斗争是在户外进行、需要更多的体力而不是脑力，在这场斗争中就有气魄、骄傲和幸福，而那个破产的谷物商人在艾敦荒原他的茅舍中死去，可与刹拉米斯人的首领埃阿斯之死①相媲美。我们体验到了那种真正的悲剧感情。

面对着这样一种力量，使我们感觉到我们对小说所做

① 埃阿斯是希腊神话传说中的英雄，率领刹拉米斯人参加了特洛伊之战。他觊觎阿喀琉斯的甲胄，后来此甲被尤利西斯所得，埃阿斯愤而自杀。

的普通的检验完全是徒劳无益的。我们是否坚持一位伟大的小说家应该是创作音调铿锵的散文的大师？哈代绝不是这一流人物。他凭借他的睿智机敏和不妥协的真诚去摸索寻找他所需要的字句，而它往往带有令人难忘的辛辣感。如果找不到这样的字句，他会将就使用任何平凡，笨拙或老式的语言，有时极其生硬粗糙，有时带有一种书生气的推敲斟酌。除了司各特的文字之外，没有任何一种文学风格是如此难于分析；从外表看来它如此拙劣，然而它却能丝毫不爽地达到它的目标。一个人也许可以同样去说明一条泥泞的农村道路或布满植物残根的冬天的田野之魅力。于是，就像多塞特郡本身一样，他的散文从这些呆板、生硬的成分中熔铸出一种宏伟的气势，一种拉丁化的响亮音调，像他自己稀薄的短须一样具有扎实的、非常匀称的形态。此外，我们不是要求小说家应该注意到各种可能性并且力图忠于现实吗？要在英国文学中找到任何接近于哈代那种剧烈而迂回曲折的情节，你必须去回顾伊丽莎白时代的戏剧。尽管如此，当我们阅读他的作品之时，我们就完全接受了它。不仅如此，他的激烈的情节剧，当它们不是出于一种对于反常可怕的事物本身好奇的、农民式的爱好，它们显然就是那野性未驯的诗之精灵的一部分，这精灵带着强烈的讽刺和严酷发现：对于生活的任何解释，都不可能比生活本身更为奇特；用任何一种任性的、非理性的象征来表现我们令人惊讶的生存环境，都不会显得太过分。

但是，当我们想到那些威塞克斯小说的伟大结构之时，把目光盯在一些细枝末节之处——个别的人物、场景和带有深刻的诗意之美的片言只语——似乎是不恰当的。哈代所遗留给我们的是某种更为广博的东西。威塞克斯小说不是一部书，而是许多书。它们涉及一个广阔的范围；它们不可避免地充满着缺陷——有一些是失败之作，还有一些仅仅展现了作家的天才之错误的一面。然而，毫无疑问，当我们心甘情愿地完全接受了它们，当我们从整体上来鉴定我们的印象，那效果是气势凛然、令人满意的。我们摆脱了生活强加上去的羁绊和渺小之感。我们的想象力被扩展了、提高了；我们的幽默感在笑声中痛快地发泄了；我们深深地吮吸了大地之美。同时，我们被带进了一位悲伤、沉思的精灵的阴影中，甚至当它在最悲伤的心情中用一种庄严的正义感折磨着自己，甚至在它最激动愤怒之时，它也不会丧失对于正在遭难受苦的男男女女、芸芸众生的深挚的爱。因此，哈代所给予我们的，不是关于某时某地生活的写照。这是世界和人类的命运展现在一种强烈的想象力、一种深刻的诗意的天才和一颗温柔而富于人生的心灵面前时所显示出来的幻象。

论戴·赫·劳伦斯*

要防止当代评论的偏见和不可避免的不完善性，那最好的办法，也许就是首先在可能认识到的范围之内充分承认自己的无能。因此，作为对戴·赫·劳伦斯评论的开场白，本文作者不得不声明：直到一九三一年四月为止，她对于劳伦斯的认识仅限于耳闻其名，几乎完全没有亲身体验。他以先知、神秘的性欲理论的阐述者、隐秘术语的爱好者、放手使用“太阳神经丛”之类词语的一门新术语学的发明者而著称于世，这样的名声可并不吸引人；俯首帖耳地追随他，似乎是一件不可想象的越轨行为；说来凑巧，在这片丑恶名声的乌云笼罩之下出版的他的几篇（部）作品，似乎也不能唤起强烈的好奇心，或者驱散那耸人听闻的幻影。首先是《犯罪者》，它似乎是一篇充满激情、芬芳馥郁、过度紧张的作品；然后是《普鲁士军官》，除了开端的力量和不自然的猥亵之外，这篇作品没有给人留下什么清晰的印象；随后是《迷途的姑娘》，一部臃肿而带有水手味儿的书，充满着贝内特式的细致观察；接下去是一两部关于意大利旅游的十分美丽的速写，但是支离破碎而不连贯；然后又是两部小小的诗集，《荨麻》与《紫罗兰》，念起来就像小男孩们随手涂写在门栅上，女佣们看了会跳起来吃吃嗤笑的那种话儿。

在此期间，劳伦斯的圣殿中的那些崇拜者的颂扬之声，变得更加狂热了；他们供奉的香火更加旺盛，他们的回旋膜拜更加神秘而令人困惑。他去年的逝世，给了他们更充分的自由和更强大的动力；他的死亡也激动了那些高尚体面的人物；而且，正是那些虔诚的信徒和吃惊的反对者所引起的刺激，正是那些虔诚信徒的隆重纪念和吃惊的反对者的流言蜚语，使人最后终于去阅读《儿子与情人》，为了看一看那位大师是否像经常发生的情况那样，

---

* 本文选自伍尔夫论文集《瞬间》。
戴·赫·劳伦斯（1885—1930），英国诗人、小说家。重要的作品有长篇小说《儿子与情人》、《查泰莱夫人的情人》等。

和他的弟子们的歪曲描述并非完全不同。

我就是从这样一个角度出发来研究劳伦斯的。你们将会发现，正是这样一个角度，排斥了许多观点，并且歪曲了其他的观点。然而，从这个角度来阅读，《儿子与情人》却显得令人惊讶地鲜明生动，就像雾霭突然消散之后，一个岛屿浮现在眼前。它就在这儿，轮廓鲜明、果断明确、炉火纯青、坚如磐石；一位男子汉赋予它形态和比例，毫无疑问，他是在诺丁汉出生和成长起来的一位矿工的儿子①，不论他可能还会有什么其他的身份——先知或者恶棍。但是，这种坚实、明晰，这种令人钦佩的简洁文字和犀利笔触，在一个高效能小说家的时代，并非什么稀有的品质。劳伦斯那种清晰流畅、从容不迫、强劲有力的笔调，一语中的随即适可而止，表明他心智不凡、洞幽烛微。然而，这些印象，在展现了莫莱尔②一家的生活、他们的厨房、膳食、洗涤槽和说话方式之后，被另一种更为罕见并且更加伟大得多的兴趣所取代了。起初我们惊呼，

---

① 劳伦斯是英国诺丁汉一位矿工的儿子。
② 保罗·莫莱尔是《儿子与情人》一书中的男主人公。

对于生活的这种色彩丰富而有立体感的再现，是如此活龙活现——就像那图画中啄食樱桃的鸟儿——后来，从某种不可言喻的光彩、忧郁和意义中，我们感觉到，那个房间被整理得井然有序。在我们进屋之前，有人动手整理过了。这种整理安排似乎合理而自然，好像我们打开房门偶然走了进来，某种具有惊人洞察力的眼光和有力的手腕迅速地调整了整个景象，使我们感觉到它更加令人振奋、感动，在某种意义上比我们所能想象的现实生活更富于生命，就像一位画家拉起一幅绿色的帘幕作为背景，把那叶瓣、郁金香或花瓶鲜明凸出地衬托出来。劳伦斯为了强调那些色彩而拉起的绿色帘幕，又是什么东西呢？在劳伦斯着手“安排布置”之时，你休想逮住他——这是他最杰出的品质之一。文字和情景迅速而直接地倾泻出来，好像他只要用一只自由敏捷的手，在一页又一页的稿纸上把它们描摹下来就行了。似乎没有一句句子是经过一再思索的；没有一个字眼是为了它在短语结构中的效果而增添上去的。没有什么安排会使我们说：“瞧这儿。在这个情景和这段对话中，隐藏着这部书的内涵意义。”《儿子与情人》的奇特品质之一，就是你会在字里行间感觉到一种不安、一种轻微的颤动和闪烁，好像它是由一些分散的闪光物体构成的，它们决不会满足于伫立着不动来被人们观看。当然，书中有一个情景，有一个人物；是的，人们通过一种感情之网互相联系在一起；但这一切并不是——像在普鲁斯特的作品中那样——仅仅为了它们本身而存在。它们并没有伸展探索的余地，它们本身也不包涵那种为了狂喜而狂喜的感觉，就像我们可以坐在《在斯万家那边》中那著名的山楂树篱前面，对它观赏一番。不，总是还有某种更进一步的东西，还有另外一个更远的目标。那种迫切的渴望，那种超越我们前面的目标的需要，似乎把各种情景都凝聚、缩略、削减到最简单明了的地步，让人物直截了当地、赤裸裸地闪现在我们面前。我们观看的时间不能超过一秒钟，我们必须匆忙地前进。但是，究竟走向什么目标？

也许是走向某种情景，它和人物、故事或一般小说中那些通常的停顿、高潮和圆满结局关系甚微。他的作品所提供给我们，让我们在它上面栖息、伸展并且尽我们最大限度的力量去感受的唯一的东西，就是某种肉体的狂欢。例如，保罗和米丽安姆[1]在谷仓里任性放纵的情景，就是如此。他们的躯体变得白热化了，闪耀着火焰，意味深长，就像在其他书中，一段感情活动的描写也会那样灼热燃烧。对于那位作者说来，似乎这幕情景具有一种先验的意义。这意义并不在于谈话、故事、死亡或爱情之中，然而，当这少年的躯体在谷仓中摇荡摆动之时，这意义就在于此。

但是，也许因为这样一种状态不可能永远令人满意，也许因为劳伦斯缺乏使事物本身完整的最后力量，这部书的效果从未达到过稳定的地步。《儿子与情人》这部书中的世界，永远处于凝聚和解体的过程之中。那个试图把构成这个美丽而生气勃勃的诺丁汉世界的不同部分吸引在一起的磁石，就是这炽热的躯体，这在肉体中闪耀的美丽的火花，这强烈的、燃烧的光芒。因此，不论什么东西展现在我们面前，似乎都有片刻时间是属于它自己的。没有什

---

① 米丽安姆是保罗·莫莱尔的情人。

么东西安心地停留在那儿被人观看。所有的东西都被某种不满足的渴望，某种更高的美感、欲望或可能性所吸引开去。因此，这部书兴奋、刺激、感动、改变着我们，似乎充满着某种被压抑的激动、不安和欲望，就像那男主人公的躯体一样。那整个世界——它是那位作家的卓越力量的一种证明——被那位少年这块磁石搞得破碎、动摇；他不能把那些分离的部分拼成一个能使他感到满意的整体。

这，至少是部分地，可以有一种简单的解释。保罗·莫莱尔，像劳伦斯本人一样，是一位矿工的儿子。他对他的环境感到不满。卖掉一幅图画之后，他首先采取的行动之一，就是去买一套夜礼服。他并不像普鲁斯特那样，是一个稳定的、心满意足的社会集团的成员。他渴望脱离他自己的阶级而进入另一个阶级。他相信中产阶级具有他所没有的东西。他天性太过诚实，因此不能满足于他母亲的论点；她认为普通人比中产阶级更好，因为他们具有更多的生命力。劳伦斯觉得，中产阶级具有理想，或者有他希望自己具有的某种其他的东西。这就是他心情不安的原因之一。而这是极其重要的。因为事实上，他和保罗一样，是一位矿工的儿子，而且他不喜欢他的环境，这使他对于写作的态度和那些人不同，他们拥有稳定的地位并且欣赏他们的环境，他们的优越条件允许他们忘却那些环境的压力。

劳伦斯从他的出身获得了一种强烈的动力。它使他的目光处于某一个角度，从这个角度，它获得了它的某些最显著的特征。他从不回顾过去，或者把事情看作人类心理学的罕见例证，他也不是为了文学本身而对文学感到兴趣。每一件事物都有一种用途、一种意义，它本身并不是一种目的。再把他和普鲁斯特加以对比，你就会觉得，他并不附和任何人，也不继承任何传统，他无视过去，也不理会现在，除非它影响到将来。作为一个作家，这种缺乏传统的情况，对他的影响极大。思想直接地蓦然闯进他的头脑，字句迸射出来，就像一颗石子投入水中之时向四面八方飞溅的水珠一般浑圆、坚实、干脆。你会觉得，没有一个字是为了它本身的美或者为了它对于句子结构的影响而被选中的。

论爱·摩·福斯特的小说*

一

有许多原因使人不去评论当代作家的作品。除了那种明显的不安之感——恐怕伤害别人的感情——之外，要公正地进行判断也有困难。一本接着一本地出版的当代作家的书籍，好像慢慢地揭示出来的一幅图样的各个组成部分。我们的赞赏可能是热烈的，然而我们的好奇心更为强烈。那新出现的片断是否给前面已经出现的部分增添了什么东西？它是否证明了我们关于那位作者的天才的理论？或者，我们是否必须改变我们的预测？这种问题，使我们的评论原来应该光滑平整的表面起了皱褶，使它充满了争论和疑问。对于一位像福斯特先生那样的小说家而言，情况尤其是如此，因为他总是一位人们对他意见相当有分歧的作家。就在他的天赋本质之中，有某种令人迷惑的、难以捉摸的因素。我们要记住，我们最多不过是在建立一种在一两年之内就会被福斯特先生本人所推翻的理论；因此，还是让我们按照其写作顺序来考察福斯特先生的小说，暂且尝试性地、小心谨慎地试图使它们为我们提供一个答案。

这些小说的创作顺序，的确具有某种重要意义，因为从一开始，我们就发现福斯特先生极端地容易受时间的影响。他眼中的人物，大部分是任凭随着时代而改变的各种条件来摆布的。他非常敏锐地意识到自行车和汽车、公学和大学、郊区和城市的出现。社会历史学家们会发现他的书中充满了有启发意义的资料。在一九〇五年莉丽娅[1]学会了骑自行车，她在星期日黄昏沿着海格街行驶，在教堂附近的拐弯处摔了下来。她的姊夫为此教训了她一番，使她终生难忘。在沙镇[2]，女仆打扫客厅的日子是星期二。

---

* 本文选自伍尔夫论文集《飞蛾之死》。

① 莉丽娅是福斯特的小说《天使不敢涉足之处》中的人物。

② 沙镇是福斯特小说中的地名。

老处女们在脱下手套之前，总是先向里边吹口气。福斯特先生是位小说家，换言之，他眼中的人物是和他们的环境密切相关的。因此，一九〇五年的色彩和素质对他的影响，比日历上的任何一个年份对于浪漫的梅瑞狄斯和诗意的哈代的影响更要大得多。然而，我们在翻转书页之际发现，这种观察本身并非最终目的；毋宁说它是一种刺棒和牛虻，它驱使福斯特先生从这种可怜的、平庸的境况中提供一种逃避现实的避难所。由此我们达到了在福斯特先生的小说结构中起了如此重大作用的那种力量的平衡。沙镇暗示着意大利：腼腆、狂热；保守、自由；虚幻、真实。这些就是他大部分作品中的恶棍和英雄。在《天使不敢涉足之处》这部小说中，那种习俗的弊病以及自然的补救，如果稍有区别的话，是用一种太热切的坦率、太简单的自信表达出来的，然而却又是多么鲜明、多么有魅力！真的，这样并不算过分：如果我们在这第一部单薄的小说中，发现了仅仅是必须的各种力量的证据，你会冒昧提出一种更为丰盛的食谱，来使它成熟起来，变得丰富而美丽。二十二年时间也许足以消磨讽刺的锋芒，并且改变整体的比例。然而，如果从某种程度来说它是正确的话，那些岁月并没有力量来消除这个事实：虽然福斯特先生可能对于自行车和吸尘器是敏感的，但他也是灵魂的最持久的皈依者。在自行车和吸尘器，沙镇和意大利，菲力浦、哈里特和艾博特小姐之外，对他说来，总是存在着一个燃烧的内核——正是这个使他成为一位如此宽容的讽刺家。它就是灵魂；它就是现实，它就是真实；它就是诗意；它就是爱情；它以各种形态把自己呈现出来，它用各种方法把自己化装起来。然而，他必须把握它，他不能离开它。他飞越钉耙和牛棚、客厅的地毯和红木的碗橱，去追求这个目标。自然，这幅景象有时有点儿滑稽，往往令人疲劳；但是在某些瞬间——他的第一部小说提供了几个例证——他的双手抓到了他所追求的奖品。

然而，如果我们自问，这种情况是在什么条件之下并且是如何发生的，似乎正是那些最无说教意味、最未意识到对于美的追求的段落，最为成功地达到了这个目标。当他给自己放上一天假的时候——我们不禁想要说出诸如此类的话；当他忘却了眼前的景象，欢乐地和事实闹着玩的时候；当他已经把那些文化使者们安置在他们的旅馆里，逍遥自在地、自发地创作了牙科医生的儿子吉诺和他的朋友们坐在咖啡馆中的那一幕，或者描绘了——这是个喜剧杰作——演出 Lucia di Lammermoor[①] 的情景之时；正是在那些时候，我们感觉到他的目标达到了。因此，根据这部书所提供的证据——它的幻想、它的洞察力、它的杰出构思——来判断，我们应该可以说：一旦福斯特先生获得了自由，越过了沙镇的疆界，他就会牢牢地站稳脚跟，跻身于简·奥斯丁和皮科克的后继者们的行列之中。但是，他的第二部小说《最长的旅程》却使我们迷惑不解。其中那些对立因素依然和以前的相同：真实和不真实；剑桥和沙镇；真诚和世故。但是，这一切都加以着重强调。这一次，他用更厚实的砖块来建造他的沙镇，并且用更强烈的狂风来把它摧毁。诗意和现实主义之间的对比，更加峥嵘突兀。现在我们更清楚地看出了他的天才赋予了他怎样一

① 意大利作曲家多尼采蒂（1797—1848）根据英国作家司各特的小说《拉莫摩尔的新娘》改编的三幕歌剧。

个任务。我们发现，原来或许是转瞬即逝的情绪，实际上却是一种深深的信念。他相信，小说应该站在人类的矛盾冲突这一边。他看到了美——对此没有人比他更为敏锐；但是，美被禁锢在砖块与泥灰筑成的堡垒中，因此他必须把她拯救出来。所以，在他能够把那位囚犯释放出来之前，他总是被迫去建造那个樊笼——包括它所有错综复杂、平凡琐碎的各个方面的那个社会。那些公共汽车、别墅和郊区住宅，是他的设计图样中必不可少的基本部分。要求它们去禁锢、阻挡那被冷酷无情地囚禁在它们后面的奔窜的火焰。同时，当我们阅读《最长的旅程》之时，我们意识到一种藐视他的严肃态度的幻想的嘲弄精神。没有人比他更灵巧地抓住这社会喜剧的各种色调和阴影；没有人比他更逗趣地把教区之内的午餐、茶点和网球赛寥寥数笔就当场勾勒出来。他笔下的老处女和牧师，是自从简·奥斯丁停止写作以来我们所看到的最栩栩如生的这一类人物。但是，除此以外，他还加上了简·奥斯丁所没有的东西——一位诗人的兴奋冲动。那光洁的外表，总是被一阵突然爆发出来的抒情诗所扰乱。在《最长的旅程》中，某些农村风光的精致描绘，一再使我们感到赏心悦目；或者某些可爱的景象——比如当理基和斯蒂芬[1]把那些燃烧的纸船送过拱形桥洞之时——被描写得永远会在我们眼前生动地浮现出来。在这儿，需要去说服一些相反的天赋——讽刺和同情；幻想和事实；诗意和一种原始的道德感——和谐地生活在一起。难怪我们往往意识到相反的潮流在相互抵触冲击，并且防止了此书以一部杰作的权威性向我们冲过来压倒我们。然而，对于一位小说家来说，如果有一种天赋比其他的更为重要的话，它就是综合能力——那种构成单一景象的能力。那些文学杰作的成功，并非在于它们没有缺陷——实际上我们容忍了它们所有的重大失误——而是在于一个完全掌握了透视法的头脑的无限说服力。

二

随着岁月的流逝，我们寻找福斯特先生去投奔或者联

① 理基和斯蒂芬是小说《最长的旅程》中的人物。

合大多数作家所隶属的那两大阵营之一的种种迹象。粗略地说，我们可以把他们分为两个阵营：以托尔斯泰和狄更斯为首的传教士和教师为一方；以简·奥斯丁和屠格涅夫为首的纯艺术家为另一方。福斯特先生似乎有一种强烈的冲动，想要同时隶属于两个阵营。他有许多纯艺术家（按照陈旧的分类方法来说）的本能和倾向——一种优雅的散文风格，一种敏锐的喜剧感，以寥寥数笔来塑造生活在他们自己的环境气氛中的人物的能力；然而，他同时又高度地意识到某种信息。在机智和感觉的彩虹后面，存在着一幅景象，他下定决心使我们务必看到它。但是，他的图景属于一种特殊的种类，他的信息是令人难以捉摸的。对于各种制度，他并无多大兴趣。他没有威尔斯先生的作品所特有的那种对于社会的广泛的好奇心。离婚法案和贫穷法案在他的注意力中几乎没有份儿。他所关心的是私人生活；他的信息是向灵魂传递的。“正是私人生活举起了那面映照出无限景象的镜子；只有个人的交往，才暗示出一种我们在日常生活景象中所看不到的人格。”我们的事业并非用砖块和泥灰来建筑，而是把已经看到的和没有看到的东西联系在一起。我们必须学会去建造那座“把我们体内平凡的散文气息和热情的诗意联系起来的彩虹的桥梁。没有这座桥梁，我们就是一些毫无意义的碎片，一半是僧侣，一半是野兽”。私人生活是至关紧要的，灵魂是永存不朽的；这种信念始终贯彻在他的作品之中。它就是在《天使不敢涉足之处》中的沙镇与意大利之间，在《最长的旅程》中的理基和安格纳斯之间，以及在《看到风景的房间》中的露西与西塞尔之间的矛盾冲突。随着时间的流逝，这种矛盾冲突日渐深化，它变得更加引人注目。它迫使福斯特从那些比较轻快和想入非非的短篇小说，经过那稀奇古怪的插曲《空中公共汽车》，而发展到那两部长篇巨著《霍华德别业》和《印度之旅》，它们标志着他的全盛时期。

但是，在我们考察这两部作品之前，让我们对他要求自己解决的那个问题的本质观察片刻。最要紧的就是灵魂；而灵魂，正如我们已经看到的那样，是禁锢在伦敦郊区某地一座红砖筑成的别墅里。那么，情况似乎是这样：如果他的书能够成功地完成它们的使命，他笔下的现实世界的某些点，必须变得光芒四射；他的砖块必须闪亮；我们必须看到那整个建筑物浸透在一片光芒之中。我们必须立即相信那个郊区的完整的现实性，以及那个灵魂的完整的现实性。在这种现实主义和神秘主义的结合方面，和他最密切相似的，也许就是易卜生。易卜生也有同样的现实主义力量。对他说来，一个房间就是一个房间，一张书桌就是一张书桌，一只字纸篓就是一只字纸篓。同时，现实的那些随身道具，在某些时刻变成了一张帷幕，我们透过它看到了无穷的境界。当易卜生达到这一目标之时——他肯定已达到了——他并非仅仅在关键时刻玩弄一些惊人的魔术。他一开始就把我们引入了恰当的心境，并且给了我们合乎他目标的恰当材料，他正是通过这些手段，来实现了他的目的。他像福斯特先生一样，给予我们一般生活的效果；但是，他通过选择不多几个十分贴切的事实，来给予我们这种效果。因此，当那具有启发性的瞬间来到之时，我们毫无保留地默然接受了它。我们既不激动，也不困惑；我们不必自问：这是什么意思？我们仅仅感觉到：我们正在观看的东西被照亮了，它的深处被揭示出来了。

它并未失去它的本来面目而变成别的什么东西。

福斯特先生面临着某种与此相同的问题——如何把实际的事物和它的意义联系起来，并且使读者的思想越过分隔这两者的鸿沟，而丝毫无损于它的信念。在阿诺河上[①]，在赫伯特郡和萨立[②]的某些瞬间，美感脱颖而出，真理的火苗穿透地壳冒了出来；我们应该看到，在伦敦郊区的那幢红砖别墅被照亮了。然而，正是证明了这部现实主义小说是极其精致的这些伟大的场景，最能使我们意识到作者的失败之处。因为，正是在这儿，福斯特先生从现实主义转向了象征主义；正是在这儿，那一直是如此坚硬扎实的客体变得——或者说可能会变得——发光透明了。人们不禁会认为，他之所以失败，主要是因为他令人羡慕的观察力的天赋太过分地为他效劳了。他逐字逐句地记录了太多的东西。在一页书的这一边，他给予我们一幅几乎像照相一般的精确图景；在另一边，他又要求我们看到这同一幅图景在永恒的火焰中变形发光。在《霍华德别业》

① 阿诺河是意大利的一条河流。
② 赫伯特郡和萨立是英国地名。福斯特在小说中写到这些地方。

中，倒翻在伦纳德·巴斯特身上的那只书橱，或许应该带着那种烟熏变色的古老文化的全部负荷压到他的身上；马拉巴山洞在我们眼中应该不是真的山洞，它或许就是印度的灵魂的化身。奎斯特尔德小姐[①]竟然在一次野餐中从一位英国姑娘转化为一个傲慢自大的欧洲人，她在东方的心脏漫游，并且在那儿迷失了方向。我们缓和这些陈述的语气，因为我们确实不十分清楚我们的猜测是否准确。我们并没有获得我们在《野鸭》或者《建筑师》[②]中所获得的那种直接的确实感，我们感到困惑、忧虑。我们自问：这意味着什么？对此我们应该如何理解？而这种犹豫不决，是致命的。因为我们对现实和象征两者都感到怀疑——摩尔夫人，那位善良的老太太；摩尔夫人，那位女巫。这两种不同的现实结合在一起，似乎把怀疑的阴影投射到她们两者身上。因此，在福斯特先生的小说的核心，往往有一种模糊朦胧之感。我们感觉到，在关键时刻，有某种东西背弃了我们；我们不是像在《建筑师》中那样，看到一个

① 奎斯特尔德小姐是福斯特的小说《印度之旅》中的人物。
②《野鸭》和《建筑师》是易卜生的剧本。

整体，而是看到两个分离的部分。

汇编在《空中公共汽车》这一标题之下的短篇小说，也许代表着福斯特先生要使那个经常困扰他的问题——把生活中的散文和诗歌结合起来——简单化的企图。在这里，他明确地，虽然是谨慎地，承认了魔术的可能性。公共汽车升到了天上；在灌木丛中可以听到大神潘[1]的笛声；姑娘们变成了树木。那些短篇小说是极其迷人的。它们把在长篇小说之中置于沉重的负荷之下的幻想释放出来。但是，这种幻想气质还不够深刻或者不够热烈，还不足以单独地与构成他一部分天赋的其他冲动相抗衡。我们觉得，他是一位在神仙世界中闲荡的忐忑不安的旷课的小学生。在篱笆后面，他总是听到汽车的喇叭声和疲劳的行人慢吞吞的脚步声，过不了多久，他就不得不回去。一本薄薄的小册子确实包容了他允许自己拥有的一切纯粹的幻想。我们从男孩们投入大神潘的怀抱而姑娘们变为树木的

---

① 大神潘是希腊神话中的畜牧与狩猎之神，人首羊蹄，头上有角，喜欢芦笛。

异想天开的国土，来到了那两位施勒格尔小姐[1]身边，她们各自有六百英镑进款，并且住在威克汉宫。

三

虽然我们对于这个变化可能感到非常遗憾，我们却无法质疑它的正确性。因为，在《霍华德别业》和《印度之旅》以前，福斯特先生所有的作品中，没有一部充分地发挥了他的各种能力。具有他那样奇特的、在某种意义上说是互相矛盾的各色各样的天赋，福斯特先生似乎需要某种主题，它会刺激他的高度敏感、活泼的智力，但是并不要求极端的传奇和热情；它会给他以批判的材料，并且吸引他去调查研究；它要求由大量细微而精确的观察来构成，能够经得起一颗极端真诚而富于同情的心灵的考验；然而，尽管具有这一切品质，当这个主题构成之时，它会带着一种象征的意义，以突然迸发的一阵阵夕阳的光辉和无

---

① 施勒格尔小姐是《霍华德别业》中的人物。

穷无尽的黑夜为背景而展现出来。在《霍华德别业》中，英国社会的中下、中间、中上阶层，就是这样地形成了一个完整的结构。这是迄今为止规模较大的一次尝试，如果它失败了的话，大部分要归因于它的规模。确实如此，当我们回顾这部精心创作、技巧高超的作品——它在技巧上具有极高的造诣，又具有洞察力、智慧与美感——之时，我们可能会感到惊异：究竟是当时的什么心情，促使我们把它称为一部失败之作。根据一切规则，而且，根据我们自始至终阅读它时的那种浓厚的兴趣，我们应该说它是成功的。也许从人们称赞它的方式之中，暗示了它失败的原因。精致、技巧、睿智、洞见、美感——这些品质一应俱全，然而，它们没有融为一体；它们缺乏互相黏合的内聚力；这部书作为一个整体来看缺乏力量。施勒格尔一家、威尔科克斯一家和巴斯特一家，带着他们所代表的阶级和环境的一切品质，栩栩如生地呈现在我们面前，但是，这部书的整体效果，不如那本分量要轻得多然而却美丽和谐的《天使不敢涉足之处》那么令人满意。我们又有这样的感觉：在福斯特先生的天赋之中，具有某种反常之处，因此，他种类繁多的各种才能，往往互相挑剔。如果他不是如此谨慎、公正，不是如此敏感地意识到每一个事例的不同方面，我们觉得，他就有可能在某一个明确的点上集中更大的力量。按照现在这样写法，他所花的力量都分散消耗掉了。他就像一个睡眠不深的人，总是被房间里的什么声音所吵醒。那位诗人被那位讽刺家猝然拉开；那位道德家拍拍那位戏剧家的肩膀；[①]他从来也不会在那对于美感的纯粹喜悦之中，或者对于事物本来面目的兴趣之中，长久地失去控制或忘乎所以。为了这个原因，他作品中的抒情段落本身往往极其美丽，但是和上下文联系起来看，就没有获得它们应有的效果。它们并不是从一种对于客体本身的充沛洋溢的兴趣和美感之中出乎自然地涌现出来的华丽辞藻——例如，就像普鲁斯特的作品那样——我们觉得，是某种激愤的情绪促使了它们的产生，它们出于一颗被丑所激怒而想以某种美来作为补偿的心灵的努力；正因为这种美原来就是出乎抗议，它就带有某种狂热的因素。

---

① 这说明福斯特集诗人、讽刺家、道德家、喜剧家的品质于一身，而这些不同的品质又互相牵制。

然而，人们感觉到，在《霍华德别业》中，溶化了构成一部杰作所需要的一切品质。那些人物形象，对我们说来是极端真实的。那故事的顺序，安排控制得很好。那个难以下明确的定义然而却是高度重要的因素，即那部书的气氛，闪耀着智慧的光辉；其中没有一点儿矫揉造作，没有一粒虚假的原子可以在此安身。在一个规模更大的战场上，福斯特所有的作品中都存在的那场斗争——在紧要的和无关紧要的事物之间、在现实和假象之间、在真理和谎言之间的斗争——仍在继续进行。情况又是如此：那个喜剧是巧妙精致的，他的观察是无懈可击的。然而，正当我们沉湎于想象的乐趣之中，轻微的猝然一动，又惊醒了我们。有人轻轻地拍拍我们的肩膀。他提醒我们：应该觉察到这一点，应该注意到那一点。他使我们理解，玛格蕾特或海伦[1]并不是单纯地作为她们自己在说话；她们所说的话具有另外一种更为广泛的意图。于是，当我们竭力思索去发现那意义之时，我们从想象的迷人境界中走了出来

① 玛格蕾特和海伦是福斯特小说《霍华德别业》中的人物。

（在那儿我们的各种本能自由自在地活动），来到了理论世界的曙光之中（在这儿只有我们的智力尽职地发挥作用）。这种幻觉消失的瞬间，往往出现于福斯特先生最真挚热诚的时候，在那本书的关键时刻，在宝剑坠地、书橱翻倒之时。正如我们已经注意到的，那些瞬间把一种奇特的不坚实感，带到了那些“伟大的场景”和重要的人物之中。但是，它们在福斯特的喜剧场面中却从不露脸。它们使我们十分愚蠢地希望以不同的方式来安排福斯特先生的各种天赋才能，并且限制他的创作范围，只要他去写喜剧。因为，在喜剧性的作品中，他马上不再感到要对他的人物的行为负责，他也忘记了他必须去解决宇宙的问题，他成了最能使人消愁解闷的小说家。在《霍华德别业》中，那位令人羡慕的铁比和那位精巧绝伦的门特夫人，虽然主要是为了给我们逗趣而穿插进来的，他们却把一股新鲜空气带了进来。他们以那种令人陶醉的信念来鼓舞我们，使我们相信，他们可以远离他们的创造者而去自由地闲荡，并且想走多远就走多远。玛格蕾特、海伦、伦纳德·巴斯特被紧紧地束缚起来，并且被警惕地监视着，以免他们可能会掌握自己的命运并且推翻作者的理论。但是，铁比和门特夫人想去哪儿就去哪儿，想说什么就说什么，想干什么就干什么。因此，福斯特先生小说中的那些次要人物和次要场景，往往就比他明显地着力加以刻画的人物和场景给人留下更生动的印象。然而，如果在我们和这部巨大的、严肃的、十分有趣的书分手之前，没有确认它是一部重要的、虽然是不能令人满意的作品，没有确认它很可能是另一部规模同样巨大然而不那么令人焦虑不安的作品的前奏，那么这就不公平了。

四

在《印度之旅》出现之前，许多年月过去了。有人希望，在这段间隔中，福斯特先生也许可能发展了他的技巧，使它更容易服从他想入非非的心灵的印记，并且更自由地释放在他体内遨游的诗意和幻想；但是，他们失望了。作者的态度，恰恰是同样地四平八稳：他向生活走去，好像这是一幢有一扇前门的房屋，他把帽子放在大厅的桌子上，接着就以一种按部就班的方式，参观了所有的房间。这幢房屋依然是不列颠中等阶级的住宅。但是，自从《霍华德别业》以来，有了一种变化。迄今为止，福斯特先生一贯倾向于使他个人的影响渗透弥漫、遍及全书，就像一位细心的女主人，急于向她的客人们介绍、解释，警告他们这儿有一级台阶、那儿有一股穿堂风。但是，在这本书中，也许他对于他的宾客和房屋都有点儿失去了幻想，他似乎放松了这些关切爱护。我们被允许几乎是单独地在这片不寻常的大陆上[①]信步闲游。我们同时地、几乎是偶然地，注意到了许多事物，特别是关于印度这个国家的事物，好像我们真的置身于这片国土之上；吸引我们目光的，一会儿是在那些画面上飞舞的麻雀，一会儿是那额际绘了花纹的大象，一会儿又是那庞大而错落的群山。那些人们，特别是印度人，也有某种相同的偶然际遇和无法避免的品质。也许他们不如那片土地来得重要，然而他们却是活生生的、敏感的。我们不再像我们在英国所惯常的

① 指印度。

那样，感到他们只许走那么远，不能多越雷池一步，以免他们会推翻作者的某些理论。阿齐兹[①]是一位自由的代理人。他是福斯特先生迄今为止所创造的最富于想象力的人物，他使人回想起作者的第一部作品《天使不敢涉足之处》中的牙科医生吉诺。我们确实不妨猜测，把那片海洋安插在他和沙镇之间，可帮了福斯特先生的忙。暂时超脱于剑桥的影响之外，这是一种宽慰。对他说来，虽然仍旧需要建造一个能够承受微妙而精确的批评的世界模型，那个模型的规模是比过去更大了。那个英国社会，和它所有的渺小、庸俗之处，以及它微弱的英雄主义，被放在一个更巨大、更邪恶的背景之前。虽然在重要的场合，仍然有些模糊朦胧，在有些瞬间，依然存在着不完善的象征主义，丰富的事实积累，使想象力目不暇给，但是，似乎在先前的作品中使我们困惑的那种双重景象，现在逐渐地变为单一了。两者之间的渗透浸润，比以往彻底得多。福斯特先生似乎完成了这个伟大的业绩：用一种精神的光芒，

① 阿齐兹是小说《印度之旅》中的人物。

使观察力的这个浓密而坚实的躯体获得了蓬勃的生机。这部书显示出一些疲劳和失去幻觉的迹象；然而有一些章节清晰而美丽辉煌，而最重要的是，它使我们诧异：下一步他将要写什么？

论美国小说*

到一个外国的文学领域中去漫游与我们到国外去旅游极其相像。当地居民司空见惯的景象，对于我们说来，似乎是令人惊讶的奇观；不论我们在国内似乎多么熟悉那种语言，当它从自幼就讲这种语言的人嘴上说出来时，就会有迥然不同的感觉；最重要的是，当我们渴望抓住这个国家的内在实质之时，我们寻求与我们所习以为常的事物最不相似的东西，不论它可能是什么，并且声称，这就是法国的或美国的天才之精神实质，接着我们就轻信地加以顶礼膜拜，在它之上建立起一种理论结构，它很有可能会逗乐、激怒或者甚至暂时地启发那些土生土长的法国人或美国人。

在美国文学领域中涉猎的英国旅游者所最需要的东西，是和他在本国所有的东西不相同的某种事物。为了这个缘故，英国人全心全意地仰慕的那位美国作家，就是惠特曼。你会听到他们说，他的作品体现了那毫无掩饰的真正美国人的特色。在整个英国文学领域之中，没有一个形象与他的相像——在我们所有的诗歌之中，没有一首可以稍为与《草叶集》相媲美。这种差异成了一种长处，而且，当我们沉浸在这使人耳目一新的新奇感之中，它引导着我们，使我们越来越不能欣赏爱默生、洛厄尔[①]和霍桑，因为他们在我们中间有着相应的对手，并且从我们的书籍中吸取了他们的文化素养。这种对于新奇事物的迷恋，不论它的理由是否充足，不论它的结果是否公平，在目前仍然继续存在。要把亨利·詹姆斯、赫尔吉许默先生[②]和沃顿夫人[③]这样卓越的名家撇在一边不予考虑，是不可能的；但是，在对于他们的赞扬之中，掺杂着某种保留——他们不算是美国人；他们并未给予我们任何我们尚

---

* 此文写于 1925 年，选自伍尔夫论文集《瞬间》。

① 阿博特·劳伦斯·洛厄尔（1856—1943），美国哈佛大学政治教授，著有《政府论文集》等，其妹艾米·洛厄尔（1874—1925）是意象派诗人。

② 约瑟夫·赫尔吉许默（1880—1954），美国小说家。

③ 沃顿夫人（1862—1937），美国小说家。

未得到的东西。

把那位旅游者的粗糙和片面的态度如此描述了一番之后，现在让我们问一下，哪些是我们必须浏览的景色，以此作为我们进入现代美国小说领域漫游的起点。在这个问题上，我们开始感到困惑；因为，许多作家的姓名和许多书籍的标题立即涌到了嘴边。德莱塞先生①、卡贝尔先生②、坎菲尔德小姐③、舍伍德 · 安德森先生④、赫斯特小姐⑤、辛克莱 · 刘易士先生⑥、威拉 · 卡瑟小姐⑦、林 · 拉德纳先生⑧——他们所创作的作品，如果时间许可的话，我们最好还是仔细地考察一番，而且，如果我们必须把我们的注意力集中

① 德莱塞（1871—1945），美国小说家，作品有《嘉丽妹妹》、《珍妮姑娘》、《欲望三部曲》、《美国悲剧》等。
② J. B.卡贝尔（1879—1958），美国小说家。
③ 桃乐赛 · 坎菲尔德（1879—1958），美国小说家。
④ 舍伍德 · 安德森（1876—1941），美国小说家，作品有短篇小说集《小城畸人》、自传小说《讲故事者的故事》等。
⑤ 芬妮 · 赫斯特（1889—1968），美国小说家。
⑥ 辛克莱 · 刘易士（1885—1951），美国小说家，1930 年获诺贝尔文学奖，作品有《大街》、《巴比特》、《王孙梦》等。
⑦ 威拉 · 卡瑟（1876—1947），美国小说家，作品有《沉沦的妇人》、《教授之屋》等。
⑧ 林 · 拉德纳（1885—1933），美国体育专栏作家，短篇小说家。

到至多不过两三个人身上，那是因为尽管我们是旅游者，要为美国小说发展倾向的理论描出一幅概图，最好还是调查研究几本重要的作品，而不是去孤立地考察每一位作家。在所有的美国小说家中，目前在英国被讨论和阅读得最多的也许是舍伍德·安德森和辛克莱·刘易士先生。在他们所有的小说之中，我们发现有一部叫做《讲故事者的故事》，与其说它是小说还不如说是事实，它可以起解释者的作用，可以帮助我们在看到美国作家处理或解决问题之前猜测到他们的问题的本质。越过舍伍德·安德森先生的肩膀，我们可以初步瞥见这个世界的景象，这是小说家眼中所见到的世界，而不是后来经过他的一番化装、安排以便被他的人物所领会接受的那个世界。确实如此，如果我们的目光瞥过舍伍德·安德森先生的肩膀，美国看上去是个十分奇异的地方。我们在这儿看到的究竟是什么？这是一片广袤无垠的大陆，新的乡村星罗棋布，它们不像英国的乡村那样，墙上的常春藤和青苔在夏季和冬天都融化为大自然景色的一部分，它们是人们最近匆匆忙忙、因陋就简地建造起来的，因此，那些乡村就像是城镇的郊区。

那些缓慢的英国运货马车，变成了福特汽车；那些樱草花坛，变成了一堆堆破旧的罐头；那些谷仓茅舍，变成了瓦楞状的铁皮棚屋。它是廉价的，它是崭新的，它是丑陋的，它是用乱七八糟的材料匆匆忙忙七拼八凑地松散地暂时联结凝聚起来的——这就是安德森先生所抱怨的沉重负担。他接着又追问：地上全是石块，艺术家的想象力会在这些岩石上绊跌，它又如何能在此地扎根？有一个解决办法，而且只有这一个解决办法——那就是坚决地、明确地当一名美国人。这就是他明显地和含蓄地得出的结论；这就是使那不协调的声音转化为和谐的那个音符。安德森先生像一位正在给自己施催眠术的病人那样，一遍又一遍地重复："我就是那个美国人。"这句话带着一种被淹没的然而却是基本的欲望，顽强不屈地涌上心头。是的，他就是那个美国人；这是一种可怕的厄运；这又是一个大大的机会；但是，不论好坏，他就是那个美国人。"瞧！在我身上，那个美国人苦苦地挣扎着，要成为一位艺术家，要意识到他的自我，充满着对于他自己和别人的惊奇之感，试图悠然自得而不是假装悠然自得。我可不是英国人、意大利人、犹太人、德国人、法国人、俄国人。我是什么人？”是的，我们可以冒昧地重复：他是什么人？有一点是肯定无疑的——不论那个美国人是什么人，他可不是英国人；不论他将成为什么人，他也不会成为英国人。

因为，这就是成为美国人的过程中的第一步——不当英国人。一位美国作家所接受的教育之第一步，就是把一直在已故的英国将军们指挥之下前进的整个英国文字的大军统统解散。他必须训练并且强迫那“数量不多的美国文字”来为他服务；他必须忘却他在菲尔丁和萨克雷的学校中所学到的一切东西；他必须学会像他在芝加哥的酒吧和印第安纳的工厂中和人们说话那样来写作。那就是他的第一步，但是，下一步还要困难得多。因为，已经决定了他不是什么，他还必须进一步发现他究竟是什么。这是一种敏锐的自我意识阶段的开端，这种自我意识，表现在其他方面南辕北辙截然相反的作家们身上。的确，再也没有什么别的东西，比这种自我意识和辛酸感觉的普遍流行，使那些英国旅游者们感到更为惊异的了。伴随着这种自我意识的辛酸之感，大部分是反对英国的。人们不断地想起另外一个种族的态度，直到最近他们还是它的臣民，而目前他们仍旧被对于它的锁链之回忆所折磨。妇女作家们不得不遇到许多与美国人所面临的相同的问题。她们也意识到她们自己的性别的特殊性；她们很容易怀疑别人对她们傲慢无礼，动不动就心怀不满，想图报复，热衷于形成一种她们自己的艺术形式。在这两种场合之下，各种各样意识——自我意识、种族意识、性别意识、文化意识——它们与艺术无关，却插到作家和作品之间，而其后果——至少在表面上看来——是不幸的。例如，我们可以很容易地看出，如果安德森先生忘记了他是个美国人，他将成为一位完美得多的艺术家；如果他能毫无偏见地使用新的或旧的、英国的或美国的、古典的或俚俗的词汇，他将会写出更好的散文。

尽管如此，当我们从他的自传转向他的小说之时，我们不得不承认（正如一些妇女作家使我们不得不承认）：令人耳目一新地出现在世界上，对着光线转向一个新的角度，这是如此巨大的一种成就，为了它的缘故，我们可以谅解那不可避免地伴随着它的辛酸感觉、自我意识和生硬态度。在《鸡蛋的胜利》这本书中，作者安德森对那些陈旧的艺术要素作了一些调整，使我们刮目相看。这种感觉使我们回想起第一次阅读契诃夫作品时的感受。在《鸡蛋的胜利》中，没有任何熟悉的东西可以让我们来把握。那些短篇小说使我们的努力受到挫折，它们从我们的手指缝里溜了过去，使我们感觉到并不是安德森先生辜负了我们的期望，而是作为读者的我们失误了，我们必须回过头去重新阅读此书：就像受了责罚的小学生必须回过头去重新拼写熟读课文，以便掌握它的意义。

安德森先生已经钻探到人类本性中那个更深的、更温暖的层次，要给它贴上新的或旧的、美国的或欧洲的标签，那就太过琐碎了。带着“忠于事物本质”的决心，他摸索着前进，达到了某种真实的、持久的、具有普遍意义的境界，其证据就是他毕竟做到了很少作家做成功的事情——他创造了一个他自己的世界。在这个世界中，各种感觉极其敏锐发达；它受本能的主宰而不受概念的支配；赛马使男孩们的心剧烈地跳动；一片片种了玉米的田地像金色的海洋一般围绕着那些简陋的城镇，看上去无边无际、深不可测；男孩和女孩们到处都在梦想着航海和冒险；而这个肉体感觉的、本能欲望的世界，被包围在一层温暖的云雾一般的气氛之中，被包裹在一个柔软的、爱抚的封套里，它总是显得似乎有点儿太宽，与这个世界的外形不很合适。安德森先生的作品形态模糊混沌，他的语言扑朔迷离，他似乎总是倾向于把他的短篇小说轻轻地安置在一片沼泽之中，在指出了这些情况之后，那位英国游客就说，这一切使他确信他自己的关于究竟可以期望一位美国作家具有何种洞见和真诚的理论。安德森先生的作品之柔软和缺乏外壳是不可避免的，因为，这是他从美国素材的中心舀取出来的，以往它从未局限于一个外壳之中。他太过迷恋这种珍贵的原料，不愿意把它压铸到任何陈旧的、错综复杂的诗歌模式中去，那些模式是欧洲的工艺铸造出来的。他宁可把他所发现的东西毫无外壳地裸露着，任凭他大声笑骂。

但是，如果这个理论适用于美国小说家们的作品的话，我们如何来说明辛克莱·刘易士的小说呢？在与《巴比特》、《大街》、《我们的雷恩先生》[①]初次接触之下，难道这种理论不是像肥皂泡撞在坚硬的红木壁橱棱角上一般粉碎了吗？因为，刘易士先生的作品正是以它的坚实、它的效率、它的紧凑取胜。然而，他又是一位美国人；他也用一部又一部作品来描述和说明美国。他的作品远非缺乏外壳，人们往往说他的作品全部都是外壳，人们只是怀疑，他究竟有没有给外壳中的那条蜗牛留下任何余地。无论如何，《巴比特》完全驳斥了下述理论：一位美国作家描写美国的情况，必然会缺乏那种润饰、技巧以及把他的素材加以定型和控制的能力，人们可能会猜想，这些都是一种古老的文化留给它的艺术家的遗产。在所有这些方面，《巴比特》堪与本世纪在英国创作的任何一部小说相媲美。因此，那位文学领域中的旅游者，必须在下面两种结论中选择其中之一：或者在英美作家之间并无深刻的区别，他们的经历是如此相似，以至于可以用相同的形式来加以容纳；或者刘易士先生是如此密切地仿效英国作家的

① 《我们的雷恩先生》是刘易士在1914年写的一部小说。

模式——赫·乔·威尔斯就是一位明显的师傅——以至于在模仿的过程中，他牺牲了他自己的美国特征。但是，如果作家们能够用绿色或蓝色的布条扎起来分派给我们的话，阅读的艺术就会更加简单而缺乏冒险精神。对于刘易士先生的研究使我们越来越确信，外表上显示出来的那种果断的决心是靠不住的；外表上的沉着镇静几乎无法把内部互相矛盾斗争的因素结合在一起；那些色彩就化开了。

因为，虽然《巴比特》看上去好像是一幅美国商人的尽可能扎实而可信的肖像画，我们还是碰见了某些可疑之处，并且动摇了我们的信心。但是，我们可能会问：在如此高明、有把握而自信的作品之中，哪有怀疑插足之地？首先，我们怀疑刘易士先生本人；换言之，我们怀疑，他对于他自己和他的题材之确信，几乎与他想要我们相信他的程度相同。因为，虽然他使用一种与安德森先生不同的方式，他在写作之时，也有一只眼睛盯着欧洲，这种注意力的分散，读者极易觉察，并且感到不满。他也有那种美国人的自我意识，虽然他巧妙地把它抑制住了，只有一两次允许它以尖锐辛酸的呼声表达出来（“巴比特觉得，那古老的乡土观念十分有趣，正如任何一位正经的英国人对于任何美国人感到有趣一样”）。然而，在其中有某种不安之感。他没有和美国结为一体；与此相反，他自命为介乎美国和英国人之间的导游者和译员，而当他带领他的欧洲旅客游览那个典型的美国城市（他是该城的土著）并且向他们介绍那些典型的美国公民（他与他们有各种联系）之时，他既为他所不得不显示出来的东西感到羞愧，又为欧洲人对它的嘲笑感到愤怒。齐尼斯市[①]是一个卑鄙庸俗的地方，但是，那些英国人胆敢藐视它，就更为卑鄙庸俗。

在这样一种气氛之中，作者与读者不可能亲密无间。作为一位具有刘易士先生的能力的作家，他所能做的一切，就是毫不畏缩地精确描述，并且日益提高警惕，以免泄漏天机。因此，从来没人为某个城市创造过如此完整的模型。我们打开水龙头，自来水就流出来了；我们揿一下按钮，雪茄烟就点着了，床铺就暖和了。但是，这种对于

① 齐尼斯是小说《巴比特》中的一个美国城市。

机械的赞美，这样贪得无厌地追求“牙膏、袜子、轮胎、照相机、快速暖水瓶……起初只是欢乐、热情和智慧的一种迹象，后来就成了它们的代用品”，这一切，不过是推迟刘易士先生感到迫在眉睫的不幸日子到来的一种手段罢了。不论他可能多么害怕别人会对他有什么想法，他都不得不把内心的秘密和盘托出。他必须证明《巴比特》具有几分真实和美感，具有一些人物和他自己的感情，否则《巴比特》就只不过是一种驾驶汽车的改良方法，不过是显示新颖独特的机械设计的一种方便的外表形式罢了。要使我们读者喜爱《巴比特》——这就是他面临的问题。怀着这种目的，刘易士先生羞答答地向我们保证，巴比特先生也有他的梦想。虽然他强壮结实，这位上了年纪的商人梦想有一位仙女在门口等着他，“她可爱的、安静的小手抚摸着他的脸颊。他豪侠、睿智而受人爱戴；她的手臂是令人感到温暖的象牙色的；在那些危险的沼泽的彼岸，那勇敢的大海在远处闪闪发光”。然而这不是梦想；这简直是一位毕生未曾梦想而现在决心要证明梦想与剥豆荚一般容易的男子汉的抗议。梦想——那些代价极为昂贵的梦想——是由什么构成的呢？大海、仙女、沼泽？好吧，每一样他都要一点，如果这还不是梦想的话，他似乎在一阵狂怒之中从床上跳起来问道：那么它又是什么呢？对于两性关系和家庭温情，他要悠闲自在得多。确实不可否认，如果我们把耳朵贴近他的外壳，我们可以听到这位齐尼斯市的显赫公民在里面笨拙地然而不容误解地活动着。人们对他有一刹那间的好感和同情，甚至渴望某种奇迹会发生，渴望那块岩石被劈开，一分为二，而那个有能力感受欢乐、苦难和幸福的活生生的人物能够获得解放。但是，情况并非如此；他的行动太迟缓了；巴比特永远不能脱身；他将死在他的牢房里，把逃走的希望寄托在他的儿子身上。

于是，通过某种诸如此类的方法，那位英国游客使他自己的理论拥抱了安德森先生和刘易士先生。他们俩都由于既是小说家又是美国人而感到痛苦：安德森先生是因为他必须断然申明他的骄傲；刘易士先生是因为他必须隐藏他的辛酸。安德森先生的创作方法，对于作为艺术家的他而言，害处还比较小一点，而他的想象力，在这两者之中，是比较活跃的。作为一个新的国家的代言人，作为一个用新的黏土来雕塑的工匠，他所得的益处大于他所蒙受的损失。大自然似乎有意要刘易士先生与威尔斯先生、贝内特先生为伍，而且毫无疑问，要是他出生于英国的话，他必定能够证明他自己堪与这两位名家相匹敌。尽管他否认一种古老文明的丰富多彩——那作为威尔斯先生的艺术的基础的一大堆概念；那哺育了贝内特先生的艺术的稳固扎实的风俗习惯——他被迫去批评而不是去揭露，而他的批评的对象——齐尼斯市的文明——却不幸太过贫乏，不能给他以支持。然而，只要稍加思索，并且把安德森先生和刘易士先生加以比较，就会使我们的结论获得不同的色彩。以一个美国人的眼光来看美国，把奥普尔·爱默生·墨奇夫人看作她本人，而不是把她看作为了逗乐那位谦恭有礼的英国佬而陈列出来的一种美国的类型和象征，我们就会隐隐约约地觉得，墨奇夫人不是类型，不是稻草人，不是抽象概念。墨奇夫人是——然而，不该由一位英国作家来指出她究竟是什么。他只能在篱栅的罅隙之间窥探一番，并且冒昧地提出他的见解，认为一般而论，墨奇夫人和其他美国人，除了别的因素之外，还是有人性的人。

当我们阅读林·拉德纳先生的《你理解我，艾尔》的开头几页之时，那种隐隐约约的感觉变成了一种确凿无疑的信念，而这种变化令人困惑不解。迄今为止，我们与他们之间保持着一段距离，他们不断地提醒我们，给我们指出了我们的优越感和自卑感，并且指出这个事实——我们属于异邦异种。但是，拉德纳先生不仅没有意识到我们的差异，他根本没有意识到我们的存在。一个顶呱呱的棒球手，在一场令人兴奋激动的比赛中酣战之际，决不会停下来想一想，观众是否喜欢他的头发的颜色。他的心全部扑在那场比赛上。因此，当拉德纳先生写作之时，他决不浪费一点一滴时间来想一想，他究竟是在使用美国的俚语还是莎士比亚的英语，想一想他究竟是在回忆菲尔丁还是忘却了菲尔丁；想一想他究竟是作为美国人而感到自豪还是因为没有当日本人而感到羞愧；他的心全部扑在那篇短篇小说上。结果我们的注意力也就全都集中到那篇小说上去了。结果他就碰巧写出了我们所遇到的最好的散文。结果我们就感到自己终于被我们的同胞的那个社会毫无阻碍地容纳了。

这对于《你理解我，艾尔》来说，应该是真实的；那是一篇关于棒球——一种英国所没有的体育活动——的短篇小说，那是一种往往不是用英语来写的小说，这使我们踌躇不决。他究竟依靠什么来获得他的成功？除了他的无意识以及他因而可以无拘束地给他的艺术以额外的力量之外，拉德纳先生有一种卓越的创作顺序之天才。他以异乎寻常的从容和颖悟、以最敏捷的笔触、最稳定的线条、最敏锐的洞察力来让棒球手杰克·基夫勾勒他自己的轮廓、充实他自己的内心，直到这个鲁莽的、自吹自擂的、头脑单纯的运动员栩栩如生地呈现在我们面前。当他把他的心里话唠唠叨叨和盘托出，他的朋友们、情人们和那些景色、城镇、乡村全都跃然纸上——这一切都围绕着他，并且使他的形象趋于完整。我们观察到了一个社会的深处，它一心一意按照它自己的利害关系来行动。或许这就是拉德纳先生的成功因素之一。不仅他自己一心一意扑在他自己的体育活动上，而且他的人物也同样一心一意扑在他们的体育活动上。拉德纳先生最好的小说都是关于体育活动的，此事绝非偶然，因为人们可能会猜测，拉德纳先生对于体育活动的兴趣解决了美国作家最困难的问题之一；这种兴趣给了他一条线索、一个中心，以及人们各色各样活动的一个交叉点，这些人被隔绝在一片广阔的大陆上，不受任何传统的控制。体育活动把社会生活给予他的英国兄弟们的东西给了他。不论那确切的理由是什么，拉德纳先生无论如何为我们提供了某种无比独特的东西，某种在本质上是土生土长的东西，旅游者可以把它作为纪念品带回去，向那些不肯轻信的人们证明，他确实到美洲去过，并且发现它是一片异国的土地。但是，那位游客必须判断他所花的费用和所得的经验并且试图结算他这次旅行的整个账目的时刻已经到来了。

首先让我们承认，我们的印象是十分混杂的，我们所得到的见解比我们当初的见解更不明确、更无把握，不过如此而已。因为，当我们考虑到我们正在试图理解的那种文学的混杂起源，考虑到它的少年时期，它的年龄，以及穿过它的自然发展流程的各种思潮之时，我们很可能会惊呼：如果要加以总结和理解的话，法国文学、英国文学和一切现代文学都要比这种新兴的美国文学简单。在美国文学的根蒂，有一种不协调的特征，那美国人的自然倾向，在一开始就被扭曲了。因为，他越是敏感，他就越发要阅读英国文学；他越是阅读英国文学，他就越是敏感地意识到这种伟大艺术的令人困惑难解之处；这种艺术使用他自己嘴上所说的言语，来表达一种不属于他的经历，反映一种他从未认识的文明。他必须作出选择——或者让步，或者反抗。越是敏感的，或者至少可以说，越是文笔精致复杂的作家们，那些亨利·詹姆斯们，那些赫尔吉许默们，那些艾迪丝·沃顿们，他们决定拥护英国，而其不良后果是他们夸大了英国的文化和英国传统的优良举止，并且过分强调或者在错误的地方强调了这些社会差异，它们虽然首先吸引外国人的注意，但绝不是给他们留下最深刻的印象。他们的作品在精致优雅方面所得到的收获，在对于价值观念的不断歪曲和对于表面化的区别——陈旧住宅的年龄，名门豪族的魅力——的迷恋中丧失殆尽，这使我们不得不记住，亨利·詹姆斯毕竟是一位外国人，如果我们不打算把他称为一位附庸风雅的势利者的话。

另一方面，那些比较简单粗糙的作家们，例如华尔脱·惠特曼先生、安德森先生、马斯特斯先生[①]，他们决定拥护美国，但是他们凶猛好斗地、自我意识地、抗议地“炫耀卖弄”（正如保姆们所常说的那样）他们的新颖、独立和个性。这两种影响都是不幸的，它们阻碍了、延缓了真正的美国文学本身的发展。但是，某些评论家可能会反驳：我们是否小题大作，凭想象捏造出一些实际上不存在的差异？在霍桑、爱默生和洛厄尔的时代，“真正的美国文学”和当时的英国文学是相当一致的，而目前追求一种民族文学的运动只局限于少数热心人和极端分子范围之内，他们随着年龄的增长就会变得更加聪明，并且会发现他们自己行为的愚蠢。

但是，那位文学旅游者却再也不能接受这种惬意的教条了，虽然它迎合了他为自己的出身所感到的自豪。显然，有这样的美国作家，他们对英国的见解或英国的文化毫不关心，但依然能够生气勃勃地写作——拉德纳先生可

① 艾德茄·李·马斯特斯（1868—1950），美国诗人。

资佐证；也有这样的美国人，他们具有一切文化艺术才能而毫无把它滥用之嫌——维拉·卡瑟可资佐证；还有这样的美国人，他们的目的就是完全凭借自己的力量而不依赖于他人来写作——芬妮·赫斯特小姐可资佐证。但是，最短的旅程和最表面化的考察，也必定会使他意识到一个更为重要得多的事实——那片国土本身是如此不同，那个社会又是如此不同，那种文学就必然需要有所不同，而随着时间的推移，它与其他国家文学之间的差异，就必然会越来越大。

毫无疑问，美国文学会像所有其他文学一样，受到外来的影响，而英国的影响则可能是占支配地位的。但是，英国的传统显然已经不能应付这片辽阔的国土，这些大草原，这些玉米田，这些相互之间距离遥远地四散分布的男人和妇女的孤零零的小团体，这些工业大城市以及它们的摩天大楼、夜间灯火和完美的机械设备。英国的传统无法把它们的意义提炼出来、把它们的美感表达出来。它怎能不是如此呢？英国的传统建立在一片小小的国土之上，它的中心是一幢古老的住宅，其中有许多房间，每一个房间都塞满了东西，挤满了人，他们彼此之间互相熟悉、关系密切，他们的举止、思想、言论在不知不觉之间一直被过去的精神所统治着。但是，在美国，棒球代替了社会活动；一片崭新的土地代替了在无数的春天和夏季激动了人们情绪的古老风景，在这片土地上锡罐、大草原、玉米田无规则地四散分布着，就像是一件不合式的镶嵌工艺品，等待着艺术家的手腕来把它整顿得井然有序；另一方面，那儿的人民同样也是各种各样的，他们分为许多民族。

为了把所有这些分散的部分描述出来、联系起来，使之有条不紊，那就需要一种新的艺术以及一种新的传统的控制。那种语言本身，就向我们证明了，这两者都正在诞生的过程之中。因为，那些美国人正在做着伊丽莎白时代的人们所做的事情——他们正在铸造新词。他们正在出于本能地使语言来适应他们的需要。在英国，除非在战争的推动促进之下，词汇铸造能力已经衰退了；我们的作家们变化他们的诗歌韵律，改造他们的散文节奏，但是你要想在英国小说中寻求一个新词，必然会徒劳无功。此事可谓意味深长：当我们想要更新我们的语言之时，我们就得向美国借用新词——胡说八道、无法无天、突然转向、后台老板、善于交际者——所有这些富于表现力的、不登大雅之堂的、生气蓬勃的俚语，悄悄地在我们中间通行起来，开始只是口头使用，后来就见诸文字，它们都来自大西洋彼岸。我们不需要十分有远见就可以预言，当词汇被铸造出来之时，一种文学就会从这些词汇中产生出来。我们已经听到了那最初的不协调的刺耳的声音——它的前奏曲的被压抑的不流畅的曲调。当我们阖上我们的书本，重新眺望窗外的英国田野之时，一阵刺耳的声音在我们的耳际回荡。我们听到了那位少年最初的喁喁情话和笑声，三百年前，他的父母把他毫无遮蔽地抛弃在巉岩的海岸上，他全靠自己的努力生存了下来，因此他有点儿心酸、自豪、羞怯和一意孤行，现在他已经快要成年了。

论心理小说家*

的确，当我们拿起《梅茜所知道的》[①]这本书时，我们有一种脱离了所有过去小说中的世界的奇特感觉，感到我们失去了某种支柱，纵然它在狄更斯和乔治·爱略特的作品中妨碍了我们的想象，它却把我们支撑起来，并且控制着我们。迄今为止一贯如此活跃地、不断地描摹田野、农舍和脸庞的视觉，现在似乎失去了功效，或者正在运用它的力量来照明那内在的心灵，而不是外在的世界。亨利·詹姆斯必须找到心理活动过程的某种同义对应物，来使一种心理状态具体化。在描绘人物心理之时，他说，她是“一个随时准备容纳痛苦的器皿，一只深深的瓷器小杯，可以在其中混合各种辛辣的酸性液体”。他总是在使用这种理智的想象。被一般作家所表达或者观察到的那种通常的支持物，那种传统习惯的支柱和枕木，被移开了。

似乎一切都脱离了干扰，置于光天化日之下，任凭人们来讨论，虽然没有可见的支持物支撑着它们。对于构成这个世界的心灵来说，它们似乎奇异地摆脱了那些陈旧累赘的压力，并且超越了环境的压迫。

不可能用狄更斯和乔治·爱略特的那种陈旧的方式，来使作品突然发生关键性的转折。谋杀、强奸、诱奸和突然死亡，对于这个高高在上的、遥远的世界来说，并没有什么力量。在这儿，人们只是被各种微妙的影响所左右，这些影响包括大家几乎闭口不谈而只在心中琢磨的相互之间的看法，以及有时间、有闲暇来作出种种设想并付诸实施的人们的各种判断。结果，这些人物似乎被放在真空中，它与狄更斯和乔治·爱略特的实质性的、外形笨拙的世界，或者与标志出简·奥斯丁的世界的精确的纵横交叉的社会习俗，都相去甚远。他们生活在一个用各种最精巧的思想意义织成的茧子里，它是由一个完全与谋生糊口无

---

* 本文是伍尔夫在1929年写的《小说概论》中的第四章，收入论文集《花岗岩与彩虹》。

① 《梅茜所知道的》是亨利·詹姆斯于1897年写的小说。

关的社会，以充裕的时间吐出丝来把自己包裹起来而形成的。因此，我们立即意识到，作者使用了迄今为止蛰伏的各种官能、独创性和技巧，例如用来巧妙地猜破一个谜语的那种内心的机智和灵巧；我们的快感分裂了，变得精炼了，它的实质无限地分裂了，而不是作为一个整体来供我们享用。

梅茜，那位她的离了婚的父母双方争夺的小姑娘——他们要求每人轮流赡养她六个月，最后却各自重新结了婚，有了第二个丈夫和妻子——她深深地埋藏在联想、暗示和猜测之中，结果她只能十分间接地影响我们，她的每一种感觉都被扭曲了，并且要掠过一些其他人的心灵，才能达到我们这儿。因此，她并未在我们身上唤起什么单纯的、直接的情绪。我们总是有时间来观察这种情绪的到来，并且推测它的路径：一会儿向左，一会儿向右。冷静、有趣、入迷，我们每一秒钟都在试图进一步琢磨推敲我们的感觉，并且调动我们全部深奥微妙的智力，使之构成我们本身的一个部分，我们悬浮在这遥远的小小的世界之上，并且带着理智的好奇心，来观望等待那个结局。

尽管我们的快感不是那么直接，不是那么强烈地与某种喜悦或忧愁发生共鸣，它具有一种那些更加直截了当的作家所不能给予我们的优雅和甜蜜。这一部分是由于以下的事实：在黄昏的微明和拂晓的曙光之中，我们可以察觉到千百种情绪纵横交叉的脉络，在中午充足的阳光之下，它们却消失了。

在这种优雅和甜蜜之外，我们还获得了另一种快感。小说家总是要我们的感情随着他的人物一起变化，当我们的心灵从这个永恒的要求之下解脱出来之时，这种快感就来到了。通过切断现实生活中所引起的各种反应，小说家把我们解放出来，让我们像在生病或旅行时那样，自由自在地从事物的本身寻求乐趣。只有当我们不再沉浸于习惯之中，我们才能看出事物的奇特之处，我们就站在外面来观察那些没有力量左右我们的东西。于是，我们看到了正在活动的心灵。它设计各种模式的能力，以及它把事物之间的联系和不一致之处呈现出来的能力，使我们兴味盎然。而这一切，当我们按习惯来行动或被普通的冲动所驱策之时，是被掩盖起来的。它是一种与数学或者音乐所给予我们的乐趣相类似的快感。当然，因为小说家是用男人和女人作为他的创作对象，他不断地激起与数字、声音的非人格化大相径庭的各种感情；实际上，他似乎忽视并且压抑了人物的自然的感情，迫使它们纳入一种我们带着模糊的不满称之为“矫揉造作”的计划方案之中，虽然我们也许还不至于愚蠢到对于艺术中的技巧手法表示不满的程度。或者通过一种胆怯、拘谨的感觉，或者缺乏大胆的想象，亨利·詹姆斯削弱了他的创作对象的兴趣和重要性，以便产生一种他所心爱的匀称感。他的读者们对此感到不满。我们觉得他在那儿，像和蔼可亲的马戏演出主持者一般，巧妙地操纵着他的人物；他抑制、约束他们的活动；他灵巧地躲闪逃避、装聋作哑；而一位有更大深度或气魄的作家，就可能会冒着他的题材所强加于他的风险，让他的思想扯满了帆、迎风疾驶，也许这样他就能获得匀称和模式，它们本身也同样是如此地可爱。

然而，这就是对于亨利·詹姆斯伟大程度的估计：他给了我们一个如此确切的世界，一种如此清晰而奇特的美，使我们不能就此满足，而是要带着这些非凡的感觉进一步实验，来理解越来越多的东西，并且要从作者时刻在场的没完没了的指导以及他的种种安排和忧虑之中解脱出来。为了满足这种愿望，我们很自然地转向普鲁斯特的作品，在那儿，我们立即发现了一种广泛的同情心，它是如此之伟大，几乎战胜了它自己的对象。如果我们打算意识到一切，我们如何来了解任何事情呢？如果，在狄更斯和乔治·爱略特的世界之后，亨利·詹姆斯的世界似乎没有物质的疆界，每一件事物都能被思想的光芒所穿透，并且允许有二十种不同的含义，在这儿进行的解释和分析，就大大地超过了那些界限。首先，亨利·詹姆斯那位美国佬本身，尽管他优美动人温文尔雅，他在一种陌生的文化环境中感到不自在，这是一种甚至他自己的艺术之精髓也从未加以完全同化的障碍。普鲁斯特的小说，他所描绘的那种文化的产品，是如此多孔而易于渗透，如此柔韧而便于适应，如此完美地善于感受，以至于我们仅仅把它看成一个封套，它单薄而有弹性，不断地伸展扩张，它的功用不是去加强一种观点，而是去容纳一个世界。他的整个宇宙沉浸在理智的光芒之中。诸如电话那样最普通的物体，在那个世界里也失去了它的单纯性和坚实性，变成了生活的一部分而显得透明了。那最普通的行为，例如乘电梯或吃糕饼，不再是一种机械的动作，而是在它们的过程中重新勾起了一连串的思想、情绪、观念和记忆，它们原来显然是沉睡在心灵的底壁上。

当这些战利品在我们四周堆积如山，我们不禁要问：对于这一切，我们应如何处理？心灵决不能满足于被动地容纳一个又一个感觉，必须对它们作出某种处理，必须赋予这丰富的感觉以一定的形态。然而，这种生气勃勃的力量似乎一开始就已经如此之丰富，甚至当我们需要最迅速地前进之时，它把一些奇特的物体动人心目地放在我们面前，阻挡了道路，并且绊倒了我们。我们不得不停下脚步，甚至违反了我们的心愿，来注视它们。

因此，当他的母亲叫他来到弥留之际的祖母病榻之旁，作者写道："我醒过来回答道：'我并没有睡着。'"于是，甚至在此关键时刻，他停下来细致入微地解释，为什么在醒来之时，我们往往在一刹那间会觉得自己并未睡着过。这个停顿尤其引人注目，因为这不是人物"我"本人的反省，而是由叙述者非个人化地提出来的，因此，从一个不同的角度，它给心灵留下一种强烈的紧张感，它被那情景的紧迫性所扩展了，把这本身的焦点集中在隔壁房间里那位临终的老妇身上。

阅读普鲁斯特的作品所遇到的困难，大部分来自这种内涵丰富的转弯抹角的表达方法。在普鲁斯特的作品中，环绕着任何一个中心点的事物积累是如此丰富，而且它们是如此遥远，如此难以接近和领会，以至于这个积累拢来的过程是逐步的、艰苦的，而那最终的关系是极端复杂难解的。有许多关于它们的东西要思索，大大超乎人们原来的预料。一个人物不仅要与另一个人物发生关系，还要与气候、食物、衣服、各种气味、艺术、宗教、科学、历史以及千百种其他的影响发生关系。

如果你一旦开始分析意识，你就会发现，意识是被千百种微小的、不相关的意念所扰动着，这些意念中充斥着夹七杂八的信息。因此，当我们开始叙述诸如“我吻了她”这样一件普通的事情，在我们艰苦地逐渐逼近描述一吻意味着什么这个艰难的过程之前，我们或许不得不先加以说明，一位姑娘如何跳过一位在海滩上坐在椅子里的男人。在任何紧要关头，例如在祖母弥留之际，或者当公爵夫人走进马车听说她的老友司旺身罹绝症之时，构成这些场面的各种情绪的数量要大得多，而且与一位小说家放在我们面前的任何其他场面相比，它们本身更是大大地不协调而难以互相关联。

不仅如此，如果我们请求别人帮助我们寻找道路，那帮助并非来自任何通常的渠道。作者从来也不会像英国小说家经常所做的那样来告诉我们：这条道路是对的，另一条道路是错的。每一条道路都毫无保留、毫无偏见地敞开着。能够感觉到的任何东西，都可以说出来。普鲁斯特的心灵，带着诗人的同情和科学家的超然姿态，向它有能力感觉到的一切事情敞开着大门。指导和强调，告诉我们这一点是正确的，提醒和嘱咐我们去关注那一点，这就会像一片阴影落到这意味深长的光辉之上，并且把它的一部分从我们的视野中遮掉。这部书中的一般素材，就是由这个深深的感觉的水库所构成。他的人物形象，正是从这些感觉的深处涌现出来，像波涛一般形成了，然后那浪花破裂了，重新又沉没到那个诞生了它们的思想、评论和分析的流动的海洋之中。

因此，回想起来虽然与其他小说中的任何人物一样占据支配地位，普鲁斯特的人物似乎是由一种不同的实质所构成。思想、梦幻和信息就是他们的一部分。他们成长到充分的高度，他们的行动没有遇到任何挫折。如果我们要寻求某种指导，来帮助我们把他们放到宇宙中的适当位置，我们消极地发现：并无此种指导——或许同情比干涉更有价值，理解比判断更有意义。作为思想家与诗人相结合的后果，往往在我们入迷地进行了一些精确的观察之后，我们遇到了一连串的意象——美丽、色彩缤纷、栩栩如生——似乎心灵已经尽可能地在分析中使用了它的能力，它突然上升到空中，从高处的某一个位置上，用隐喻来给予我们关于同一事物的一种不同的观感。这种双重的眼光，使得普鲁斯特小说中的那些伟大的人物形象，以及他们所从而产生的整个世界更像一个球体，它的一面总是隐蔽着，而不像一片直截了当地呈现在我们面前的景色，我们只要短暂的一瞥，即可将它的全景尽收眼底。

为了使这一点更为明确，可能最好再选另一位作家，他也是个外国人，他也有从根蒂直到表面来阐明意识的相同能力。我们直接从普鲁斯特的世界走向陀思妥耶夫斯基的世界，在一刹那间吸引我们全部注意力的那些差别，使我们大吃一惊。与那位法国人相比，这位俄国人是多么断然自信。他用互不沟通的、非常显眼的对立因素，来创造人物或场面。他如此毫无节制地使用“爱”和“恨”这些极端的词语，以至于我们必须让我们的想象力飞奔疾驰，以弥合它们之间的距离。人们觉得，在这里，文化之网编织得极为粗糙，那些网眼十分疏阔。与他们在巴黎所遭受的禁锢相比，男男女女芸芸众生都可从网眼中溜过去。他们可以自由自在地左右摇摆，指手划脚，嘘嘶呼啸，大肆咆哮，陷入一阵突然发作的愤怒和兴奋之中。带着激烈的情绪所赋予他们的自由，他们不受犹豫、顾虑、分析的约束羁绊。起初，这个世界与另一个世界相比之下的空虚和粗糙使我们惊讶。但是，当我们稍为调整一下我们的目光，我们觉得显然仍旧在那个相同的世界之中——使我们着迷的还是人的心灵，令我们关心的仍旧是心灵的轶事。

其他的世界，诸如司各特和笛福的世界，是难以令人置信的。当我们开始遇到在陀思妥耶夫斯基的笔下如此丰富的那些奇特的矛盾之时，我们对此确信无疑。在他的激烈情绪之中，有一种我们在普鲁斯特那儿找不到的单纯性；然而，激烈的情绪也揭示出心灵深处充满着矛盾的领域。斯太夫罗根[①]是“美的典范，然而，似乎他同时又具有某种令人反感的品质”，标志着斯太夫罗根外表特征的那种对比，不过是我们在同一个胸膛中遇到的罪恶与道德的粗糙的外部迹象罢了。那种简单化不过是表面现象；作者似乎在创作过程中把人物压铸出来，把他们组合在一起，然后就如此精力旺盛地、迫不及待地把他们全部投入到激烈的运动中去，当这个大胆的、冷酷无情的过程完成之时，它就向我们显示：在这粗糙的外表之下，一切都是混乱而又复杂。我们起初感到自己置身于一个野蛮的社会之中，在那儿的各种情绪，较之我们在《追忆逝水年华》中所遇到的任何一种情绪，都要更为单纯、强烈，深刻动人。

---

① 尼古拉·斯太夫罗根，是陀思妥耶夫斯基 1871 年创作的小说《鬼》中的男主人公。

由于习俗的约束和障碍是如此稀少（例如，斯太夫罗根轻而易举地从社会的底层爬到了上层），那种复杂性看上去似乎埋得更深，而使一个人同时显出圣洁和兽性的这些奇特的矛盾和怪癖，似乎深深地植根于心灵之中，而不是从外面附加上去的。因而出现了《鬼》[1]这本书的那种奇特的情绪效果。它看上去似乎出于一位狂热者的手笔，他准备牺牲技巧和艺术手法，以便揭示灵魂的困惑和骚乱。陀思妥耶夫斯基的小说中充满着神秘主义；他不是作为一位作家，而是作为一位圣人来叙述，他裹在一张毯子里，坐在路旁娓娓而谈，具有无穷的知识和耐心。

> "是的，"她答道，"圣母是伟大的母亲——她是湿润的大地，在那儿蕴藏着人们的伟大的欢乐。而一切人间的灾难和恐惧，对我们说来都是一种欢乐；

① 《鬼》亦可译作《魔鬼附身者》，陀思妥耶夫斯基借用《圣经·新约全书·路加福音》中魔鬼附身于猪群使之纷纷投河而死的故事，认为俄罗斯须摆脱附身的魔鬼，方可获得新生。

当你的泪水流到地面上有一尺深，你将会对于一切都感到万分欣喜，而你的忧愁就会烟消云散，这就是我的预言。”当时，那话语一直沉到我的心底里，当我躬身祈祷之时，我养成了亲吻大地的习惯。我亲吻着大地，潸然泪下。[①]

这是一个典型的段落。然而，在一部小说中，那位说教者的声音无论多么崇高，都是不够的。我们要考虑的兴趣太多了，我们面临的问题也太多了。考虑一下这样一个场面吧：在那个极端奇特的社交集会上，瓦尔瓦拉·彼得洛夫娜把那个跛足的白痴玛丽亚[②]带来了，斯太夫罗根“出于一种殉道的热情、悔罪的渴望和合乎道义的好色”，与她结了婚。我们不可能一直读到结尾而不觉得似乎有一只大拇指在按着我们体内的一个按钮，我们却没有

① 这是小说《鬼》中卖圣书的寡妇索菲娅用宗教思想来开导别人的一段描写。

② 斯太夫罗根醉后失言，娶了白痴玛丽亚为妻，但未公之于众，彼得洛夫娜公开了这一秘密，遂引起轩然大波。

剩下任何感情来回答这个召唤。这是一个出乎意料地令人惊奇的日子，一个令人震惊的揭露真相的日子，一个希奇古怪地偶然巧合的日子。对于在场的人们——他们从四面八方成群地拥入那个房间——中的有几位而言，那个场面具有更大的情绪上的重要性。作者不遗余力地暗示，他们的情绪多么强烈。他们变得脸色苍白；他们恐惧地颤抖；他们陷入了歇斯底里状态。他们就是如此，在极其辉煌的闪光中呈现在我们眼前——那个疯女人的帽子上插着那朵纸做的玫瑰；那位年轻人期期艾艾，从他的嘴里吐出来的一个一个字眼“就好像光滑的、硕大无朋的谷粒……不知道为什么，人们开始想象：他必定有一条特殊形状的舌头，它特别长，特别薄，并且极其红，有一个十分尖锐的、永远活跃的小小的舌尖”。

然而，虽然他们愤怒地顿足、尖声地喊叫，我们听到的声音似乎发生在隔壁房间里。也许事实上那仇恨、惊奇、愤怒、恐惧全都太过强烈，不可能持续不断地加以感受。这空虚和噪声使我们怀疑，这种将其戏剧性设计在心灵之中的心理小说，是否不应该——像那些事实叙述者[①]向我们显示的那样——使它的各种情绪五花八门、变化多端，以免我们因为精神疲劳而变得感觉麻木了。把文化撇在一边而投入灵魂的深处，并未使小说丰富多彩。如果我们转向普鲁斯特的作品，在一个场面中，我们就会获得更多的感情，想必它不会像刚才烟雾朦胧的餐厅中的那一幕那么引人注目。在普鲁斯特那儿，我们沿着一条观察的线索生活，它总是出入于这个和那个人物的心灵之中；它从不同的社会阶层把信息汇集拢来，这使我们觉得一会儿与一位王子在一起，一会儿又与一位餐厅老板在一道，并且使我们与不同的肉体上的经验相接触，诸如在黑暗之后感到光明，在危险之后感到安全，结果我们的想象力从四面八方受到刺激，它并未受到尖声喊叫和激烈情绪的驱策，而是缓慢地、逐渐地、完全地把那个被观察的对象包围拢来。普鲁斯特下定决心要把每一件证据都放到读者的眼前，心灵的任何一种状态都建立在这些证据之上；陀思妥耶夫斯基是如此确信他眼前看到的某些真实情

① 《事实叙述者》是伍尔夫《小说概论》的第一章。

况，他出乎一种自发性的动作——它本身就带有刺激作用——匆匆忙忙地贸然作出结论。

通过这种歪曲，那位心理学家揭露了他自己。他进行分析和区别的理智，总是几乎立即被向着感情发展的冲动所征服，不论那感情是同情还是愤怒。因此，在人物身上，往往具有某种不合逻辑的、互相矛盾的因素，或许这是因为他们经受着大大超乎寻常的情绪力量的潮流冲击的缘故。为什么他有如此的举动？我们一再自问，并且相当怀疑地回答自己：他之所以如此，或许是疯子的行为。另一方面，在普鲁斯特的小说中，那种探讨问题的方式同样是间接的，然而它是通过人们的思想和别人对他们的想法，通过作者本人的知识和思想来探讨的，结果我们非常缓慢而艰难地理解了他们，但我们是以我们的整个心灵来理解的。

然而，尽管有这些区别，这些书在这一点上是相似的：两者都弥漫渗透着不幸的气氛。当作家未用任何直接的方式来掌握心灵之时，这似乎是不可避免的结果。狄更斯在许多方面与陀思妥耶夫斯基相似：他令人惊奇地多产，并且有巨大的漫画才能。但是，密考勃[1]、大卫·考坡菲[2]和盖普太太[3]被直接放在我们的面前，似乎作者也从相同的角度来看他们，并且除了感到直接的逗乐和有趣之外，别无他事可做，亦无结论可下。作者的心灵不过是放在我们与人物之间的一片玻璃，或者至多不过是围绕着这些人物的一个框架。作者所有的感情力量都渗透到他的人物中去了。乔治·爱略特在创作了她的人物之后，剩余下来的思想和感情遗留在她的作品中，像云雾一般笼罩着她的书页，使之阴暗朦胧，而狄更斯却在他的人物身上把他所有的思想和感情全都消耗殆尽，再也没有任何重要的东西遗留下来。

但是，在普鲁斯特和陀思妥耶夫斯基的作品中，在亨利·詹姆斯的作品中，以及在所有追踪感情和思想活动的作家的作品中，总是有一种从作者身上洋溢泛滥的情绪，似乎只有把那部作品的其余部分变作一个思想情绪的深深

---

① 密考勃是狄更斯的小说《大卫·考坡菲》中的喜剧性的人物。
② 大卫·考坡菲是狄更斯同名小说中的男主人公。
③ 盖普太太是狄更斯的小说《马丁·瞿述伟》中的人物。

的水库，如此微妙、复杂的人物才能被创造出来。因此，尽管作者本人并未出场，像斯蒂芬·屈鲁菲莫维奇和查勒斯这样的人物，只能生存于一个与他们同样的材料构成的世界之中，虽然尚未把它明确地表达出来。这种沉思的、分析的心灵之效果，总是产生一种犹豫、疑问、痛苦或者绝望的气氛。至少，这似乎是阅读《追忆逝水年华》与《鬼》所得到的结果。

对于现代文学的印象*

首先，一个现代人几乎不会不对这个事实感到震惊，那就是坐在同一张桌子两边的两位评论家竟会同时对同一本书发表完全不同的意见。在右边的那位，把它称为英语散文的杰作；与此同时，在左边的那位，却把它看作一堆废纸，如果炉火未熄的话，应该付诸丙丁。然而，对于弥尔顿和济慈，这两位评论家却意见一致。他们表现出一种敏锐的感受能力，而且毫无疑问具有真正的热情。只是当他们讨论当代作家的作品之时，他们才会不可避免地发生冲突。这本发生争议的书，大约出版于两个月前，它既是对于英国文学的一项持久贡献，又是矫揉造作、平庸无奇的大杂烩。这就说明了他们为何意见分歧。

这是一种奇特的说明。就读者而论，他希望在现代文学的一片混乱之中得到判明形势的指南针；对作家而言，他很自然地渴望知道，他几乎完全在黑暗之中承受了无限痛苦创作出来的作品，究竟是永远和英国文学中那些固定的发光体[①]交相辉映呢，还是恰好相反，只是扑灭了那火花。而这种说明，使读者和作家双方同样不知所措。但是，如果我们站在读者这一边，并且首先探究他所处的困境，我们很快就会豁然开朗，不再迷惑。同样的情况，在以往早已经常发生。自从罗伯特·埃尔斯米厄（或许是斯蒂芬·菲力浦斯[②]）不知怎么散播了那种气氛之后，我们就听到博学之士平均每年两次——在春季和秋季——对于新的方法争论不休而一致同意旧的方法；在成人中间，对于这些书籍也有同样的分歧意见。如果发生下述情况，那就更加不可思议，更加令人惶惑，那就是说，如果出乎意外，桌子两边的两位先生竟然意见一致，把子虚乌有先生的书称为无可怀疑的杰作，这就使我们作出决定，究竟是

---

* 本文选自伍尔夫论文集《普通读者》，原文的标题是《一个现代人所感到的印象》。

① 指已有定评的文学名著。

② 斯蒂芬·菲力浦斯（1868—1915），英国诗人、戏剧家。

否应该花费十先令六便士的代价来支持他们的评判。[1]他们两位都是著名的评论家，他们在此不谋而合的意见，将会一丝不苟地化为一行行严肃的颂词，来提高英美文学的尊严。

那么，必定是某种天生的讥讽嘲弄，以及对于当代天才的某种胸襟狭窄的不信任感，使我们在那番评论继续进行之时自动地作出决定，即不论他们是否会意见一致——看来他们毫无此种迹象——为了各种现代的热情争辩而付出半个几尼[2]的代价，实在是太浪费了，一张图书馆借书卡，就可以在这种场合很适当地满足我们的需要。然而那个疑问依然存在，让我们大胆地把它提交评论家们本人去考虑吧。一位读者在对于死者的崇敬方面，决不亚于任何人，但是他被一种疑虑所折磨，认为对于死者的崇敬是必不可少地和对于生者[3]的理解紧密联系在一起的。对于这样的一位读者来说，难道现在就没人来充当他的指导了

---

① 即花十先令六便士去买他们的书。
② 半个几尼相当于十先令六便士。
③ 所谓死者和生者，这里指的是过去的作家和现代作家。

吗？在迅速地考察了一番之后，两位评论家都一致同意：不幸得很，现在没有这样的人物。因为，就新近的作品而论，他们自己的评论又有什么价值呢？肯定还不值十先令六便士。接下去他们从自己经验的仓库中取出了过去所犯错误的可怕例子；批判的失误如果不是针对活人而是针对死者，就会叫他们丢了饭碗，并且危及他们的声誉。他们所能提供的唯一忠告，就是要尊重个人自己的本能，要无畏地顺从本能，不要把本能屈从现在活着的评论家或书评家，而要一再阅读过去的杰作，来检验自己的本能正确与否。

我们一边谦逊地感谢这些评论家，一边不禁会反省，觉得情况并非总是如此。我们应该相信，从前一度曾经有过一种规范、一种准则，它用我们现在所不知道的方式，控制着一个伟大的读者共和国。这并不是说，那些伟大的评论家——屈莱顿、约翰逊、柯勒律治和阿诺德[①]——是他们当代作品的无懈可击的评判者，他们的判断给作品打

① 屈莱顿（1631—1700），英国诗人、戏剧家、评论家；柯勒律治（1772—1834），英国诗人、评论家；马修 · 阿诺德（1822—1888），英国诗人、评论家、教育家。

上了不可磨灭的印记，并且免除了读者自己来判断估价的麻烦。这些大人物对于他们同时代作家的评论之失误，已尽人皆知，在此简直不值再提。但是，仅仅是他们的存在这一事实，就有一种集中的影响。我们这样假设可不是幻想，那就是说，仅仅是那种影响，就足以控制晚餐桌上的各种不同意见，并且给关于刚出版的某部作品的漫谈提出我们正在寻求的权威性意见。不同的学派会像过去一样热烈地争论，但是，在每位读者的思想背后会意识到：至少有一个人在密切地注视着文学的主要准则，如果你把当前某种奇特的作品拿到他面前，他就会把它和永久性联系起来考虑，并且利用他自己的权威，把它局限于一阵阵对立的赞扬和指责声中。[①]但是，说到要造就一位评论家，大

① 下面两段引文可以显示出这种赞扬和指责是多么强烈："〔一位白痴告诉我们〕应该像阅读《暴风雨》和《格列佛游记》那样来阅读这本书，因为，如果麦考莱小姐的诗才不如《暴风雨》的作者卓越超群，如果她的讽刺不如《格列佛游记》的作者惊人有力，她的公正和睿智却与他们的同样高贵。"（《每日新闻》）
第二天我们又读到这样一段文字："此外你只能说，如果艾略特先生高兴用通俗英语把《荒原》写出来，它就不会像现在那样，对于所有的人——人类学家和文学家除外——说来都是这么一大堆废纸。"（《曼彻斯特卫报》）——原注

自然必须慷慨而社会必须成熟。现代世界中四处分散的餐桌，构成当代社会的各种潮流的追逐和涡流，只有一位无比雄伟的巨人，才能够主宰它。我们有权盼望的那位高大的人物，现在又在何处？我们有书评家，但是没有评论家；我们有一百万工作胜任、廉洁奉公的警察，但是我们没有一位法官。有鉴赏力、有学问、有能力的人们，一直在给年轻人讲演，并且赞扬已经死去的人。但是，他们能干而勤奋的笔墨所导致的结果，往往是把活生生的文学肌体风干成为一具小小的骨骼。屈莱顿有他那种直截了当的魄力，济慈有他的优美自然的风格和深刻的洞察力与明智，福楼拜有他的狂热信念的无穷力量，尤其是柯勒律治，他在头脑里酝酿完整的诗篇，并且不时发出一种深刻的概括性评述，这些评述是在阅读时心灵所激发的火花，它们好像就是那作品的灵魂本身——像上述这种评论家，我们现在无处可寻。

对于这一切，那些评论家们也慷慨地一致表示同意。他们说，一位伟大的评论家是最为罕见的人物。然而，要是有一位伟大的评论家奇迹般地出现了，我们应该如何来维持他的生活，应该拿什么来供养他呢？伟大的评论家，如果他们自己不是大诗人的话，是从时代的挥霍浪费中孵化繁殖出来的。(文学评论）要为某一位大人物辩护，要建立或者毁灭某个学派。但是，我们的时代已经濒临贫乏的边缘。没有一个姓名能够鹤立鸡群。没有一位老师傅的工场，可以使年轻人在那儿当学徒而引以为荣。哈代老先生早已退出了竞技场，康拉德先生的天才之中有一些异国情调，这使他不能像一位令人钦佩的光荣的偶像那样来发挥影响，而是使他和大家疏远隔离。至于其他人，虽然他们人数众多、精力充沛、正处于创作能力的高潮，但其中没有什么人能够严肃地影响他的同时代人，或者能够透过当前的现实来洞察我们乐意称之为不朽的那个不远的将来。如果我们以一个世纪作为我们的试验期限，来问一问，英国在这些日子里产生的作品中，有多少到了那时还能存在，我们将不得不回答说，我们不仅不可能一致同意某一本书会长存不朽，而且我们十分怀疑是否会有这样一本书。这是一个支离破碎的年代。有几节诗，几页书，这儿一章那儿一篇，这部小说的开端和那部小说的结尾，堪与任何时代或任何作家的最佳作品相媲美。但是，我们是否能够拿着一堆松散的篇页，到我们的子孙后代那儿去，或者去要求那时的读者，要他们面对着整个文学遗产，来把我们的小小的珍珠从我们的一大堆垃圾中筛选出来？这就是评论家可以合法地向他们同桌的伙伴——小说家和诗人——提出来的问题。

起初，悲观主义的分量似乎足以压倒一切反对意见。不错，我们重申，这是一个荒芜的年代。有许多理由可以为它的贫乏辩解；然而，坦率地说，如果我们以本世纪和另一个世纪相比较，那对比似乎是压倒一切地对我们不利。《威佛莱》、《远游》、《忽必烈汗》、《唐璜》、《哈兹列特散文集》、《傲慢与偏见》、《赫坡里昂》和《解放了的普罗米修斯》都出版于一八〇〇年至一八二一年之间[①]。

---

① 司各特的长篇小说《威佛莱》发表于1814年；华兹华斯的长诗《远游》发表于1814年；柯勒律治的短诗《忽必烈汗》发表于1816年；拜伦的长诗《唐璜》发表于1818—1823年；威廉·哈兹列特（1778—1830）一生发表过好几部散文集；简·奥斯丁的长篇小说《傲慢与偏见》发表于1813年；济慈的长诗《赫坡里昂》发表于1819年；雪莱的诗剧《解放了的普罗米修斯》发表于1819年。

我们的世纪并不缺乏艰苦的努力；然而，如果我们要求的是文学杰作，从表面上看来，抱悲观主义的人们是对的。似乎在一个天才的时代之后，接踵而至的必然是一个竭力挣扎的时代：人们通过纯洁而艰苦的工作，来表达骚乱而越轨的思想。当然，一切荣誉都应归于那些牺牲了个人的不朽来把那幢房屋整理得井然有序的人们。但是，如果我们要的是文学杰作，我们到何处去寻求呢？我们可能觉得有一点儿当代诗歌将会幸存；它们是叶芝先生、台维斯先生[①]和德·拉·迈厄先生[②]的几首诗。当然，劳伦斯先生有时是伟大的，但是在更多的场合，他远非如此。比尔博姆先生在他本人创作方式的范围之内是完美的，但这不是一种伟大的方式。《遥远的地方和往昔的岁月》[③]中的一些片段，毫无疑问将会永久地遗留后世。《尤利西斯》是一场令人难忘的突然剧变——无限地大胆，可怕的灾难。

---

① 威·亨·台维斯（1871—1940），英国诗人。
② 德·拉·迈厄（1873—1956），英国诗人。
③《遥远的地方和往昔的岁月》是英国小说家威·亨·赫德森（1841—1922）的作品。

于是，我们挑挑拣拣，一会儿选这，一会儿选那，把选中的作品高举起来给人看，听到人们为它辩护或嘲笑它，而最后我们不得不接受这个反对意见，那就是说，即使如此，我们也不过是同意了批评家的意见，认为这是一个不能作出持久努力的年代，一个断简零篇纷然杂陈的年代，不能严肃地和前面一个时代相比。

但是，正当这种意见到处流行，而我们也对它的权威性表示附和的时候，我们有时会极其敏锐地意识到，我们对自己所说的话一个字也不相信。我们重申，这是一个荒芜贫瘠、精疲力竭的年代；我们不得不怀着嫉妒之心回顾往昔。这又是初春的晴朗日子中的第一天。生活并非完全缺乏色彩。那干扰了最严肃的谈话、打断了最有分量的观察的电话机，它本身就有一段传奇。那些没有机会永存不朽而能把人们的思想表达出来的偶尔闲谈，却往往具有一种由灯光、街道、房屋和人物组成的布景，不管它是美丽的还是奇特的，都会把它自己编织到一个永存的瞬间中去。然而，这就是生活；而我们所谈的却是文学。我们必须试图把这两者分离开来，不让它们纠缠在一起，并且为乐观主义的轻率鲁莽的精神辩护，来反抗悲观主义的看来更为高级的花言巧语。

我们的乐观主义大部分来自本能。它来自晴朗的日子、美酒和谈话；它来自这个事实——当生活每天献出这样的珍宝，每天使人想起的东西比最善于辞令的人所能表达的还要多，虽然我们十分仰慕死去的一代，我们还是宁愿有现在这样的生活。现代生活中有着某种东西，即使所有过去时代的生活都可供我们选择，我们也不愿以此作为交换。现代文学尽管有它的一切不足之处，对于我们也有着同样的支配能力和同样的魅力。它好像是我们每天想要故意冷落、抛弃的某种亲属关系，但是，我们毕竟离不开它。它和那种我们赖以生存、由我们自己造成并在其中生存的世界有着同样亲切的品质，而不是某种尽管威武庄严但是对于我们说来却是异己的、从外面看到的东西。没有任何过去时代的人，比我们这一代更需要珍惜爱护我们的当代作家。我们被干脆地割断了与我们先辈的联系。稍微变动了一下衡量的尺度——许多世代以来被放在一定位置的一大堆东西，就突然坠落了——已经彻头彻尾地震动了那个组织结构，使我们和过去疏远了，并且使我们或许过分鲜明地意识到现在。每天我们都会发现自己在做着、说着、想着对我们的父辈说来是不可能的事情。我们对于迄今未被人注意的差异之处，要比那已经被人非常完善地表达出来的相似之处，感觉敏锐得多。新的书籍之所以能诱惑我们去阅读它们，其部分原因，就是我们希望它们会反映出我们在态度上的这种重新调整——这些场景、思想，以及带着如此鲜明的新颖之感向我们冲击的那些不协调事物的显然是出于偶然的组合——并且像文学经常所起的作用那样，把它完整无缺而清楚明了地交还给我们储存保管。我们在此的确有抱乐观主义态度的一切理由。没有一个时代比我们的时代具有更多的作家，他们决心要表达把他们和过去时代相分离的差异所在，而不是去表达那些使他们与它相联系的相似之处。举出作家的姓名会令人感到不快，但是，凡是染指诗歌、小说和传记的最漫不经心的读者，对于我们时代的勇气和真诚，总之，对于我们时代作家广泛的独创性，几乎不可能无动于衷。但是，我们的兴奋感被奇特地截断了。一本又一本书给我们留下了相同的感觉，即原来的允诺并未兑现；智力贫乏；从生活中撷取的光彩没有被转化到文学中来。现代最好的作品中，有许多看上去是在压力之下、用一种苍白的缩写体记录下来的，它以惊人的辉煌技巧把人物经过银幕之时的动作和表情保存了下来。但是，那阵闪光迅即消逝，给我们留下了深深的不满之感。我们所受到的尖锐刺激，和我们所获得的快感同样地剧烈。

我们毕竟又回到了开始的出发点，在两个极端之间犹豫不决，一会儿满腔热情，过一会儿又悲观失望，对于我们的当代作家无法作出任何结论。我们曾求助于评论家，然而他们却推卸责任。那么，现在已经到了接受他们的忠告并且向过去时代的杰作请教以纠正我们的极端态度的时候了。我们觉得，我们自己被这些杰作所吸引，并非出于冷静的判断，而是被某种迫切的需要所驱使：我们需要把我们摇摆不定的思想固定在它们安全可靠的基础之上。但是，老实说，过去和现在之间令人震惊的对比，起初的确使人感到不安。毫无疑问，在伟大的作品之中，往往带着某种沉闷的因素。在华兹华斯、司各特和简·奥斯丁女士的一页又一页作品中，有一种泰然自若的平静安宁，它平静到快要令人昏昏欲睡的程度。各种机会纷至沓来，他们置若罔闻。色彩的浓淡和微妙的差异逐渐积累，他们也置之不顾。他们似乎故意拒绝满足现代人如此兴致勃勃地去刺激促进的那些感觉：视觉、听觉、触觉——而比一切都要重要的，是关于人的感觉，简而言之，是他的心灵深处和知觉的变化，他的复杂性、他的骚乱、他的自我。这一切，在华兹华斯、司各特和简·奥斯丁的作品之中，几乎没有。那么，那种逐渐地、愉快地、完全地征服了我们的安全感，是从何而来的呢？是他们的信仰——他们确切不移的信念，在对我们施加影响。在华兹华斯这位哲理诗人身上，这是十分明显的。然而，对于在早餐之前构思他的空中楼阁，潦草地写出他的杰作的小说家[①]，和那位仅仅为了给人以乐趣而安静地悄悄写作的谦逊的姑娘[②]来说，情况也是如此。他们俩都有相同的自然的信念，确信生活具有某种肯定的品质。他们有他们自己对于行为的判断。

① 指司各特。
② 指简·奥斯丁。

他们了解人与人之间和人与自然之间的关系。对于这一点，他们俩谁也没有直率地说过什么话，但是关键就在于此。我们发现我们自己在说：只要相信，其他一切都会水到渠成。举一个最近由于出版《华生一家》[①]而使人想起的简单例子：你只要相信一位好姑娘会本能地去安慰一位在舞会上受到奚落的少年，如果你默默地、毫无疑问地相信它，你不仅会使一百年以后的读者有同样的感觉，并且你会使他们把它作为文学作品来感受。因为，那种肯定无疑的态度，就是使人可以写作的条件。相信你的印象对其他人同样适用，就是摆脱了个性的束缚和桎梏。带着一种至今仍使我们入迷的活力，去探索那富于冒险和传奇的整个世界，这就是自由，像司各特一般的自由。这也是那种神秘的创作程序的第一步，简·奥斯丁就是非常伟大的精于此道的名家。那段小如颗粒的人生经历，[②]它一旦被选中，被深信不疑，被放到她本身之外，它就会被安排到恰

① 《华生一家》是简·奥斯丁大约在 1805 年写的一部未完成的小说手稿，于 1927 年在英国出版。

② 指那位姑娘在舞会上安慰受奚落的少年。

如其分的地方，于是她就能自由地用一种分析家永远无法窥破其奥秘的程序，来把它变成如此完整的陈述，它就是文学。

那么，我们的当代作家之所以使我们苦恼，就是因为他们不再相信。他们中间最真诚的人，只会如实地告诉我们，他本人的遭遇是怎么回事。他们不能创造出一个世界，因为他们不能摆脱其他人的束缚。他们不能讲故事，因为他们不相信故事是真实的。他们不能使特殊的事例一般化。他们依靠他们的感觉和情绪，因为它们的证据是确凿可信的；他们不依靠他们的理智，因为它的信息是模糊朦胧的。他们没有办法，他们不去使用作家的艺术技巧中某些最有力、最精致的武器。尽管他们有英国语言文字的全部财富作为他们的后盾，他们一手一手、一本一本地传递的，只是些最卑贱的铜币。被安顿在那永恒前景的一个崭新的角度上之后，他们只是迅速地拿出他们的笔记本，愁眉苦脸地拼命记录那飞逝的曙光（它是照耀在什么东西上面的呢？）以及那些空幻的光辉（它们或许什么也不能构成）。然而，就在这儿，评论家们插了进来，并且摆出一味公正的架势。

他们说，如果这种描述是适用的，而不是——像它很可能的那样——完全依赖于我们在餐桌就座的位置，和对于芥末罐与花瓶的某种纯粹个人的关系，那么，在目前评判当代作品所担的风险，要比以往任何时候都大。如果他们的批评大大地偏离了目标，他们可以有各种借口；而且毫无疑问，最好还是接受马修·阿诺德的忠告，从当今燃烧着的土地上退却到安全宁静的过去时代中去。马修·阿诺德写道："当我们去接近与我们的时代如此相近的诗歌——像拜伦、雪莱、华兹华斯的诗歌——之时，我们进入了一片燃烧的土地，因为，对于这种诗歌的评价，往往不仅是个人的，而且是感情用事的个人的。"这一段话，人们提醒我们说，是在一八八〇年写的。他们说：你们从几英里长的缎带中挑出一寸放到显微镜下去观察，那可要当心。如果你们耐心等待，事物自己会各就其位。要保持中庸之道，要研究古典作品。更有甚者，生命是短促的；拜伦逝世一百周年纪念就要来临，目前人们热烈争论的问题是：究竟他有没有和他自己的姊姊结婚？总而言之——

已经到了应该结束的时刻，而各人还在同时七嘴八舌地说话，在这种情况之下，如果真的还能作出任何结论的话，那么咱们就来总结吧！——对于现代作家而言，放弃创造文学杰作的希望，似乎是明智的。他们的诗歌、剧本、传记、小说并非作品，而是一些笔记本；而时间就像一位优秀的教师，他会把它们拿在手中，指出它们的墨水污迹、乱笔涂鸦、擦抹删改之处，并且把它们撕成两片；但是，他不会把它们扔到废纸篓里去。他会把它们保存起来，因为其他学生会发现它们很有用处。正是从这些现在的笔记本中，会创造出将来的杰作。正如评论家们所说的那样，文学有悠久的渊源，它已经历过许多变化；只有目光短浅、胸怀狭窄的人，才会夸大这些小小的风暴，尽管它们可能会使那些在大海上颠簸的小船晃动。在海面上，狂风暴雨把人淋得湿透；在海洋深处，却是连续而平静的暗流。

至于那些以传播关于当代著作的评价为职责的评论家们，让我们承认，他们的工作是困难的、危险的，而且往往是讨厌乏味的；让我们恳求他们慷慨大方地给人以鼓励，但是要节约花环和桂冠，因为它们很容易扭曲、枯萎，在六个月之内，就会使得戴上它们的人看上去有点滑稽。让他们对于现代文学采取一种更加宽广而较少个人色彩的见解，并且确实把作家们看作正从事于某项宏伟建筑的人们，这种建筑是由集体共同努力建成的，作为个体的工人就不妨默默无闻。让他们对着那酒足饭饱的一伙砰的一声关上门，至少暂时放弃讨论那迷惑人的题目——拜伦是否娶了他的姊姊——并且从我们坐着闲聊的餐桌旁边后退一个巴掌那么宽的距离，来谈论一些关于文学本身的趣事吧。当他们要离去之时，让我们挽留他们，并且使他们回想起那位憔悴的贵族海斯特 · 斯坦霍普女士[①]，她在马厩里养着一匹乳白色的骏马，随时准备给救世主使用，她一直在山顶上不耐烦然而有信心地仔细观望，等待救世主降临的各种迹象；让我们请求他们以她为榜样，仔细眺望远处的地平线，为未来的杰作准备道路吧。

---

① 海斯特 · 斯坦霍普（1776—1839）系第一代查坦姆伯爵威廉 · 匹特（1708—1778）之侄女，据说她盼望基督降临，因此养着一匹骏马，随时准备献给他使用。

狭窄的艺术之桥*

大多数评论家对于当前不屑一顾，他们的目光坚定地盯着过去。毫无疑问，他们明智地对于当前人们正在创作的作品不加评论；他们把这项任务留给书评家们，而书评家这个名称，似乎就暗示着他们本身以及他们所观察的对象不过是昙花一现的事物而已。然而，你有时不免自问：评论家的任务，是否必须永远是评价过去的作品？他们的目光是否应该永远盯着过去？他是否有时也能回过身来，像荒岛上的鲁滨孙那样，用手遮在眼睛上方瞻望未来，并且在迷雾之中勾勒出我们有朝一日也许可能达到的那片土地的模糊的轮廓？当然，这些想法是否正确，是永远无法证明的；但是，处于一个像我们这样的时代，的确存在着很大的诱惑，要使我们去沉溺于这些思索之中。我们显然处于这样一个时代：我们并不是牢牢地固定在我们的立足之处；事物在我们的周围运动着；我们本身也在运动着。而告诉我们，或者至少猜测一下，我们正在走向何方，这难道不是评论家的职责吗？

显然，这种探索必须严格地缩小它自己的范围；但是，在一个不长的篇幅内，也许可以拿一个令人不满而又纠结难解的实例来加以研究，在我们对此深入考察一番并且解决了这个难题之后，我们也许能更好地推测我们前进的方向。

确实如此，没有任何人能够在阅读了许多现代文学作品之后，不感到有某种令人不满而又纠结难解的东西，在阻挡着道路。作家们到处都在企图做到他们所不可能做到的事情，他们硬要使他们所使用的形式来包涵一种对它来说是陌生的意蕴。可以提出许多原因，但是让我们在此仅仅选择其中之一，那就是诗歌已不能像它为我们的祖祖辈辈服务那样来为我们这一代服务。诗歌现在并不像它过去为他们服务那样自由地来为我们效劳。这条曾经运载过如许精力和天才的表达思想感情的伟大渠道，它本身现在似

---

* 此文于 1927 年 8 月 14 日发表于《纽约先驱论坛报》，后来收入伍尔夫论文集《花岗岩与彩虹》。

乎变得狭窄了，或者已经偏离了原来的方向。

当然，只是在一定的范围之内，上面那种说法才是正确的；我们的时代是富于抒情诗的；在这方面，也许以往没有一个时代比我们的时代更为丰富。但是，那种抒发狂喜之情和吐露绝望之感的抒情的呼声，它是如此集中强烈、如此富于个人色彩、又如此带有局限性，对于我们这一代和正在到来的下一代来说，已经是不够的了。人们的心里充满着可怕的、混杂的、难以控制的感情。地球的历史有三十亿年之久，人类的生命不过持续短暂的一瞬而已；尽管如此，人类的思维能力却是无限的；生活是无比美丽，却又令人厌恶；人的同胞们既值得爱慕，又叫人憎恨；对立着的科学和宗教把夹在它们之间的信仰给毁了；人与人之间互相联合的所有纽带似乎都已经断裂，然而，某种控制必定还是有的——现在作家们正是不得不在这种彷徨怀疑和内心冲突的气氛中创作，而一首抒情诗的精致结构，已不适于包涵这样的见解，正如一片玫瑰花瓣不足以包裹粗糙巨大的岩石。

但是，当我们自问：在过去，是什么东西被用来表达这样一种观念——一种充满着对比和冲突的观念；这种观念似乎要求一个人物和另一个人物互相冲突，同时又需要彼此之间构成一个总体的某种能力，需要某种概念来赋予这个总体以和谐与力量？我们必须回答：过去确实存在过这样一种文学形式；它并非抒情诗的形式；它是戏剧的形式，是伊丽莎白时代的诗剧。而这一种形式今天似乎已经死亡，完全没有复活再生的可能。

因为，如果我们观察一下诗剧的状况，我们一定深感怀疑，在世界上究竟还有什么力量可以使它复苏。具有最高度天才和雄心壮志的作家们，过去一直在创作、现在仍旧在创作诗剧。自从屈莱顿逝世之后，似乎每一位大诗人都曾经在这个领域内一试身手。华兹华斯和柯勒律治，雪莱和济慈，丁尼生、斯文彭和勃朗宁（我们仅列举已故的诗人）都曾写过诗剧，但是谁也没有取得成功。在他们所写的全部诗剧中，也许只有斯文彭的《爱塔兰泰》和雪莱的《解放了的普罗米修斯》现在仍有人阅读，但是和这两位作家的其他作品相比，它们显得比较冷落。其他诗剧则早已被束之高阁，它们像鸟儿一般把头埋在翅膀下面睡着了。没人想去惊扰这些酣睡者的好梦。

试图为这种失败找到一些解释，这仍然是很吸引人的，说不定它会照亮了我们正在考虑的未来方向。诗人不能再写好诗剧的原因，也许就在于这个方向的某处。

有一种模糊而神秘的东西，叫做对于人生的看法。如果我们暂时从文学转向生活，在生活中，我们都认识一些与生活互相冲突的人们，从来不能如愿以偿的不幸的人们；他们受到了挫折，正在怨天尤人；他们站在一个不舒畅的角度，因此他们所看到的一切事物都是歪歪斜斜的。另外还有一些人，他们虽然显得心满意足，似乎已经与现实失去了一切联系。他们把全部感情都浪费在小狗和瓷器古玩上面。除了他们自己健康状况的变化和社会上势利的兴衰浮沉之外，他们对一切都不感兴趣。然而，还有一些人，他们给我们留下了强烈的印象；很难说究竟是为了什么确切的原因，是出于天性还是环境使然，他们所处的地位，使他们能够对于重要的事物充分发挥他们的感官本能。他们倒不一定幸福或者成功，但是，在他们的风度中有一种热情，在他们的行为中有一种兴趣。他们似乎浑身上下都生气勃勃。这也许有一部分是环境使然——他们诞生在适宜于他们生存的环境中——但更大一部分是他们本身各种品质某种幸运的平衡之结果，因此，他们不是站在一个尴尬的角度，把一切都看成是歪歪斜斜的；他们也不是透过一层迷雾，把一切都看成是扭曲的；他们所看到的一切，都是方方正正、合乎比例的；他们抓住了一些坚实的东西；当他们采取行动之时，他们是确有成效的。

一位作家也同样有一种对于生活的看法，虽然这是一种不同的生活。他们也会处于一个不舒畅的角度；作为作家，他们也会受到阻碍和挫折，得不到他们所要得到的东西。例如，对于乔治·吉辛的小说而言，情况就确实如此。于是，他们也会隐退到郊区去，把他们的兴趣浪费在叭儿狗和公爵夫人——那些浮华俏丽、多愁善感、谄上欺下的势利人物身上；我们有一些获得最高成就的小说家，就是如此。然而，也有另外一些作家，似乎出于天性或环境使然，他们所处的地位，使他们能够自由地把他们的感官本能运用到重要的事物上去。这并不是说他们写文章才思敏捷、流畅自如，或者一举成名、有口皆碑。要分析在大部分伟大的文学时代中都存在着而在伊丽莎白时代的戏剧中最为突出的一种品质，你可得煞费苦心。伊丽莎白时代的人们，似乎具有一种对于生活的看法，一种允许他们自由地活动其肢体的地位，一种虽然是由各种不同的因素构成却能够为他们的目的服务的恰当的观点。

当然，这有一部分是环境造成的结果。当时公众的兴趣不在于书本而在于戏剧，城市还比较小，人们之间隔着那么一段距离，甚至有教养的人士也处于一种愚昧状态，这一切使伊丽莎白时代人们的想象力中很自然地充满了狮子和独角兽，公爵和公爵夫人，暴力和神秘。还有某种我们不能如此简单地加以阐明然而却能够肯定地感觉到的东西，也来加强了这种趋势。他们有一种对于生活的看法，它使他们能够自由而充分地表达他们自己的思想感情。莎士比亚的剧本不是一个受到束缚和挫折的头脑的产物；它们是容纳他的思想的伸缩自如的封套。他通行无阻地从哲学转向醉汉的喧闹，从情歌转向一场争论，从淳朴的欢乐转向深刻的沉思。所有伊丽莎白时代的戏剧全都如此：虽然他们可能——而且的确——使我们厌倦，但是他们从来不会使我们觉得他们心怀恐惧，或者忸怩不安，或者感觉到有任何东西在妨害、阻碍、压抑他们的思想感情的充分流露。

然而，当我们打开一部现代诗剧——这也同样适用于大多数现代诗歌——之时，我们的第一个想法，是那位作者并非毫无拘束、畅所欲言。他心怀恐惧，他受到强迫，他忸怩不安。我们可能会惊叹；而且还有多么好的理由作为借口！因为，在我们中间，有谁和一位披了长袍、叫做辛诺克雷兹[①]的男人，或者和一位裹了毯子、叫做尤杜莎[②]的女人在一起，仍然能够觉得舒畅自如的呢？然而，为了某种理由，现代诗剧总是和辛诺克雷兹而不是和鲁滨孙先生有关；它描写的是帖撒利[③]而不是查玲十字架路[④]。当伊丽莎白时代的戏剧家把他们的场景设置在异国他乡，把王子和公主作为他们剧本的男女主人公之时，他们不过是把那个场景从一张极薄的纱幕的一边搬到另一边去而已。

---

① 辛诺克雷兹（前396—前314），希腊哲学家，柏拉图的弟子。

② 尤杜莎（前406—前355），希腊天文家、数学家，柏拉图的弟子。作者在原文中把这两个姓名变成复数，用来泛指一般古希腊人。

③ 帖撒利，希腊地名。

④ 查玲十字架路是伦敦一个地区的名称，英王爱德华一世曾在此建立一个大十字架以纪念他的王后。

这是赋予他们的人物以深度和距离的一种很自然的手段。但是，那个国家仍旧是英国式的；而那个波希米亚王子和英国贵族依然是一码事。然而，我们的现代诗剧作家们，似乎为了一种不同的理由，而去寻求那张表示过去和距离的纱幕。他们不要高高升起的纱幕，而要一幅把事物包藏起来的帷幕；他们之所以把他们的场景设置在过去，这是因为他们害怕现在。他们意识到，如果他们试图把在一九二七这个优美的年份中确实在他们的头脑里翻腾着的思想、景象、同情和反感都表达出来，那就会有损于诗歌的体面；他们只能期期艾艾、吞吞吐吐，也许还不得不坐下来，或者离开那房间。伊丽莎白时代的人持有一种观念，它允许他们享有完全的自由；现代的戏剧家或者是毫无观念，或者就是具有一种如此僵硬的观念，它束缚了他的手足，歪曲了他所见到的景象。因此，他只能到辛诺克雷兹先生们那儿去避难，他们什么也不说，或者只说一些能够用无韵诗体面地说出来的话。

但是，我们是否能够更充分一点地表达我们的见解呢？究竟是什么东西改变了，什么事情发生了，是什么因素现在把作家放在这样一个角度，使他们不能直截了当地把他们的思想感情倾注到英语诗歌的陈旧渠道中去？只要在任何一个大城镇的街道中散步一番，我们就可以得到某种回答。那长长的砖石砌成的大街，被分割成一幢幢盒子一般的房屋，每幢屋子里住着一位不同的人，他在门上装了锁、在窗上安了插销，来获得清静独处不受干扰的某种保证；然而，他头顶上方的天线、那穿越屋顶的音波，却大声告诉他关于在全世界发生的战争、谋杀、罢工和革命的消息，他借此和他的同胞们保持联系。如果我们进屋去和他攀谈，我们会发现，他是一头谨小慎微、遮遮掩掩、满腹狐疑的动物，极端地忸怩不安、小心翼翼，唯恐泄露了他自己的秘密。实际上，在现代生活中，并没有什么东西强迫他如此做。在我们的私人生活中，并无暴力因素；当我们相遇之际，我们的态度是彬彬有礼、宽恕容忍、令人愉快的。甚至连战争也是成群结伙、敌忾同仇，而不是单枪匹马地进行。个人之间的决斗已经绝迹了。婚姻关系已经能够无限期地延伸而不至于发生争斗攫夺。普通人都比过去更为安详、和蔼、有自制能力。

但是，如果我们和我们的朋友一起去散步，我们就会发现，他对于一切——丑恶、肮脏、美丽、逗趣的事物——都极为敏感。他随波逐流地任凭每一个意念带领着他到处游荡。他公开地讨论那些过去甚至在私下也不便提起的事情。也许就是这种自由放任和好奇心，促成了他最显著的特征——那就是本来没有明显联系的事物在他的头脑里联系在一起的那种奇特的方式。过去一贯是单独地、孤立地发生的各种感觉，现在已经不复如此了。美和丑，兴趣和厌恶，喜悦和痛苦都相互渗透。过去总是完整地进入心灵的各种情绪，如今在门槛上就裂成了碎片。

譬如说，在一个春天的夜晚，皓月当空，夜莺欢唱，低垂的杨柳在河面上飘拂。然而，就在这时，一个残废的老妇，在一条钢铁的长凳上挑拣她油污滑腻的破烂碎布。她和春天一起进入了他的心灵；他们互相交错，但是不相混杂。这两种情绪被如此不合理地结合在一起，它们口咬足踢，扭成一团。但是，当济慈听到夜莺的歌声之时，他所感到的情绪是完整统一的，虽然它逐渐从美感所产生的喜悦过渡到人类的不幸命运所引起的忧愁。他并不进行对比。在他的诗歌中，悲哀总是一个伴随着美的影子。在现代人的心灵中，美并不与她的影子而是与她的敌手为伴。现在诗人提到夜莺就说它“对着肮脏的耳朵唧唧地聒噪不休”。在我们现代之美旁边啁啾的夜莺，是对于美感嗤之以鼻的某种嘲弄的精灵；它把镜子翻转来，向我们显示美神的另外一边脸颊是深陷的、破了相的。似乎现代的心灵总是想要验证核实它的各种情绪，它已经丧失了单纯地按照事物的本来面貌来接受事物的能力。毫无疑问，这种怀疑和验证的精神，已经使灵魂更新、节奏加速。现代作品中有一种坦率、真诚的品质，如果说它不是非常可爱的，它却是有益的。奥斯卡 · 王尔德[①]和华尔德 · 佩特[②]使现代文学变得带点儿狂热和香味，当塞缪尔 · 勃特勒和萧伯纳开始点燃羽毛并且把嗅盐瓶儿放到她的鼻子底下，她马上从十九世纪的昏睡中苏醒了。她醒来了；她坐了起来；她打着喷嚏。那些诗人们自然都吓跑了。

当然，诗歌总是压倒一切地站在美这一边。她总是坚

① 奥斯卡 · 王尔德（1856—1900），英国小说家、戏剧家。
② 华尔德 · 佩特（1839—1894），英国散文家、批评家。

持要求某些权利，如节奏、韵律和诗的辞令之类。她从来不习惯于为日常生活中的普通目标效劳。散文把一切脏活都扛在肩上：她答复信件，支付账单，撰写文章，登台演讲，为商人、店主、律师、士兵和农民服务。

诗歌掌握在她的祭师们手中，仍然处于脱离群众的地位。她已经变得有点僵化了，这也许就是她离群索居所付出的代价。她带着她所有的装备——她的面纱、她的花冠、她的回忆、她的联想——出现在我们面前，当她启口说话之时，她感动了我们。当我们要求诗歌来表达现代生活中这种不一致、不协调、嘲弄、矛盾、好奇心——在彼此隔离的小房间里培养出来的这些灵敏的、奇特的情绪，文明所教导我们的这些广泛的、一般的观念之时，她的行动就显得不够敏捷迅速、直截了当或者豁达大度。她显著突出的音调太刺耳了；她过分强调的方式太显眼了。她给予我们的不是可爱的抒情诗，而是狂热的呼喊；她威风凛凛地把手臂一挥，嘱咐我们到过去的岁月中去避难；然而，她没有与心灵步调一致、并驾齐驱，也没有微妙地、灵敏地、热情地投入到它的各种各样苦难和欢乐中去。拜伦在《唐璜》中为我们指出了道路；他表明了诗歌可以成为一种多么灵活的工具；但是没人步他的后尘，或者把他的工具进一步加以利用。我们依旧没有一部像样的诗剧。

于是，这就促使我们深思：诗歌是否能够承担我们现在赋予她的任务？也许，我们在这儿如此粗略地勾画出它们的轮廓并把它们归之于现代人的心灵的那些情绪，它们更愿意把自己交给散文而不是诗歌来表达。很有可能，散文将要——实际上已经——来承担某些一度曾经由诗歌来履行的职责。

那么，如果我们不怕别人奚落嘲笑，大胆地去试图发现我们似乎正在非常迅速地前进的方向，我们不妨推论：我们正在向着散文的方向发展，而且在十至十五年内，散文将会具有过去从未有过的用途。那饕餮的小说已经吞噬了这么多的文艺形式，到那时，它将并吞更多的东西。我们将会被迫为那些冒用小说名义的不同的作品发明一些新的名称。[①]而

① 伍尔夫在《一位作家的日记》中给自己的小说提出了一些名称："挽歌"、"心理学的诗篇"、"传记"、"戏剧诗"、"自传"、"随笔小说"等。

且在那些所谓小说之中，很可能会出现一种我们几乎无法命名的作品。它将用散文写成，但那是一种具有许多诗歌特征的散文。它将具有诗歌的某种凝练，但更多地接近于散文的平凡。它将带有戏剧性，然而它又不是戏剧。它将被人阅读，而不是被人演出。我们究竟将用什么名字来称呼它，这倒并不十分重要。重要的是，我们看到在地平线上冒出来的这种新颖作品，它们可以用来表达目前似乎被诗歌断然拒绝而又同样不受戏剧欢迎的那些复杂感情。那末，且让我们试试和它更密切地打打交道，并且想象一下，它的范围和本质究竟如何。

你首先会猜测：它和我们目前所熟悉的小说之主要区别，在于它将从生活后退一步、站得更远一点。它将会像诗歌一样，只提供生活的轮廓，而不是它的细节。它将很少使用作为小说的标志之一的那种令人惊异的写实能力。它将很少告诉我们关于它的人物的住房、收入、职业等情况；它和那种社会小说和环境小说几乎没有什么血缘关系。带着这些局限性，它将密切地、生动地表达人物的思想感情，然而这是从一个不同的角度来表达。它将不会像迄今为止的小说那样，仅仅或主要是描述人与人之间的相互关系，以及他们的共同活动；它将表达个人的心灵和普通的观念之间的关系，以及人物在沉默状态中的内心独白。因为，在小说①的统治之下，我们密切地仔细观察了心灵的一部分，却把另一部分忽略了。我们已渐渐忘记：生活的很大而且很重要的一部分，包含在我们对于玫瑰、夜莺、晨曦、夕阳、生命、死亡和命运这一类事物的各种情绪之中。 我们忘记了：我们把许多时间用于单独地睡眠、做梦、思考和阅读；我们并未把时间完全花费在个人之间的关系上；我们所有的精力也并不是全都消耗于谋生糊口。那些心理小说家，太过倾向于把心理学这个概念局限于个人交往范围之内；心理小说家们往往纠缠于某人陷入或摆脱了情网、汤姆爱上了裘迪斯而裘迪斯也爱上了他或者完全不爱他等等，而我们有时却渴望从这些不断的、无情的分析中解脱出来。我们渴望某些更加非个人的关系。我们渴望着理想、梦幻、想象和诗意。

① 指传统的小说。

伊丽莎白时代戏剧家的光辉业绩之一，就在于他们把这些东西提供给我们。那位诗人[①]总是能够超越哈姆雷特和奥菲莉娅之间的关系的特殊性，他给我们提出的疑问，并非关于他自己个人的命运，而是关于全人类的生活状况。例如，在《量罪记》中，一些极端微妙的心理分析的段落，和深刻的反省、惊人的想象混杂在一起。然而，值得注意的是，如果莎士比亚给了我们这种深刻的思想、这种心理学的见解，与此同时，他就不再企图给予我们某些其他的东西。作为“应用社会学”来看，这些剧本是毫无用处的。如果我们不得不依靠它们来获得关于伊丽莎白时代的社会、经济状况的某种知识，我们势必茫然失措。

那么，就这些方面而论，小说或者未来小说的变种，会具有诗歌的某些属性。它将表现人与自然、人与命运之间的关系，表现他的想象和他的梦幻。但它也将表现出生活中那种嘲弄、矛盾、疑问、封闭和复杂等特性。它将采用那个不协调因素的奇异的混合体——现代心灵——的模

① 指莎士比亚。

式。因此，它将把那作为民主的艺术形式的散文之珍贵特性——它的自由、无畏、灵活——紧紧地攥在胸前。因为，散文是如此谦逊，它可以到处通行；对它来说，没有什么它不能涉足的太低级、太肮脏、太卑贱的地方。它又是无限忍耐，虚心渴望得到知识。它能用它有黏液的长舌，把事物最微细的碎片也舔上来，把它们搅拌成一团，形成一个最精巧的迷宫；它能在门口默然倾听，尽管在门后面只能听到一阵喃喃自语或低声耳语。它有一种被不断使用的工具的灵活惯熟的全部性能，能够曲尽其妙地记录现代心灵的典型变化。对于这一点，有普鲁斯特和陀思妥耶夫斯基作我们的后盾，我们应该表示赞同。

但是，我们也许要问，虽然散文适于处理普通的和复杂的内容——散文能够表达如此大量的简单事物吗？它能够表达那些如此令人惊异的情绪吗？它能够唱出哀怨的挽歌，哼出缠绵的情歌，发出恐怖的尖叫，赞颂玫瑰、夜莺或夜色之美吗？它能够像诗人一样，一下子就跳上它主题的心头吗？我想它不能。这就是它抛弃了诗歌的韵脚和音律、魔力和神秘而付出的罚款。固然，散文作家们是大胆泼辣的；他们正在不断地强迫他们的工具来达到那种诗意的企图。但是，面对着那些词藻华丽的章句或者散文诗，你总有一种不舒服的感觉。然而，人们之所以反对词藻华丽的章句，并非因为它词藻华丽，而是因为它是孤零零的章句。例如，让我们回顾一下梅瑞狄斯的小说《理查·弗浮莱尔》中“吹六孔小锡笛消遣”这一段。它多么矫揉造作地用一种支离破碎的诗歌韵脚来开始：“金色躺卧在草地上；金色奔流在溪水中；赤金在松树的叶梗上闪烁。阳光映照到地面上，经过了田野和河流。”或者，让我们回想一下夏洛蒂·勃朗特的小说《维列蒂》结尾部分关于暴风雨场面的著名描写。这些段落是意味深长的、抒情的、灿烂辉煌的；把它们摘录出来、载入选本，是朗朗可诵的；然而，把它们放在小说中，和上下文联起来读，就使我们感到很不舒服。因为，梅瑞狄斯和夏洛蒂都自称为小说家；他们的立足点紧密地接近于生活；但他们又使我们期待盼望诗歌的节奏、观察和透视。我们感觉到那种急剧的转折和煞费苦心的努力；我们从那种赞赏和幻想的神思恍惚中惊醒过来，而在刚才那种心醉神迷的状态中，我们完全彻底地被作者的想象力所征服。

现在让我们来考察另一部作品，它虽然用散文写成并且被称为小说，但它从开篇就采取一种不同的态度、不同的节奏，它从生活往后退一步，而且使我们预期一种不同的透视方法。它就是《项狄传》。这是一部充满诗意的书，但是，我们以往从未注意过它；此书的词藻极其华丽，然而决不是片断的章句。虽然此书的感情基调一直在变换，但是在变化转接之时天衣无缝，决没有那种颠簸震动的急剧转折，来使我们从赞赏和信赖的沉醉状态中惊醒过来。斯特恩在行文转折之处欢笑、嘲讽、开一些粗俗的玩笑，这一切都是一气呵成，然后他过渡到一段这样的文字：

> 时间消逝得太快了：从我写的每一封信，我意识到生命何等迅速地随着我的笔尖流逝；生命的每一天、每一小时——我亲爱的珍妮——都比挂在您脖子上的红宝石更为珍贵，它们如风卷残云一般从我们的头顶上飞过，一去不返；一切都在紧迫地向前飞驰——当时您正用纤纤玉手卷弄着我那绺头发——

瞧！它已变成灰白；每一次我吻您的手向您告辞，还有随之而来的每一次离别，都不过是我们不久即将到来的永别的前奏罢了——但愿老天爷怜悯我们！

第九章

现在，不论世人对于那一阵不由自主的呼喊有何感想——我将一声也不吭。

于是，斯特恩接下去就描述托比大叔、那位军曹、香弟夫人和其他人物。

在这儿，你看到了诗歌流畅自然地转化为散文，散文又转化为诗歌。斯特恩站在稍为离开生活一点的地方，他伸手轻轻地抓住了想象、机智和幻想；他既然把手伸到了生长着这些精巧果子的高高的树枝上，对于生长在地上的那些比较坚实的蔬菜，他当然毫无疑问会自愿放弃他的权利。

因为，很不幸，我们似乎不可避免地要放弃一些东西。你不可能手里拿着所有的表达工具，去穿越那座狭窄的艺术之桥。有些东西你必须留下，否则你会在中途把它们扔到水中，或者更糟，你会失去平衡，连你自己也遭到灭顶之灾。

因此，这种还没有名称的小说的变种，将由作家站在从生活退后一步的地方来写，因为这样可以扩大视野，抓住生活的某些重要特征；它将用散文来写，因为如果你把散文从许多小说家把它当作驮畜一般加在它背上的沉重负担之下解放出来，把那些细节和事实的包袱都卸掉——如果散文得到这样的待遇，它就会显示出它有能力拔地而起、向上飞升，但它不是一飞冲天、直上霄汉，而是像扫过的旋风一般，螺旋形地上升，同时又和日常生活中人性的各种兴趣和癖嗜保持着联系。

然而，还有一个进一步的问题。散文能够具有戏剧性吗？固然，萧伯纳和易卜生显然曾经戏剧性地使用散文而获得最高度的成功，但是，他们依然忠于戏剧的形式。而这种形式，你可以预言，决非未来诗剧的那种形式。要达到作者的各种目的，散文剧显得太生硬、太局限、语气太强。它把作者想要表达的东西，在它的网眼筛孔中漏掉了一半。他不能把他要表达的丰富内容，都压缩到对话中去。然而，他渴望能够得到戏剧那种爆发性的情绪效应；他要使他的读者血液沸腾，而不仅仅是要击中他们智力上的敏感之处，或者说搔到他们的痒处。《项狄传》的松散而自由的文字，浮载着托比大叔和屈立姆军曹这样的人物，盘旋飘泊而去，但是它并不企图在戏剧性的冲突中把他们调动安排在一起。因此，这部十分苛求的未来小说的作者，很有必要把一种严格的、合乎逻辑的想象之一般的、单纯的力量置于他的各种骚乱而矛盾的情绪之上，起一种监督驾驭的作用。骚动是可恶的；混乱是可恨的；在一件艺术品中，一切都应该严密控制，井然有序。他将致力于把这些激情一般化，并且把它们分散转移。他将不是把各种细节一一列出，而是铸成大块文章。这样，他的人物就会有一种戏剧性的力量，而这种力量，在现代小说[①]那些具有细节真实的人物身上，却经常牺牲于心理学的兴趣之中。于是，虽然这种作品还处于如此遥远的地平线的边缘，几乎刚刚看得出来——你可以想象，作者会扩大他的兴趣范围，以便把那些在生活中起了巨大作用的某些影

---

① 指二十世纪初的现实主义小说或自然主义小说。

响加以戏剧化，而迄今为止，小说家尚未注意到这些影响：它们是音乐的力量、景物的刺激、树影和色调的变化在我们身上的效应，成堆地在我们身上滋长起来的各种情绪，某些地方或人物在我们心中非理性地引起的朦胧的恐惧和憎恶，行动的欢乐和美酒给我们的陶醉之感。每一个瞬间，都是一大批尚未预料的感觉荟萃的中心。生活总是不可避免地比我们——试图来表现它的人们——要丰富得多。

不需要什么伟大的预言天赋，你就可以断定：谁要是企图做到上述各项，他必须拿出他的全部勇气。散文绝不会遇到第一位来到它面前的作家，就俯首听命，准备学习跨出新的一步。然而，要是时代的印记还有任何价值的话，人们正在感觉到作出新的发展的必要性。肯定无疑，有一批分散在英国、法国和美国各地的作家，他们正在试图从那个已经使他们感到厌倦的老框框中解放出来；他们正在试图调整他们的观念，以便能够重新站在一个从容而自然的位置，可以使他们的力量充分发挥到重要的事物上去。当一部书作为那种观念的结果，而不是以它的美或光彩来给我们留下深刻的印象，我们就知道：在它身上包含着能够持久生存的种子。

评《小说解剖学》*

有时候，在农村集市上，你也许曾经看见过一位教授站在讲台上，鼓动那些农民上前来购买他的灵丹妙药。不论他们患什么病症，不论是躯体的还是精神的疾病，他都能说出一个名堂，提出一种疗法；如果他们心中怀疑，犹豫不前，他就会突然抖出一幅图表，用一支棍棒指点着人体的不同解剖部位，上气不接下气地说出一串长长的拉丁文术语，于是，第一个农民怯生生地、踌躇不决地走上前来，接着又是另外一个，他们买下了他的大药丸，走开去悄悄地剥开包装，满怀着希望把它吞下肚去。“认为自己是小说艺术初露头角的青年后补作家们”，汉米尔顿先生在讲台上大声吆喝，于是，那些初露头角的现实主义者们，走上前来接受——因为这位教授是慷慨大方的——五颗药丸和回家治疗的九条医嘱。换言之，给了他们五个

“复习思考题”，要他们去解答，并且奉劝他们去读九本书或者它们的部分章节。“1. 界说现实主义与浪漫主义之区别。2. 现实主义创作方法之优越性与局限性何在？3. 浪漫主义创作方法的优越性和局限性何在？”——他们回家去解答的思考题就是这类货色，而这种疗法居然如此成功，在初版十周年纪念之际，还出版了一部“增补修订本”。在美国，汉米尔顿先生显然被认为是一位很好的教授，而且肯定无疑，还有一大把关于他的灵丹妙药的神奇疗效的鉴定证明书。但是，让我们仔细考虑一下：汉米尔顿先生并非教授；我们亦非轻信的庄稼汉；小说也不是一种疾病。

在英国，我们一直习惯于把小说称为一种艺术。没有人教我们写小说；讨论问题是我们最通常的动机；而且，虽然那些评论家们也许已经“推论并且规定了小说艺术的普遍准则”，他们不过是像一个很好的女仆那样完成了他

---

* 本文是针对克莱顿 · 汉米尔顿所著《小说的资料与方法》一书而写的书评，选自伍尔夫论文集《花岗岩与彩虹》。

们的任务，他们无非是在宴会结束之后，把房间收拾打扫一番罢了。评论很少或从未应用于当前的各种问题。另一方面，任何优秀的小说家，不论他是死了还是活着，对于这些问题，他总有一些话要说，虽然这话说得十分迂回曲折，不同的人可以有不同的理解，同一个人在不同的发展阶段也会有不同的理解。因此，如果说有什么事情是必要的话，那就是用你自己的眼睛去阅读作品。但是，老实说，汉米尔顿先生已经使我们对于那种说教的风格感到恶心。也许除了ABC那样的基础知识之外，看来没有什么东西是必要的，而想到亨利·詹姆斯开始口授他的著作之时甚至连这种基础知识也免除了，这可令人高兴。尽管如此，如果你对于作品有一种自然的鉴赏力，很可能在阅读了《爱玛》之后，举个例子来说吧，在你的头脑里会出现对于简·奥斯丁的艺术的一些反省——一段插曲多么精巧美妙地取代了另外一段；她不用说话，就多么明确地把她要表达的东西表达了出来；因此，当她的富于表现力的语句涌现出来，它是多么令人惊异。在那故事之外，在字里行间，某种小巧玲珑的形态自己浮现了出来。但是，从书本来学习，充其量不过是一件捉摸不定的事情，而那些书本上的教条，是如此含糊暧昧、变化多端，结果你并未把作品划分为“浪漫主义的”或“现实主义的”，远远不是如此，你更加倾向于好像想起活人一样来想起那些作品：十分复杂，十分独特，彼此之间十分不同。但是，对于汉米尔顿先生来说，这样可永远也不行。按照他的说法，每一件艺术品都可以分解开来，每一个部分都可以给它一个名称和号码，可以加以分解、再分解，并且标出它们的先后次序，就像我们解剖一只青蛙的内脏一样。这时，我们就学会了如何把它们装配拢来——按照汉米尔顿的说法，我们就学会了如何去写作。错综复杂的情节，主要的关键，详细的分析；归纳和演绎的方法；动态和静止的描绘；直接和间接的叙述附带同样的再分解；内涵，注释，个人的平衡，外延；逻辑的连续和年月的顺序——这些就是那只青蛙所有的肢体内脏，并且每一部分都能够进一步加以分解剖析。就以“强调手法”为例。共有十一种强调手法。有结尾部位强调法，开端部位强调法，停顿法，直接比例法，反比例法，重述法，惊奇法，悬念法——你已经厌倦了么？但是请你想一想那些美国人吧。他们已经把一个故事写了十一遍，每一次使用一种不同的强调手法。真的，汉米尔顿先生可给了我们不少关于美国人的知识。

尽管如此，汉米尔顿先生常常不安地发觉：你可以解剖你的青蛙，但是你却没法使它跳跃；不幸得很，还存在着一种叫做生命的东西。已经作出了把生命赋予小说的各种指示，例如“严格地训练你自己永勿厌倦”，并且培养起一种“活泼的好奇心和灵敏的同情心”。然而，汉米尔顿先生显然并不喜爱生命；但是他有一个像他那样井然有序的博物馆，谁又能指责他呢？他已经发现生命十分讨厌，而且，如果仔细想来，它是相当不必要的；因为，归根结蒂，还有书本嘛。汉米尔顿先生对于生命的种种观点，是如此具有启发性，必须用他自己的语言把它们表达出来：

> 也许在现实世界中，我们永远不必自找麻烦去和没有文化的外省乡巴佬交谈；然而，我们在小说《米德尔马奇》的书页中遇见他们，我们却并不觉得浪费

> 时间和精力。就我个人而论，在现实生活中，我一直避免与萨克雷的小说《名利场》中那种人物结识；然而，我发现，在一部长篇小说的范围之内和他们交往，不仅有趣而且有益。

“没有文化的外省乡巴佬”——“不仅有趣而且有益”——“浪费时间和精力”——在彷徨徘徊和辛苦摸索了很久之后，我们现在终于走上了正确的轨道。因为，美国人写了关于十一种强调手法的十一个论题，似乎好久以来没有任何东西可以报答他们。但是，现在我们隐隐约约地发觉，每天去鞭策那个疲劳不堪的脑袋，确实会有某种收获。它并非一个头衔；它和享乐或文学无关；但是，看来汉米尔顿先生和他那勤奋的一伙，在地平线上遥远之处望见了一个给人以更高启示的光环，只要他们继续不断地阅读足够长的时间，他们就能到达那个地方。每一部被肢解的小说是一个里程碑。用外文写的作品不能解剖两次。而一部像这样具有专题论述性质的著作，将被送到最高审查官那儿去，据我们所知，他说不定就是马修·阿诺德的鬼魂。汉米尔顿先生的大作会得到他的认可吗？他们能够忍心去拒绝一个如此满腔热诚，风尘仆仆，高尚可敬，上气不接下气的人物吗？哎哟！瞧瞧他的语录，端详一下他对于那些文学问题的论述吧：

> “无数蜜蜂的嗡嗡叫声。”……“无数”这个词儿对于知识界而言，仅仅意味着“不可胜数”，在这儿，它被用来暗示蜜蜂嗡嗡叫的各种感觉。

那些轻信的庄稼汉能够告诉他的也远远不止这些呢。不必再引述他关于“魔术之窗”和“忘却的罪恶”的高论了。在那部大作的第二百零八页上，不是有一条关于风格的定义吗？

不，汉米尔顿先生的大作永远也不会得到认可；他和他的弟子们必须永远在那片沙漠中跋涉，而那个大彻大悟的光环，恐怕在他们的地平线上变得越来越渺茫了。在写完上面这一句之后，我很惊奇地发现，在涉及文学问题之时，竟然会有人如此恬不知耻地去充当一个十十足足的冒牌行家。

小说的艺术*

小说是一位女士，而且是一位由于某种原因已经陷入困境的女士，她的仰慕者们必定常常会有这样的想法。许多豪侠的绅士曾骑着马儿来拯救她，其中的首要人物是沃尔特·雷利爵士[①]与珀西·卢鲍克先生[②]。然而，他们俩所采用的方法都有点儿太注重繁文缛节，使人觉得他们对于那位女士的情况虽然了解得不少，但是却和她不很亲昵。现在来了一位福斯特先生，他并不认为自己很了解她的情况，然而不可否认，他和那位女士相当熟悉。如果说他缺乏别人那种权威性的知识，他却享有只有情人才有的特权。他敲敲寝室的门，而那位女士穿着睡衣和拖鞋就接见了他。他们把椅子拉到火炉前面，从容自如、机智巧妙、谐趣横溢地娓娓而谈，就像两位已经没有幻想错觉的老朋友一样，虽然事实上那卧室原来是一间教室，而地点则是万分严肃的高等学府——剑桥。

福斯特先生采取这种不拘礼节的态度，当然是经过深思熟虑的。他不是一位学者；他也拒绝充当一名伪学者。这给那位主讲者留下了一个虽然谦逊但是方便有用的观察角度。按照福斯特先生的说法，他可以“把英国小说家们想象为并非那些浮载于时间之流中、如不多加小心就会被它席卷而去的人们，而是一群坐在一个类似大英博物馆阅览室那样的圆形房间里面，同时进行小说创作的人们”。实际上，他们是如此强调同时性，以至于他们坚持不必依照他们的时间次序来写作。理查森坚持认为他是亨利·詹姆斯的同时代人。威尔斯可以写出一段完全可能出自狄更斯手笔的文字。由于他本人也是小说家，福斯特先生对于这种发现并不感到烦恼。经验使他懂得，作家的头脑是一架多么混乱而无逻辑的机器。他知道：对于创作方式，他

---

* 本文是对英国作家爱·摩·福斯特所作《小说面面观》的评论，选自伍尔夫论文集《瞬间》。

① 沃尔特·雷利（1861—1922），牛津大学英国文学教授。

② 珀西·卢鲍克（1879—1965），英国作家，他的专著《小说的技巧》在当时颇有影响。

们考虑得多么少；对于他们的先辈，他们遗忘得多么彻底；对于一些他们自己的观感，他们又往往多么全神贯注。因此，虽然那些学者们深受他的敬仰，他却对正在奋笔疾书、进行创作的那些不修边幅、烦恼不安的人们寄予同情。他并不是从什么伟大的高度来俯瞰他们，而是像他所说的那样，当他经过之时，他从他们肩膀后面望过去，辨认出往往在他们头脑中反复出现的某些形态和思想，不论他们是属于什么时代。自从有人讲故事以来，故事总是由十分相似的因素构成；这些因素他称之为故事、人物、情节、幻想、预言、模式和节奏，现在他就对这些因素着手加以考察。

当福斯特先生轻快地一路溜达过去，他的不少判断我们很乐意争论一番，有许多观点我们很高兴反复讨论。司各特不过是一个故事讲述者，别无长处；故事是文学有机体中最低级的一种；小说家对于爱情的不自然的偏见，大部分是他进行创作时本人思想状态的反映——在每一页上，都有某种诸如此类的暗示或意见，使我们停下来思索一番，或者想要提出异议。福斯特先生从来不把他的嗓音提高到超出平常谈话的水平，他掌握了说话的艺术，他说出来的话轻快地潜入听众的心灵，逗留在那儿，并且像那些在深水中开放的日本花儿一般绽开了。但是，虽然这些话引起了我们浓厚的兴趣，在某些一定的停顿之处，我们要求暂且止步；我们要福斯特先生站住并发表意见。因为，如果小说的确像我们所说的那样陷入了困境，也许有可能是由于没有人紧紧地抓住她，给她立下严格的界限。没有给她定出过任何准则，为她考虑得非常之少。虽然规则可能是错误的，并且必须被打破，但是它们具有这些优点——它们赋予它们所隶属的主体以尊严和秩序；它们允许她在文明社会中占有一席之地；它们证明她是值得加以考虑的。然而，对于他的这一部分职责——如果这是他的职责的话——福斯特先生明确地予以否认。除非出于偶然，他并不打算涉及关于小说的理论；他甚至怀疑她是否可以被批评家所接近，如果可以的话，也不知道他该使用什么样的批评武器。我们所能做到的，不过是把他安插在一个我们可以明确地看到他的立足点的位置。也许，要做到这一点的最好办法，就是极其浓缩地摘要引述他对于三位伟大人物——梅瑞狄斯、哈代和亨利·詹姆斯——的估价。梅瑞狄斯是一位被戳穿了的哲学家。他对于大自然的观感，是“松散而丰富的”。当他变得严肃高尚之时，他就盛气凌人。“在他的小说中，大部分社会价值是虚构的。裁缝不像裁缝，板球比赛不像板球比赛。”哈代是一位伟大得多的作家。然而作为一位小说家，他却不那么成功，因为他的人物“过分地迁就情节；除了他们的乡村性格之外，他们的活力已丧失殆尽，他们变得单薄而干枯——他对于因果关系的强调，已超过了他的表现形式所能负荷的程度”。亨利·詹姆斯沿着小说的美学职能这条狭窄的道路追求探索，并且取得了成功。然而，以什么牺牲作为代价呢？“人类生活的大部分都不得不隐退消失，他才能给我们创造出一部小说。只有残废的生物，才能在他的小说中呼吸。他的人物不仅数量稀少，而且线条贫乏。”

如果我们现在来看看这些论断，并且把被福斯特先生所首肯和忽略的某些东西放在它们旁边来一起考察，我们将会发现，即使我们不能用一种教条来把福斯特先生束缚住，我们也能指出他局限于某种观察角度。有某种东西——我们暂且避免说得更加明确——他称之为“生活”的某种东西。他正是拿这种东西来和梅瑞狄斯、哈代或詹姆斯的作品相比较。他们的失败之处，总是与生活有某种关系。与小说的美学观念相对立的，是人性的观念。它坚持要“在小说中浸透了人性”，坚持“人在小说中应有极大的表现机会”；牺牲了生活而获得的胜利，实际上是一种失败。于是，我们就看到了那个关于亨利·詹姆斯的显然极其苛刻的结论。因为，亨利·詹姆斯把某种与人无关的东西带进了小说。他创造了一些模式，虽然它们本身很美，却与人性背道而驰。福斯特先生说，由于亨利·詹姆斯忽视了生活，他将会灭亡。

然而，那些孜孜不倦的学生们也许会要求对此作出解释：“这个如此神秘莫测、自鸣得意地不断在关于小说的专著中冒出来的‘生活’，究竟是什么东西？为什么在一种模式中没有生活，而它又会出现在一个茶话会上？为什么我们在《金碗》[①]这部书的模式中所得到的乐趣，不如

① 《金碗》是亨利·詹姆斯于 1904 年写的长篇小说。

特罗洛普描写一位女士在牧师邸宅中喝茶在我们身上激起的感情来得有价值？显然，对于生活的这种界说是太武断了，有必要加以扩充。”对于所有这些诘问，也许福斯特先生会回答说，他并未定下任何准则：对他说来，小说似乎是一种太柔软的物质，不能像其他艺术形式那样加以剖割；他不过是在告诉我们，什么东西感动了他，什么东西使他不感兴趣。实际上，此外别无其他标准。于是我们又回到了原先的困境，没有人对于小说的准则有任何了解，也没有人明白小说与生活的关系究竟如何，或者知道它会给自己带来什么影响。我们只能信赖我们的本能。如果本能使一位读者把司各特称为故事讲述者而使另一位读者把他称为传奇小说大师，如果一位读者被艺术而另一位读者被生活所感动，他们都是正确的，他们可以各自在自己的观点之上堆砌一幢理论的纸屋[①]，他能砌得多么高就有多么高。但是，假设小说比其他艺术形式更加亲密、恭顺地隶属于为人服务这个目标，导致了在福斯特先生的专著中

① 原文是 a card-house of theory：用硬纸板砌成的理论之屋。

又重新加以阐述的一种更进一步的见解。没有必要详细讨论小说的各种美学功能，因为它们是如此薄弱，可以不冒风险地把它们忽略过去。因此，虽然在一部论述绘画的专著中，无一字论及画家进行创作的表达工具是不可想象的，对于小说家进行创作的表达工具简略地一笔带过，还是能够写出一部像福斯特先生所撰写的那样明智而辉煌的小说专著。在这部著作中，关于小说所使用的文字，几乎没有提及。除非一位读者已经阅读过那些小说，否则他可能会猜想：一个句子对于斯特恩或威尔斯说来是同一回事，并且被用来达到同样的目的。他可能会得出结论说，用来撰写《项狄传》一书的语言，并未为这部小说增添什么光彩。小说的其他美学素质，情况也是如此。小说的模式，正像我们所看到的那样，是被认识到了，但它受到严厉的谴责，因为它往往掩盖了人性的特征。美是显现出来了，然而她却受到了怀疑。她呈现出一副诡秘的容貌——“一位小说家永远不应以美感作为他的目标，虽然要是他不能获得美感就意味着失败。”——而在这部专著末尾饶有兴味的几页篇幅中，作者简略地讨论了美感以节奏的形式重新呈现出来的可能性。但是，除此以外，小说被当作一种寄生动物，她从生活吸取养料，并且必须惟妙惟肖地描摹生活来作为报答，否则它就会灭亡。在诗歌和戏剧中，文字本身可以脱离了这种对于生活的忠诚而引起兴奋和刺激，并深化审美效果；在小说中则不然，文字必须局限于为生活服务，去描绘那茶壶和哈巴狗，而一旦被发现缺乏生活，就会被认为内容贫乏。

虽然这种非美学的态度在任何其他门类的艺术评论中都是令人惊异的，在小说评论中，我们却不以为奇。首先，这是一个极端复杂困难的问题。在阅读过程中，一本书在我们眼前逐渐消失，宛若一缕轻烟、一枕黄粱。我们又如何能够像罗杰·弗赖依先生[1]用他的魔杖点出展现在他面前的图画中的线条和色彩那样，也拿起一根棍棒，去指出那些正在消失的书页中的音调和关系？而且，特别是一部小说在它的展开过程中，已经唤起了千百种普通的人的感情。把艺术硬扯到这样一种关系中来，似乎有点一本

---

① 罗杰·弗赖依（1866—1934），英国著名美术评论家，推崇后印象派艺术。

正经、冷酷无情。这很可能会有损于作为一个有感情的、有各种家庭关系的人这样一位评论家的形象。因此，当画家、音乐家和诗人接受对于他们的批评之时，小说家却未受指责。他的人物会被人们议论；他的道德，或者也许是他的血统，会被人们考察；然而他的文字却可以免受评判。现在还没有一位活着的评论家，会认为小说是艺术品，并且将把她当作一件艺术品来加以判断。

也许，就像福斯特先生所暗示的那样，那些评论家们是正确的。至少在英国，小说不是一种艺术品。没有什么可与《战争与和平》、《卡拉马佐夫兄弟》或《追忆逝水年华》并肩媲美的作品。然而，当我们接受这一事实之时，我们却不能抑制一种最后的推测。在法国和俄国，人们严肃认真地看待小说。福楼拜[①]为了寻找一个恰当的短语来形容一棵洋白菜，就花了一个月的时间。托尔斯泰曾把《战争与和平》改写了七次。他们的卓越成就，也许有一部分是得之于他们所下的苦功，也有一部分是他们所受

① 居斯塔夫·福楼拜用词极为讲究，以“一语说”著称于世。

到的严格评判所促成的。如果英国的批评家们的家庭观念不是如此浓厚，如果他们不是如此孜孜不倦地去维护他们喜欢称之为生活的那种东西的权利，英国的小说家们或许也会变得更勇敢些。他就会离开那张永恒的茶桌和那些貌似有理而荒唐无稽的日常程式，这些东西历来被认为是代表了我们人类的全部冒险生涯。要是那样的话，故事可能会摇晃抖动；情节可能会皱成一团；人物可能被摧毁无遗。总之，小说就有可能会变成一件艺术品。

这就是福斯特先生带领我们去憧憬的梦想。因为他的专著是一部鼓励梦想的书。关于那位可怜的女士——我们带着或许是错误的骑士精神，仍旧坚持这样来称呼小说的艺术——再也没有比这部书更有启发性的论述了。

附　录

弗吉尼亚·伍尔夫的小说理论

英国女作家弗吉尼亚·伍尔夫（1882—1941）是“意识流”小说的代表作家，又是一位非常重要的西方文学评论家。她是《泰晤士报文学副刊》和《大西洋月刊》等英美重要报刊的特约撰稿者，她一生中共发表过三百五十余篇书评和论文。她的评论范围极其广阔，包括散文、小说、传记、书信、诗歌和论著。她的评论所涉及的作家，从古希腊的埃斯库罗斯直到二十世纪的辛克莱·刘易士，包括英、美、法、俄等国各种流派的重要作家。要在有限的篇幅之中，把如此广博的一位评论家的理论概貌勾勒出来，是相当困难的。伍尔夫的评论以小说为主要对象，因此，本文仅涉及她的小说理论。本文采用述评的方法，首先引述伍尔夫的原文，让读者直接了解她的主要观点和批评方法，然后再加以分析、评价。

I　伍尔夫的主要论点

一、时代变迁论

伍尔夫的文学评论活动的主要阶段，是在第一次世界大战之后。战争不仅消灭了千百万人的躯体，而且戕害了亿万人的心灵。传统的道德观念和理性哲学也被炮火轰得粉碎，它们已不复是人们的精神支柱。大战之后，随之而来的是十月革命的胜利，一九一八年至一九二三年各国工人运动的高潮，以及一九二九年至一九三三年空前严重的经济危机，使整个资本主义世界处于风雨飘摇之中。因此，伍尔夫说："我们显然处于这样一个时代：我们不是牢牢地固定在我们的立足之处；事物在我们的周围变迁；我们本身也在变动。"

时代在变化，人们的生活也在变化。往昔那种田园诗一般的生活方式，早已消失了。另一方面，人们在这物质文明的囚笼中，过着动荡不安的生活："那长长的砖石砌成的大街，被分割成一幢幢盒子一般的房屋，每幢屋子里住着一位不同的人，他在门上装了锁、在窗上安了插销，来获得清静独处不受干扰的某种保证；然而，他头顶上方的天线、那穿越屋顶的音波，却大声告诉他关于在全世界发生的战争、谋杀、罢工和革命的消息……”（《狭窄的艺术之桥》）

伍尔夫认为，时代变了，生活变了，人们的感觉自然也相应地发生变化，产生了一种深刻的危机感、厌恶感、隔绝感和怀疑感。

伍尔夫在她的日记中写道：“为什么生活如此像万丈深渊之上的一条小径？”（《一位作家的日记》第 27 页）她感觉到她的世界是在一个无底深渊之上危险地维持着平衡。在第一次世界大战之后，这种对于变化无常的人生毫无把握的危机感，几乎成了西方社会中人们带有普遍性的感受。

在西方的现代化城市中，到处是高楼大厦，五花八门的商品广告和家用电器。人们贪得无厌地追求物质享受，并且以这种追求来取代高尚的精神生活。伍尔夫在《论美国小说》这篇文章中，流露出她对于这种“物质主义”的厌恶。

西方人一般认为，两代人之间总是存在着某种隔阂，他们称之为“代沟”（generation gap）。但是，在伍尔夫看来，现代人所面临的，不是一般意义的“代沟”，而是与先辈割断联系的一种“隔绝感”。伍尔夫写道：“我们被干脆地割断了与我们先辈的联系。稍微变动了一下衡量的尺度——许多世代以来被放在一定位置的一大堆东西，就突然坠落了——已经彻头彻尾地震动了那个组织结构，使我们和过去疏远了，……每天我们都会发现自己在做着、说着、想着对我们的父辈说来是不可能的事情。”（《对于现代文学的印象》）

因此，伍尔夫认为，现代人对于过去的一切都表示怀疑：“似乎现代人的心灵总是想要验证核实它的各种情绪，它已经丧失了单纯地按照事物的本来面貌来接受事物的能力。毫无疑问，这种怀疑和验证的精神已经使灵魂更新、节奏加速。现代作品中有一种坦率真诚的品质，如果说它不是非常可爱的，它却是有益的。”（《对于现代文学的印象》）

国内外不少评论家都引述过这句话："大约在一九一〇年十二月左右，人性改变了。"他们往往把伍尔夫所说的人性的改变与后印象派的画展联系起来。但是，与其说伍尔夫所说的人性改变是指后印象派艺术的影响，还不如说她是指一种更为一般化的倾向，指人与人之间的关系和其他关系的变化，因为，在她的论文中说得很清楚："人与人之间的一切关系——主仆、夫妇、父子之间的关系——都已经发生了变化。而人与人之间的关系一旦发生了变化，信仰、行为、政治和文学也随之而发生变化。"（《贝内特先生与布朗夫人》）

伍尔夫为什么要把变化发生的时间规定为一九一〇年左右呢？我们可以从这篇论文的草稿中找到线索。在未曾发表过的"僧舍手稿"[①]中，伍尔夫明确地把这种人与人之间关系的变化归诸弗洛伊德的观念："如果你阅读弗洛伊德的著作，在十分钟之内，你就会了解到一些事实……或者至少是一些可能性……而我们的父母没有可能自己猜

① 伍尔夫于1919年夏天在苏塞克斯租下的乡村别墅名曰"僧舍"，"僧舍手稿"指她在这所别墅里写下的许多原稿。

测到这些〔关于他们的同胞之各种雄心和动机的情况〕。”

弗洛伊德用人性恶的观点来观察人类社会，认为“黑暗、冷酷和丑恶的力量决定着人的命运”。残酷的战争揭示了人性中的丑恶成分，使伍尔夫接受了弗洛伊德的影响，认为这世界不复是美丽的花园。她说：“罗曼史被扼杀了”，“人们看上去是如此丑恶——德国人、英国人、法国人——如此愚蠢。”（《一间自己的房间》）

在弗洛伊德影响之下，现代西方人对于人性的认识复杂化了。弗洛伊德把人的意识结构分为三个层次，处于最上层的清醒的意识，不过是浮现于水面之上的冰山顶端，而淹没于水面之下的绝大部分，是属于潜意识本能欲望的黑暗王国。伍尔夫惊呼道：“大自然让与人的主要本质迥然相异的本能欲望偷偷地爬了进来，结果我们成了变化多端、杂色斑驳的大杂烩……”

人性复杂化了，自我当然也就复杂化了。伍尔夫认为，我们在任何特定场合所显示的那唯一的身份，可能“并非真实的自我”，它不过是我们“为了方便起见”，把“我们的多样化的自我杂乱无章的各个平面”凑合到一起罢了。(《文选》①第四卷第161页）她显然是把生活和自我都看作变化不已、流动不居、互相矛盾的复杂现象。

伍尔夫在《论妇女与小说》和《斜塔》等论文中，都指出了艺术家需要安静舒适的环境与扎实的教育。一九一四年之后，艺术家的处境也发生了变化，中上阶层及其教育机构的象牙之塔，“不再是稳固的塔”，而成了“倾斜的塔”。作家们在动荡的生活和战争的威胁之中挣扎着写作，他们顾影自怜，并且把他们的怒火转向这不合理的社会。(《文选》第二卷第116—117页）

伍尔夫认为，现代人的审美感觉也和以前不同了。她对此作了形象化的描述：“在一个春天的夜晚，皓月当空，夜莺欢唱，低垂的杨柳在河面上飘拂。然而，就在这时，一个残废的老妇，在一条钢铁的长凳上挑拣她油污滑腻的破烂碎布。她和春天一起进入了他的心灵；他们互相交错……但是，当济慈听到夜莺的歌声之时，他所感到的

① 《文选》指伍尔夫的丈夫为她编纂的四卷本《伍尔夫论文选》，下同。

情绪是完整统一的……现在诗人提到夜莺，就说它‘对着肮脏的耳朵唧唧地聒噪不休’。在我们现代之美旁边啁啾的夜莺，是对于美感嗤之以鼻的某种嘲弄的精灵；它把镜子翻转来，向我们显示美神的另外一边脸颊是深陷的、破了相的。”（《狭窄的艺术之桥》）

在伍尔夫看来，上述各种变化必然导致人们去考虑：在现代西方社会中，原封不动地使用传统的艺术形式是否恰当。她认为，过去的艺术形式不能包涵当前的现实，“正如一片玫瑰花瓣不足以包裹粗糙巨大的岩石。”（《狭窄的艺术之桥》）因此，伍尔夫说：“要是时代的印记还有任何价值的话，人们正在感觉到作出新的发展的必要性。肯定无疑，有一批分散在英国、法国和美国各地的作家，他们正在试图从那个已经使他们感到厌倦的老框框中解放出来”。而伍尔夫所指的这批作家，正是西方现代主义的先驱。

二、主观真实论

伍尔夫还认为，真实是客观的。但是，不同的人对于同样的客观真实的感受和看法，却又各不相同。换言之，人们的真实感随着时代环境的变迁和立场观点的差异而有所不同。伍尔夫十分强调人们对于真实性的不同看法：“一个人物可能对于贝内特先生说来是真实的，而对我说来又是相当不真实的。……再也没有什么事情，像人们对于人物的真实性的看法那么截然不同的了，对于现代作品中的人物，则尤其如此。”（《贝内特先生与布朗夫人》）

所有的作家都受到他们的环境的影响，他们在构成他们的世界的各种准则和价值的范围之内工作，并且据此决定他们的创作态度。伍尔夫在她的特定环境中所主张的真实，是二十世纪初期一位西方现代作家心目中的真实，是在硝烟弥漫的气氛中所感受到的真实，是在炸弹的火光照明之下所看到的真实。这种真实带有鲜明强烈的时代烙印，它的具体表现，就是一种追求人物的内心真实的倾向。

伍尔夫是一位极度敏感而神经脆弱的知识分子。第一次世界大战和战后的现实生活，给了她强烈的刺激和震动。对她说来，这种刺激和震动的感觉和印象，比造成这种刺激震动的客观现实本身更为鲜明强烈。对于伍尔夫以及与她相类似的现代西方知识分子而言，现实也许没有他们对于现实的观感（vision）来得重要。因此，她重视人物内在的心理真实（即对于客观世界的主观感受），她希望作家能把现代西方人内心所感受到的刺激和震动表现出来。于是，她就赞扬那些与“更深入更潜伏的感情”发生关系的作家（《文选》第四卷第 4 页），并且贬低那些未能“深入”内心的“表面化”的作家。（《一位作家的日记》第 2 页）

资产阶级的人道主义和理性主义这两根精神支柱，被战争的炮火摧毁了。因此，在西方的知识分子中，掀起了一股非理性主义的思潮，弗洛伊德的精神分析学说和柏格森的直觉主义，就是这股社会思潮的反映。这股社会思潮，自然也反映到文学中来，使一些作家不再相信他们过去所学到的传统的文学规范，以及他们的先辈所写的作品。对他们说来，似乎他们只能依据他们的直接经验来写作，似乎他们的直觉、印象、情绪、感受比他们的理智更为可靠，而且他们都热衷于挖掘人物内在的心理结构。

正因为一部分与伍尔夫同时代的作家没有重视这种内在的主观真实，伍尔夫把他们贬为“物质主义者”，并且指责道：“他们之所以令我们失望，正是因为他们关心的是躯体而不是心灵。”伍尔夫指出，他们所使用的传统创作方法，忽略了现代生活中的一个重要方面，因而“往往使我们错过、而不是得到我们所寻求的东西。不论我们把这个最基本的东西称为生命还是心灵，真理还是现实”。（《论现代小说》）

十九世纪的传统方法，究竟能否包含和反映二十世纪的现实生活之一切方面，这是数十年来始终在伍尔夫的心头盘旋的一个疑问。“生活难道是这样的吗？小说非得如此不可吗？”这是一九一九年伍尔夫在《论现代小说》中提出的问题。十年之后，伍尔夫在《小说概论》[①]中，仍然提出这样的问题：“这是否就是一切？如果这就是一切的话，这难道就足够了吗？我们是否就必须相信这个？”

伍尔夫不断地追问真实的真正含义。她认为，真实就

---

① 这篇论文原来的标题是《小说面面观》，与福斯特的那部专著同名。为了避免混淆，笔者特译成《小说概论》。

是瞬间的印象以及对于往昔岁月之飘忽而永恒的回忆。她说：“‘真实’是什么意思？它好像变化无常，捉摸不住；它忽而存在于尘土飞扬的道路上，忽而存在于路旁的一张报纸上，忽而存在于阳光下的一朵水仙里。它能使屋里的一群人欣然喜悦，又能使人记住很随便的一句话。一个人在星光下步行回家时感到它的压力，它使静默的世界比说话的世界似乎更真实些——可是它又存在于皮卡底利大街人声嘈杂的公共汽车里。有时它又在离我们太远的形体中，使我们不能把握其性质。可是，不论它接触到什么，它都使之固定化、永恒化。真实就是把一天的日子剥去外皮之后剩下的东西，就是往昔的岁月和我们的爱憎所留下的东西。”（《一间自己的房间》）

伍尔夫认为，真实就是积累在我们的内心深处而又不断地涌现到我们的意识表层的各种印象。她说：“把一个普普通通的人物在普通的一天中的内心活动考察一下吧。心灵接纳了成千上万个印象——琐屑的、奇异的、倏忽即逝的或者用锋利的钢刀深深地铭刻在心头的印象。它们来自四面八方，就像不计其数的原子在不停地簇射；当这些原子坠落下来，构成了星期一或星期二的生活，其侧重点就和以往有所不同：重要的瞬间不在于此，而在于彼。因此，如果作家是个自由人而不是奴隶，如果他能随心所欲而不是墨守成规，如果他能够以个人的感受而不是以因袭的传统作为他工作的依据，那么，就不会有约定俗成的那种情节、喜剧、悲剧、爱情的欢乐或灾难。”（《论现代小说》）

伍尔夫又把生活说成是一个包围着我们的半透明的封套（envelope）。她说：“生活是与我们的意识相始终的、包围着我们的一个半透明的封套。把这种变化多端、不可名状、难以界说的内在精神——不论它可能显得多么反常和复杂——用文字表达出来，并且尽可能少羼入一些外部的杂质，这难道不是小说家的任务吗？”（《论现代小说》）

我们不禁要问：“封套”究竟是什么意思？为什么伍尔夫一再使用这个别出心裁的术语？为了解答这个问题，让我们来观察比较以下几个段落：

“莎士比亚的剧本不是一个受到束缚和挫折的头脑的

产物；它们是容纳他的思想的伸缩自如的封套。他通行无阻地从哲学转向醉汉的喧闹，从情歌转向一场争论，从淳朴的欢乐转向深刻的沉思。”（《狭窄的艺术之桥》）

“普鲁斯特的小说，他所描绘的那种文化的产品，是如此多孔而易于渗透，如此柔韧而便于适应，如此完美地善于感受，以至于我们仅仅把它看成一只封套，它单薄而有弹性，不断地伸展扩张，它的功用不是去加强一种观点，而是去容纳一个世界。”（《小说概论》）

“安德森先生已经钻探到人类本性中那个更深的、更温暖的层次，……他创造了一个他自己的世界。在这个世界中，各种感觉极其敏锐发达；它受本能的主宰而不受概念的支配……这个肉体感觉的、本能欲望的世界，被包围在一层温暖的云雾一般的气氛之中，被包裹在一个柔软的、爱抚的封套里。”（《论美国小说》）

显然，伍尔夫所说的“封套”并非一种束缚限制的框框，而是透明柔软、容易渗透、富于弹性、伸缩自如、可以扩展延伸的一层云雾一般的气氛，它的功能不是去加强某一个观点，而是包罗万象地容纳了各种主观印象，容纳了变化多端、不可名状、不受限制的内在精神，容纳了整个世界。

因此，伍尔夫主张在文学中采用一种伸缩自如的模式，来记录人们内心的意识流动："让我们按照那些原子坠落到人们心灵上的顺序把它们记录下来；让我们来追踪这种模式，不论从表面上看来它是多么不连贯，多么不协调。"

而能够采用这种模式的，正是以乔伊斯为代表的年轻的现代主义作家。伍尔夫把乔伊斯称为"精神主义者"，认为他"不惜任何代价来揭示内心火焰的闪光，那种内心的火焰所传递的信息在头脑中一闪而过，为了把它记载保存下来，乔伊斯先生鼓足勇气，把似乎是外来的偶然因素统统扬弃"。(《论现代小说》)

三、人物中心论

内在真实论和人物中心论是一对孪生姐妹，她们是伍尔夫小说理论的核心成分。脱离了人物，就无从表现内心的真实感受。因此，伍尔夫把人物置于历史事实、文学风格和故事情节之上，给予极大的关注。伍尔夫赞扬英国历史学家爱德华·吉本，因为他不仅展现了历史事件，并且表现了历史事件中人物内心的思想感情，所以她把吉本誉为“思想的评论家和史学家”。（《文选》第一卷第 118 页）尽管弥尔顿的风格“难以形容地优美”，伍尔夫对于他不了解人物深表遗憾：“我几乎感觉不到弥尔顿是有生命的或者他了解男人和女人。”（《一位作家的日记》第 5 页）曲折的情节固然能吸引一部分读者，但是，情节的首要目的是去提高人物的真实性。（《文选》第一卷第 77 页）在一篇书评中，伍尔夫指出，女主人公的冒险事迹“比那位女主人公本身要有趣得多”。她知道，她这样写，“是在向一半读者推荐此书，同时又在另一半读者面前谴责它。”（《论现代作家》第 82 页）因为，那另外一半真正有文学修养的严肃读者，决不会满足于故弄玄虚的情节，他们需要有内心深度的人物。在他们眼中，把人物淹没于情节之中，无异于本末倒置、喧宾夺主，决不是可取的。

人物不仅是评论家所关注的中心课题，它在作家心目中，亦处于中心地位。首先，人物乃是驱策作家去创作的一种原动力。作家们“被诱惑着要去创造一些已经……缠住他们不放的人物”；“对于人物的分析研究，已经成为一种全神贯注的追求”。其次，人物是作家借以表达他们思想的重要手段。“所有伟大的小说家，都使我们通过某一个人物的眼光，来看到他们所希望我们看到的一切东西。”

人物不仅是评论家和作家所关心的中心问题，也是小说的中心内容。伍尔夫指出：“所有的小说都得与人物打交道。”“小说的形式之所以发展到如此笨重、累赘而缺乏戏剧性……如此丰富、灵活而充满生命力的地步，正是为了表现人物，而不是为了说教、讴歌或颂扬不列颠帝国。”（《贝内特先生与布朗夫人》）

既然每部小说都得与人物打交道，我们就很有必要来探讨一下作家与人物打交道的方式。为了把几种不同的方式进行分析对比，伍尔夫在她的论文中叙述了一个虚构的故事：在火车里，有一位布朗夫人，她同时成为贝内特、威尔斯、高尔斯华绥和伍尔夫本人这四位小说家观察的对象。伍尔夫注视着布朗夫人，开始编造一个关于她的故事，想象她的内心活动以及她与她的旅伴之间的关系，考虑如何在不同的场景中对她加以描绘。另一方面，如果那位乌托邦的社会改革家威尔斯看到了布朗夫人，他马上会想象出一个更加美好的新世界；高尔斯华绥会设法确定她所属的社会阶层和生活环境；贝内特由于他对于外部细节的癖嗜，就会去描绘她所乘坐的车厢。

显然，伍尔夫所使用的方法是一种类型，而那三位作家所使用的方法属于另一种类型。对于一位第一次世界大战之后的西方作家而言，这两种类型孰优孰劣？这就是伍尔夫需要进一步加以思考的问题。

伍尔夫认为，小说的中心是人物，而人物的核心是他的“人性”。而布朗夫人实际上就是“人性”的象征：“火车正在运行，它不是从李奇蒙德开往滑铁卢，而是从英国文学的一个时代开往另一个时代，因为，布朗夫人是永恒的，布朗夫人就是人性，布朗夫人只是在表面上有所改变，而在火车上进进出出的过客，正是那些小说家们。”

伍尔夫所使用的“人性”这个术语，并非我们通常所指的与阶级性相对而言的人性。她所说的人性，就是指人物的“生命”，人物“赖以生存的灵魂”，它“就是生活本身”。我们如果分析比较一下散见于伍尔夫各篇论文中的对于人物的具体要求，我们就可以进一步理解伍尔夫的“人性”这个术语的确切涵义。伍尔夫对于小说中的人物大致上提出了以下几点具体要求：

第一，人物除了动作之外，还必须有思想和感觉，否则我们就不能说真正认识了他们。（《文选》第一卷第141—143页）

第二，人物看上去必须是真实的“活生生的男人和女人”；他们必须是个性化的，而不仅仅是各种类型。（《文选》第一卷第227页，第236页；《论现代作家》第35页）

第三，人物必须是个性与共性的统一体，他既有个人的热情和癖性，又有某种我们都共有的象征性的东西。（《文选》第一卷第261页）

第四，人物必须是多方面、多层次的。伍尔夫一再强调要洞察“那些心理学的暧昧领域”。现代心理学认为，人物的意识结构和心理活动是复杂的、多层次的。因此，要捕捉内在的真实，是相当困难的。但这是作家所乐意面临而读者也必须鼓励他们去承担的风险。(《论现代作家》第115—116页)

显然，伍尔夫心目中的人物是有思想感情的，他既有个性又有共性，他是多方面、多层次的，活生生的，有内在真实感的人。只有把这样的人物表现出来，才是抓住了“生命”，抓住了“灵魂”，抓住了“人性”。从伍尔夫使用这个术语的具体内容来看，似乎还是把它译为“人物性格”比较妥当。

但是，贝内特、威尔斯、高尔斯华绥三位作家却与伍尔夫所提出的目标背道而驰。“他们的目光……注视着工厂，乌托邦，甚至还注视车厢里的装饰物和壁毯；但是他们却从来也不去注视布朗夫人，不注视生活，不注视人性。”这些物质主义者们“无比重视事物的外部结构。他们给我们看一幢房子，希望我们有可能借此演绎推断出居住在房子里的人物的情况”。然而，“如果你们确信，小说首先是描绘人物，其次才是描绘他们所居住的房屋的，那么，从描绘房屋着手，乃是一种错误的方法。”

伍尔夫强调指出，这种关心“躯体”忽视“灵魂”、重视外部结构忽视内心世界的观察角度和创作方法，是不恰当的，他们的艺术工具是没有生命力的。“那些传统规范意味着毁灭，那些工具意味着死亡。”

伍尔夫的评论一向极为温和婉转，在这里她为什么一反常态，作出如此严厉的判决呢？因为那些“物质主义者”虽然善于驾驭文字、构思情节，然而“生命”和“人性”却从他们的手指缝里溜走了，她所特别关切的人物内在的“真实”丢失了。总之，他们没有能够充分表现出现代西方人的内心感受。

四、突破传统框子论

伍尔夫把比她长一辈的威尔斯、贝内特和高尔斯华绥称为爱德华时代[①]的作家，把与她同辈的乔伊斯、戴·

① 指英王爱德华七世的统治时期（1901—1910）。

赫·劳伦斯、爱·摩·福斯特和托·斯·艾略特称为乔治时代[①]的作家。伍尔夫觉得，乔治时代的作家们深深地陷入了困境。他们的内心受到了莫大的刺激和震动，他们想要把这刺激和震动的复杂感受表现出来。但是，他们没有适当的楷模可以效仿。因为爱德华时代的作家因袭了维多利亚时代[②]的传统，他们所关心的是外部结构的细节真实，无法表达复杂微妙的内心世界。

传统的束缚使乔治时代的作家们感到绝望，而绝望又转化为愤怒的反抗和破坏："这种迹象显然随处可见。语法被侵犯了；句法被肢解了；就像一个到姨妈家去度周末假期的男孩，当安息日在严肃沉闷的气氛中消磨过去，纯粹出于绝望的反抗，他就在天竺葵花坛中打滚。"（《贝内特先生与布朗夫人》）

既然人物是小说的中心，小说的生命，现在眼看着活生生的人物被传统所压抑、所窒息，作家们当然应该义不

---

① 指英王乔治五世的统治时期（1910—1936）。
② 指维多利亚女王统治时期（1837—1901）。

容辞地不惜一切代价去抢救人物，但在仓促之中又找不到适当的工具，于是就不得不打破窗子。伍尔夫正是从这个角度来判断乔伊斯的破坏行动的："乔伊斯先生在《尤利西斯》中所表现出来的粗俗猥亵，在我看来，似乎是一位绝望的男子汉有意识地、故意安排的，他觉得为了要呼吸空气，他必须打破窗子。"

乔伊斯并非匹马单枪，他是乔治时代一批青年作家的代表人物。这批现代主义作家人数不多，能量却不小。他们破坏文化传统所造成的噪声，一时之间甚嚣尘上，竟然成了一个时代的特征："我们在四周都听到这种声音；在诗歌、小说、传记、甚至报刊文章和散文随笔之中，我们都听到破裂、砸碎和毁坏的响声。这是乔治时代压倒一切的声音。"

尽管伍尔夫认为现代主义者的破坏性反抗事出有因，但她并未过高地评价他们的独创性。她认为，这些作家在读者心中引起了一线希望，但又迅速地使他们失望："原来的允诺并未兑现；智力贫乏；从生活中撷取的光彩没有被转化到文学中来。现代最好的作品中，有许多看上去是在压力之下、用一种苍白的缩写体记录下来的，它以惊人的辉煌技巧把人物经过银幕之时的动作和表情保存了下来。但是，那阵闪光迅即消逝，给我们留下了深深的不满之感。”（《对于现代文学的印象》）

伍尔夫把乔治时代称为支离破碎的年代，同时她又从一片荒芜之中嗅到了一丝春天的气息：“这是一个支离破碎的年代。有几节诗，几页书，这儿一章那儿一篇，这部小说的开端和那部小说的结尾，堪与任何时代或任何作家的最佳作品相媲美。但是，我们是否能够拿着一堆松散的篇页，到我们的子孙后代那儿去，或者去要求那时的读者，要他们面对着整个文学遗产，来把我们的小小的珍珠从我们的一大堆垃圾中筛选出来？”“我们重申，这是一个荒芜贫瘠、精疲力竭的年代；……这是初春的晴朗日子中的第一天，生活并非完全缺乏色彩。”

“小小的珍珠”，“一大堆垃圾”！作为现代主义者的伍尔夫，她对现代主义的批评又何等严厉！伍尔夫是否把现代主义一棍子打死了呢？否！她在《对于现代文学的印象》这篇论文中指出：现代主义的小说仅仅是一些“笔记本”，还算不上是什么“作品”，“而时间就像一位优秀的教师”，她还指出现代主义的缺陷。现代主义的探索提供了经验教训，他们的“笔记本”会给“将来的杰作”提供一定的基础。因此，伍尔夫要求作家们“仔细眺望远处的地平线，为未来的杰作准备道路”。

显然，伍尔夫是站在历史的高度，用一种宏观的眼光来看待现代主义这个文学现象的。她认为，现代主义者虽未建立文学的丰碑，但是他们对传统进行了爆破，扫除了路障，廓清了地基，为建立新的西方文学传统做了一点准备工作。从这个意义上看，人们只能暂时忍受现代主义者对十九世纪传统的冲击和破坏。因此她说：“去忍受那种痉挛的、朦胧的、破碎的、失败的作品吧。……我们正在英国文学的一个伟大的新时代的边缘颤抖。”

五、论实验主义

然而，新的文学传统决不可能突然自天而降。因此，作家必须不断地实验探索。伍尔夫本人就是一位实验主义者，她欢迎一切实验和探索。她极为欣赏带有诗意的崭新的散文。甚至对于追求新颖形式之美的相当拙劣的尝试，她也发出欢呼。现代世界中一切兴奋激动、分崩离析、发明创造、新颖别致的因素，都给她带来了希望。伍尔夫一再反复强调，现代主义文学的特征就是灵活多变："没有任何时代的文学，像我们的文学那样几乎不屈服于权威，像我们的文学那样不受伟大人物的支配；似乎没有任何时代的文学，带着它的令人敬畏的天赋如此倔强任性，或者在它的实验探索方面如此反复无常。"（《文选》第二卷第38—39页）

为了塑造活生生的人物和把握内在真实，伍尔夫主张艺术家可以自由地实验探索，不拘一格地寻找合适的艺术形式、表现技巧和创作题材。她认为，没有任何一种实验，甚至是最想入非非的实验，是禁忌的。（《论现代小说》）

基于这种认识，伍尔夫对于古往今来不同时代不同流派作家的独创性，都给予充分的重视。她曾赞扬过十八、十九、二十世纪风格十分不同的作家如斯特恩、勃朗特姊妹和亨利·詹姆斯（《文选》第一卷第95页，第187—

188 页，第 283 页）同时她也明白，过分的独创性可能会有矫揉造作之嫌。她认为："一位第一流的作家对于写作的尊重，足以使他避免玩弄技巧，或者去耍一些令人目瞪口呆的花招。"（《一位作家的日记》第 48 页）

但是，有必要承担一些风险。例如，虽然她承认桃乐赛·理查森[①]的实验小说的不足之处，她仍然赞赏她通过一种朴实无华的方式来造成某种崭新效果的大胆尝试。理查森的表现方式本身就引人注目，但其吸引力并非仅仅出于新颖独特。"它代表一种真正的信念——确信她所要叙述的内容与文学传统所提供给她的叙述形式之间，确实是相互脱节了。"（《论当代作家》第 120 页）

伍尔夫关于理查森的评论表明，她相信在形式和内容两方面都必须表现出独创性。现代的思想内容，要用现代的艺术结构来加以表现，方能丝丝入扣，处处妥帖。正是对于应该如何表达她想要表达的思想内容这种信念，使伍尔夫成为一位"意识流"小说家，一位现代主义者。从理

① 桃乐赛·理查森（1873—1957），英国女作家，意识流小说的先驱人物之一。

论上说，形式和内容是紧密结合不可分离的。“一首诗歌、一出戏剧、一部小说的字句结构、艺术效果与思想意义，同样是结合在一起的：只要前面一个因素发生了变化，后面一个因素也随之而发生相应的变化。”（《文选》第一卷，第7页）总之，时代的变迁提供了不同的思想内容，新颖的思想内容又需要独特的艺术形式来加以表现。这就是伍尔夫这位现代主义者在实验探索之时理论上的立足点。

伍尔夫从这一点出发，将文学的语言和形式诸方面的问题一一予以探讨，把各种传统的文学形式作了分析比较。她不仅在理论上强调实验革新，而且在她本人的创作活动中一再尝试，探索各种文学形式之间相互渗透的可能性。通过一番摸索，她认为，传统的文学形式和体裁的范围已经被现代作家扩大了。她给她的“小说”提出了一些新颖别致的名称：诸如“挽歌”、“心理学的诗篇”、“传记”、“戏剧诗”、“自传”、“随笔小说”等等。她觉得，在她写作之时，“点点滴滴的韵文穿插了进来”。（《一位作家的日记》第122页）。她在“尝试”发明一种新的戏剧：它是自由的，又是集中的；它是散文，又有诗意；它是小说，又是戏剧。（《一位作家的日记》第 103 页）伍尔夫在写她的最后第二本小说之时，声称她已学会“把各种形式”融合到一部书中去。（《一位作家的日记》第 215 页）她要把“讽刺、喜剧、诗歌、叙事”各种因素综合起来，拧成一股绳，以便创造为现代思想内容服务的新的文学形式。（《一位作家的日记》第 191 页）她为此目标奋斗终生，并且乐此不疲。

六、论未来小说

伍尔夫把小说看作进行实验的合乎理想的工具。因为小说相对而言是一种比较灵活自由的文学形式，它具有吸收融化其他文学形式之优点的比较大的可能性。根据伍尔夫本人以及其他现代主义作家的实验探索，她预言未来的小说有可能向综合化、诗化、非个人化和戏剧化的方向发展。

伍尔夫认为，未来的小说将成为一种更加综合化的文学形式。“它将用散文写成，但那是一种具有许多诗歌特征的散文。它将具有诗歌的某种凝练，但更多地接近于散文的平凡。它将带有戏剧性，然而它又不是戏剧。它将被人阅读，而不是被人演出。”（《狭窄的艺术之桥》）

未来的小说将会成为一种诗化的小说。它将会“具有诗歌的某些属性。它将表现人与自然、人与命运之间的关系，表现他的想象和他的梦幻。……它将采用那个不协调因素的奇异的混合体——现代心灵——的模式。”（《狭窄的艺术之桥》）

未来的小说近乎抽象的概括而非具体的分析。它“将由作家站在从生活退后一步的地方来写，因为这样可以扩大视野”。“它将会像诗歌一样，只提供生活的轮廓，而不是它的细节。它将很少使用作为小说的标志之一的那种令人惊异的写实能力。它将很少告诉我们关于它的人物的住房、收入、职业等情况；它和那种社会小说和环境小说几乎没有什么血缘关系。”（《狭窄的艺术之桥》）

伍尔夫指出：“那种诗的（创作）态度，当然大部分是建立于物质基础之上。它依赖于闲暇的时间和少量的金钱，以及金钱和闲暇给予我们的非个人地、冷静地观察世

界的机会。”（《妇女与小说》）

未来的小说将会向非个人化的方向发展。作家的目光不是局限于人物个人的悲欢离合，而是注视整个宇宙、命运和人类所渴望的梦想和诗意。

伍尔夫列举了“个人化”创作方法的各种缺陷：

第一，“个人化”会使一部作品的主题和人物都狭隘化。文学会被“那个该死的利己主义的自我”[①]彻底毁坏，这个自我“把一部书的趣味、主题、情景、人物都狭隘化了，来反映作者个人”。（《一位作家的日记》第22页）另一方面，“那些心理小说家，过分倾向于把心理学这个概念局限于个人交往范围之内；心理小说家们往往纠缠于某人陷入或摆脱了情网、汤姆爱上了裘迪斯而裘迪斯也爱上了他或者完全不爱他等等。而我们有时却渴望从这些不断的、无情的分析中解脱出来。我们渴望某些更加非个人的关系。我们渴望着理想、梦幻、想象和诗意”。（《狭窄的艺术之桥》）

---

① 指作家的自我。

第二，“个人化”使读者注意力集中的焦点双重化。“在《米德尔马奇》和《简·爱》中，我们不仅意识到作者的性格……我们还意识到有一位女性在场——有人在谴责她的性别所带来的不公正待遇，并且为她应有的权利而呼吁。……那种为了个人的原因而发出的呼吁，或者使一个书中人物成为某种个人的不满或牢骚之传声筒的愿望，总是会产生一种灾难性的后果：似乎读者注意力集中的焦点，在突然之间由单一变为双重。”（《妇女与小说》）

第三，“个人化”会破坏作品的整体性。伍尔夫认为，女作家的女性意识“引起了对于现实的歪曲”，使作品“丧失了完美的整体性”，“丧失了作为一件艺术品最为基本的要素”。（《妇女与小说》）她又认为，美国作家的民族意识也成了艺术创作中的障碍物：“各种各样意识——自我意识、种族意识、性别意识、文化意识——它们与艺术无关，却插到作家和作品之间，而其后果——至少在表面上看来——是不幸的。”（《论美国小说》）

伍尔夫认为，“非个人化”的创作态度将有助于扩大作家的视野。她说：“妇女生活更大程度的非个人化，将会鼓励诗人气质的发展……这会导致她们较少地沉湎于事实，而且不再满足于惊人敏锐地记录展现在她们目光之下的细节。她们将会超越个人的、政治的关系，看到诗人试图解决的更为广泛的问题——关于我们的命运以及人生之意义的各种问题。”（《妇女与小说》）

伍尔夫认为，未来的小说发展可能趋向于戏剧化。从伍尔夫的论文中所表达的思想内容来判断，她所使用的“戏剧化”这个术语，具有以下几方面的涵义：

第一，未来的小说将会把在社会中起重大作用的某些影响加以“戏剧化”，把现代西方人心灵中的各种“刺激”、“效应”、“情绪”、“感觉”表达出来，捕捉生活中丰富的色彩变化。

第二，“戏剧化”意味着获得戏剧所具有的那种爆发性的情绪效应，使“读者们血液沸腾，而不仅仅是击中他们智力上的敏感之处”。

第三，“戏剧化”这个术语也包括了获得这种爆发性情绪效应之途径。那就是把个人的情绪非个人化，一般化，铸成严密有序的艺术整体，从而使人物具有戏剧性的力量。换言之，这种情绪效应是一种整体化的艺术效应。

七、伍尔夫的文学理想

伍尔夫对于未来小说所作的预言，是以她对于现代西方文学的观察分析为依据的，其中包涵着她本人的文学理想。

伍尔夫注意到，西方现代文学中发生了深刻的变化，用她的话来讲，就是文学的侧重点与过去不同了。

侧重点转移的第一个表现，是人们的兴趣由外在的客观世界转向内在的主观世界："对于现代人来说，'那一点'，即兴趣的集中点，很可能就在心理学暧昧不明的领域之中。因此，侧重点马上和以往稍有不同，而强调了迄今为止被人忽视的一些东西。"（《论现代小说》）

侧重点转移的第二层意思，是人们把注意力转向心理领域中非理性、非个人、非功利的方面。伍尔夫说："在小说（按：指传统小说）的统治之下，我们密切地仔细观察了心灵的一部分，却把另一部分忽略了。我们已渐渐忘记：生活的很大而且是很重要的一部分，包含在我们对于玫瑰、夜莺、晨曦、夕阳、生命、死亡和命运这一类事物的各种情绪之中；我们忘记了：我们把许多时间用于单独地睡眠、做梦、思考和阅读；我们并未把时间完全花费在个人之间的关系上；我们所有的精力也并不是全部消耗于谋生糊口。……我们渴望着理想、梦幻、想象和诗意。”（《狭窄的艺术之桥》）

伍尔夫认为，过去的文学传统忽视了、忘记了很重要的一个方面，因此不能适应今天西方世界的现实生活。于是，现代西方作家只能采取“矫枉过正”的办法，割舍传统所侧重的那个方面，集中精力来突出过去被忽略的另一方面。因为，“似乎不可避免地要放弃一些东西。你不可能手里拿着所有的表达工具，去穿越那座狭窄的艺术之桥”。

然而，这种放弃传统的做法，对伍尔夫而言，恐怕只是一种适应时代变化的权宜之计。她的最高的文学理想，也许是两个方面的平衡、结合、凝聚、集中，构成一个互相渗透的艺术整体。对于这种假设，我们可以提供不少有力的证据。

第一个证据，是伍尔夫对爱德华时代的作家表示不满，因为他们重视“躯体”忽视“灵魂”。

第二个证据，是伍尔夫把现代主义作品看作支离破碎的“笔记本”而不是完整的作品，因为它虽抓住了“灵魂”，却又丢弃了传统的表达工具。

第三个证据，是伍尔夫对于伊丽莎白时代戏剧的评价。一方面她赞扬它的想象和诗意；另一方面她又批评它过分脱离现实，“使我们厌倦”。

第四个证据，是伍尔夫对于传记文学的论述。伍尔夫认为，理想的传记应该是一部由两种事实——即确凿的历史事实（按：即客观真实）和作者眼中所见的事实（按：即主观真实）互相交织而成的著作。(《文选》第四卷第221—235页)

前面三个证据，证明伍尔夫不赞成偏于某一个侧面的办法（这是指从根本上来说，而不是指一时的权宜之计）；后面一个证据，证明伍尔夫赞成两个侧面有机地结合在一起。

伍尔夫是主张现实与幻想结合的。她说：“没有任何东西比作家使现实和幻想相结合的能力更迅速地显示出作家的天才。”

伍尔夫指出，在伊丽莎白时代的戏剧中，“他们的斯密斯都变成了公爵，他们的利物浦都变成了神话传说中的岛屿和热那亚的某个地点”。然而，文学“不知怎地，总是必须以斯密斯为基础”。换言之，文学必须以普通人的现实生活为基础。

伍尔夫认为，文学应高于现实生活，但又与现实生活保持着一种若即若离的联系。她说：“小说就像一只蜘蛛网，也许只是极轻微地黏附着，然而它还是四只角都黏附于生活之上。”（《一间自己的房间》）她又指出，未来小说“有能力拔地而起、向上飞升，但它不是一飞冲天、直上霄汉，而是像扫过的旋风一般，螺旋形地上升，同时又和日常生活中人性的各种兴趣和癖嗜保持着联系”。（《狭窄的艺术之桥》）

能够达到伍尔夫这几项要求的作品，似乎是不多的。但是，在她的论文和书评中，我们还是可以找到几个罕见的例子。

伍尔夫认为，在爱·摩·福斯特的长篇小说《印度之旅》中，现实与幻想水乳交融，作者“用一种精神的光芒使观察力的浓密而坚实的躯体获得了蓬勃的生机”。她又说：“在这种现实主义和神秘主义的结合方面，和他（按：指福斯特）最密切相似的，也许就是易卜生。易卜生也有同样的现实主义力量。对他说来，一个房间就是一个房间，一张书桌就是一张书桌，一只字纸篓就是一只字纸篓。同时，现实的那些随身道具，在某些时刻变成了一张帷幕，我们透过它看到了无穷的境界。……我们正在观看的东西被照亮了，它的深处被揭示出来了。”（《论爱·摩·福斯特的小说》）

易卜生是十九世纪的现实主义戏剧家，福斯特是二十世纪的现代主义小说家。伍尔夫对他们作品中主观和客观互相渗透、现实与幻想互相融合的倾向表示赞赏，难道这不是十分耐人寻味的吗？在这里不是透露了有关伍尔夫的文学理想的信息吗？

也许，伍尔夫认为：最优秀的文学作品之感染力，在于它使用了一种新颖的透视方法，把新的情景、新的人物、新的世界介绍给我们；或者，它以一种崭新的洞察力，把陈旧的观念或场景呈现出来，使我们也随之而用一种新的方式来观看我们原来所熟悉的东西。这样的文学，超越于现实之上，又与现实保持着一种基本的联系。它从现实生活后退一步或上升一步，但是并未完全脱离现实生活。它呈现出一幅完整集中的图景，在其中，灵魂与躯体、主观与客观、精神与物质、现实与幻想、散文与诗歌交织在一起，构成一个不可分割的整体。偏向一边的传统文学与偏向另一边的现代主义文学，与这个目标相去甚远。在伍尔夫的心目中，只有未来时代的文学杰作，方可完全实现这个理想。

II　伍尔夫的批评方法

一、印象式的批评方法

伍尔夫在她的评论集《普通读者》的序言中，借用了约翰逊博士的话："我很高兴与普通读者意见一致；因为，在所有那些微妙的高论和鸿博的教条之后，诗坛的荣誉桂冠，最终还得取决于未经文学偏见污染的读者们的常识。”

伍尔夫接下去说：“普通读者不同于批评家和学者。……他是为了个人的兴趣而阅读，不是为了传授知识或纠正他人的见解。最重要的是：他在一种本能的指引之下……”

在这两段文字中，伍尔夫概括地阐明了她的基本态度：

第一，她宁愿做一名毫无偏见的普通读者，而不愿当一位大发高论的学者。

第二，她的评论以满足个人兴趣的阅读为基础，不是为了传授知识和纠正错误。她引导读者去鉴赏艺术品。她是一位“导游”，而不是一位“导师”。

第三，她的评论依据是“常识”和“本能”，而不是某种理论体系。

许多伍尔夫的研究者都注意到她这种基本态度。琼·贝内特说：“伍尔夫评论的基调是鉴赏而非评判。”安东尼·福斯吉尔指出：“对她说来，阅读和评论是独特的创造活动……而不是一种‘客观的分析’。”桃乐赛·布鲁斯特认为：“她诱导我们去阅读作品，并且反复阅读，而不是要求我们去接受对于一部作品的判决，或者给它贴上某种标签。”

伍尔夫的评论属于屈莱顿，哈兹列特和兰姆的传统。他们的文学评论是平易近人、循循善诱、饶有兴味的。这是一种印象式的而非分析性的批评。这种评论以批评家个人的本能感受为依据，不以任何固定的规范作标准。这种评论是给人以愉快享受的艺术，而不是严格的科学。

二、掌握作家的透视方法

如何才能更好地鉴赏一部作品？伍尔夫认为，关键在于掌握不同的作家所使用的不同的透视方法。

伍尔夫在她的日记（1925 年 12 月 7 日）中写道：“我想，我将会发现一些关于小说的理论……我正在考虑中的一个问题，就是关于透视方法的问题。”

伍尔夫把透视方法看作一个举足轻重的问题。她说：“那些文学杰作的成功，并非在于它们没有缺陷……而是

在于一个完全掌握了透视法的头脑的无限说服力。”（《论爱·摩·福斯特的小说》）

伍尔夫发现，作家们可以从不同的角度来观察生活。她在《狭窄的艺术之桥》这篇论文中，就叙述了三种不同的观察角度。既然作家可以从各种不同的角度来观察生活，那么读者想要真正欣赏他的作品，就必须站在他的角度，用他的透视方法来阅读。因此，伍尔夫说：“不要对你的作家发号施令，要试图与他化为一体。你要做他创作活动中的伙伴与助手。”（《应该如何阅读一部作品》）伍尔夫在《鲁滨孙飘流记》这篇论文中，进一步阐明了她的观点：“我们必须亲自攀登到小说家的肩膀上，通过他的眼睛来观察，直到我们也弄明白，他是按照怎样的次序去安排小说家们命中注定要去观察的大千世界：个人和人类；他们背后的大自然……”“我们首要的任务，而且是非常艰巨的任务，就是掌握他的透视方法。”

为什么这是个艰巨的任务？因为每个读者都受到不同的文学传统观念的影响，这些先入之见会遮蔽他的视线，使他难以体验作者所使用的方法。读者只有把各种偏见丢在一旁，才有可能站在作者的角度，来领会他的方法。（《文选》第一卷第 34 页，第 70—71 页）因此，当我们阅读一部作品之时，我们必须把一首诗歌、一出戏剧、一部小说“应该是什么样儿”这种传统观念弃而不顾，集中精力去关注那部作品本身。（《文选》第一卷，第 1—2 页）

在《应该如何阅读一部作品》这篇论文中，伍尔夫阐述了不同作家的透视方法之显著差异，指出笛福笔下的旷野、奥斯丁笔下的客厅和哈代笔下的威塞克斯，是三个不同的世界。“这些作品所展现的世界虽然千差万别截然不同，其中每一个世界本身，却是首尾一贯浑然一体的。每一个世界的创造者都谨慎小心地遵守他自己的透视方法之各种规律。”

在《小说概论》中，伍尔夫进一步发展了这种关于不同透视方法的观点。她把一批重要的小说家按照他们所使用的不同透视方法加以分类论述。

伍尔夫提醒我们注意，生活于同一个时代的作家——诸如司各特、简·奥斯丁和皮科克——如何按照他们各自的透视方法，来安排他们自己作品中的那块天地。同时她又指出，他们扎根于相同的时代土壤之中。他们的透视方法既有个性又有共性，总能反映出一定的时代特征。

伍尔夫又提醒我们注意，即使是同一位作家，在他的不同的创作时期，他的透视方法也可能有所不同。例如，在《论约瑟夫·康拉德》这篇论文中，她就指出了康拉德早期、中期、晚期透视方法上的差异。

马克思说过："对于不懂音乐的耳朵，最美的音乐也没有意义，就不是它的对象。"

伍尔夫也表达了类似的看法。她认为，没有文学修养的读者好比聋子，他们听不到美的声音，他们不可能领会作家所使用的透视方法，捕捉他的作品所传递的信息。"既然美的教诲和她的声音是不可分离的，那么，对于那些听不到她声音的人们，我们又如何能使他们信服呢？"

至于伍尔夫本人，她的耳朵对于音乐极为敏感，她善于捕捉音乐的旋律背后所深藏的意蕴和信息。对她说来，一部小说好比是一部交响乐的总谱，而她就像是一位优秀的指挥。她善于理解作曲家所使用的创作方法并领会其创作意图，在她指挥乐队演奏之时，她把作曲家原来的构思恰当地向听众表达出来。而且她是一位曲目极其广阔的指挥。她广泛地阅读十八、十九、二十世纪不同流派的作品。她并不向作家们发号施令评头品足，她力图不抱成见，去努力发现每一位作家在每一部作品中所使用的观察角度和透视方法。

三、开放的理论体系

在西方，的确有不少文学批评体系。有的批评家从历史角度，有的批评家从心理学角度，有的批评家从社会学角度，有的批评家从各种现代文学流派的角度来提出他们的批评标准和理论，建立起一整套学院式的封闭体系，列出许多条条框框，再拿它们去套文学作品，合乎他那一套理论的就予以赞扬，不合乎的就痛加贬斥。

伍尔夫对于各种封闭式的、排他性的理论体系，始终抱怀疑态度。她在对于戴·赫·劳伦斯的批评中，尖锐地表达了她对于封闭体系的反感：

“在那些书信中，他不能倾听弦外之音；他一定要提出忠告，并且把你也纳入那个体系。因此，他对于那些想纳入某种体系的人具有吸引力。而我可没有这种要求……他的尺度自上而下来衡量〔人们〕。为什么要这样对别人横加指责？为什么没有某种体系来把那些好人也包含进去？如果能有一种不封闭的体系——那将是个多么惊人的发现。”（《一位作家的日记》第187页）

读者阅读了本文第一部分伍尔夫关于小说改革的论点之后，很可能会有这样的想法：伍尔夫是一位现代主义者，她否定了别人的理论体系，却提出了她自己的现代主义理论体系；她用一种新的条条框框来代替过去的条条框框。其实这是一种误解。

首先，伍尔夫的文学评论大部分是表达一种鉴赏的印象，对于她本人的美学观点，她并未留下有条不紊的记录。我们要理解伍尔夫的理论，就必须从她的论文、日记、书信、小说中搜集她的美学信念之证据。本文第一部分中的资料，是笔者把分散于伍尔夫各篇论文与日记中的材料加以集中、整理并使之系统化的结果。当这些观点原来分散出现之时，它们并非如此结构严整、线索分明的。

其次，伍尔夫自己的理论是发展变化的，她的各篇论文中的观点，有时不免前后矛盾。例如，她经常表现出一种对于“物质主义”的厌恶，但是，当她论及小说家必须发展其诗人气质之时，又强调必须有一定的物质基础作为保证。

再次，本文第一部分中整理出来的伍尔夫关于小说改革的理论，虽然相当重要，但是以篇幅而论，在她的全部评论文章中，只占很小的比例。在伍尔夫的论文中，有大量的材料可以证明：伍尔夫对于十八、十九世纪的现实主义文学十分推崇，她本人也从传统的文学中继承了不少东西。

国内外不少评论家都倾向于把伍尔夫的《论现代小说》视为现代主义的美学宣言，认为伍尔夫是在为“意识流”小说摇旗呐喊。笔者本人过去也有这种看法。现在我们把伍尔夫的大量论文、日记和《论现代小说》进行对照比较，就可以看出：这篇文章，不过是伍尔夫在对现代小说观察分析的基础之上，谈谈她的看法和设想，指出了某种可能的发展倾向而已。况且，这些看法和设想，又和她的其他论文中的观点颇有不同之处。这篇论文暗示小说是一种自发的灵感之爆发，并且认为作家的任务就是记录心灵对于各种印象的被动的感受，而不必修改剪辑或操纵这些印象。她在《论重新阅读小说》这篇论文中，却强烈地驳斥了这种观点。她一再在她的论文中强调承认以下事实之重要性：小说和其他艺术品一样，是人工产品，它通过对于题材结构的选择安排而被制造出来，它从属于小说家所作的选择和他所采用的表现技巧。在她的小说《海浪》中，她又指出，意识本身并非对于外界刺激的被动的感受，而是有创造性的；知觉本身是有意识的，它包含着辨别意义、构成现实映象的活动，它包含着结构的形成。

我们必须强调指出，《论现代小说》这篇论文的最后结论，是开放性的。伍尔夫在把英俄两国的小说作了比较之后说道：这些小说像潮水一般向我们涌来，带来了“一种艺术具有无限可能性的观点，并且提醒我们，世界是广袤无垠的，而除了虚伪和做作之外，没有任何东西——没有一种‘方式’，没有一种实验，甚至是最想入非非的实验——是禁忌的”。

伍尔夫曾经说过：“最能接受印象的头脑，往往最不善于作出结论。”（《论托马斯·哈代的小说》）伍尔夫的理论不过是她观察小说发展倾向时所得到的印象，她并未作出权威性的结论。与此相反，她用强调的语气指出小说这种艺术形式的开放性，指出小说吸取其他艺术形式之各种特征的可能性，指出通过小说来探索迄今为止未被人考察过的各种领域的可能性。她认为，应该把现代小说家从传统的故事情节、按年代顺序编排的线索、传统的人物塑造观念这些桎梏中解放出来，使他们有可能更充分地表现出现代人复杂多变的内心世界。伍尔夫欢迎实验探索，但她并未把现代主义小说视为不朽杰作，而是把它们看作一项重大实验的中间过渡产品。因此，她并未企图制定现代主义唯我独尊的派性体系或帮规教条。

伍尔夫对于文学队伍本身，也抱一种开放的态度。她不仅为妇女作家登上文坛欢呼喝彩，而且为她们所受到的种种限制发出不平之鸣，为她们未来的发展出谋献策。

伍尔夫欢迎工人阶级参加到作家行列中来。在她一九三〇年所写的一封书信中，她盼望“打破”中产阶级和无产阶级之间的隔阂。她说，有一阵“可怕的火焰在燃烧，在穿透隔阂，并且把我们熔化在一起，这样，生活就会变得更为丰富，作品就会变得更加复杂，整个社会就会把它的各种财富[①]聚集在一起，而不是使它们彼此分离隔绝”。

伍尔夫深信，文学是一种双方合作的事业，在这项事业中，作者和读者双方皆可作出贡献。换言之，文学事业对于读者来说，也是开放的。读者在阅读之时，可以通过他的理解和欣赏，进行一种再创作活动，掌握作者的透视角度，领会作者的构思，看到作者所曾经看到过的种种景象。

因此，伍尔夫要求文学批评家们“对于现代文学采取一种更加开阔而较少个人色彩的见解”。如果一定要说伍尔夫建立了什么体系的话，那就是一个开放的体系。

---

① 指精神财富。

Ⅲ　如何评价伍尔夫的理论和方法

一、伍尔夫的理论之缺陷

在伍尔夫的小说理论中，存在着一些不足之处。首先，在伍尔夫的理论中包含着一种夸大性。

伍尔夫夸大了时代的差异，夸大了十九世纪与二十世纪之间的差距，并且在爱德华时代和乔治时代之间划下了一道不可逾越的鸿沟。她认为爱德华时代作家写的小说是十九世纪现实主义文学的翻版，完全忽视了二十世纪西方人所感受到的那种强烈的危机感和异化感。难道事实真的是如此吗？

我们就以被伍尔夫斥为“物质主义者”的威尔斯为例吧。威尔斯是现实主义作家，但是，在他的成名作《时间机器》中，却有着异常丰富的想象，他以极度夸张讽刺的手法，来表现资本主义社会中人的异化现象。在威尔斯的笔下，不仅无产者“莫洛克”被异化了，甚至有产者“艾洛依”也被异化而“完全丧失了合乎人性的外观”。威尔斯把二十世纪西方社会中的那种异化感、危机感、恐惧感大加渲染，并且暗示：西方社会所面临的局势，不仅是人类的畸形和退化，而且会因为互相残杀而同归于尽。这种思想情绪，完全是属于二十世纪的，而他所采用的科幻小说这种艺术形式，也是二十世纪的。贝内特和高尔斯华绥虽然恪守现实主义的传统，但是，他们的作品，在字里行间也弥漫着现代西方社会的危机感。总之，二十世纪的现实主义决非十九世纪的现实主义，它也深深地打上了时代的烙印，不过这烙印是以不同的方式，打在不同的部位而已。

此外，威尔斯虽然是一位现实主义作家，他在创作中也曾走过曲折的道路。第一次世界大战给整个资本主义世界带来了极大的震动，也粉碎了威尔斯乌托邦的美梦。他和许多西方知识分子一样，对于传统的理性哲学和自然科学的信仰发生了动摇，在精神上发生了危机。因此，在这个时期，他写了《主教的灵魂》(1917)、《上帝乃无形的君王》(1917)、《琼与彼得》(1918)、《不灭之火》(1919) 等神秘主义色彩极为浓厚的作品，甚至企图从宗教中寻求摆脱危机的出路。当然，这些并非他的主要著作。但是，像他这样一位现实主义作家，这样一位精通自然科学的唯物主义者，居然也一度卷入了弥漫于整个西方社会的非理性主义思潮，这也是时代烙印的一种表现。

反过来说，在现代主义作品中，又往往能看到十九世纪传统的影响。在乔伊斯的《都柏林人》和《尤利西斯》以及戴·赫·劳伦斯的《儿子与情人》中，都可以看到十九世纪批判现实主义小说和社会问题小说的影响。劳伦斯的长篇小说《虹》，就是因为具有反对帝国主义战争的社会历史内容，而被英国政府借"淫秽"的罪名查禁的。

事实证明，西方现代主义作品并未完全脱离十九世纪的传统，二十世纪的西方现实主义作品也在不同程度上反映出时代的烙印。它们之间，既有不同的个性（创作方法不同），又有一定的共性（共同的时代烙印）。

我们也许会感到奇怪：伍尔夫在评论十八、十九世纪作品之时态度比较客观，评价也相当公允。为什么她在评论二十世纪作品之时一反常态，对爱德华时代作家的态度异常偏激呢？伍尔夫在评论十九世纪初期的英国小说家皮科克和司各特之时，指出了他们扎根于相同的时代土壤之中，他们的作品既有不同的个性，又有一定的共性。为什么她在评论二十世纪不同流派的作家之时，只看到他们的差异而看不到他们的共同之处呢?

其中的道理或许并不十分复杂。伍尔夫不是一再强调，要从生活后退一步方能看清事实的真相吗?的确如此，观察者必须与被观察的对象保持一段距离。距离过近，就会只见一斑，难窥全豹，“不识庐山真面目，只缘身在此山中”。伍尔夫生活于二十世纪，她的目光集中于二十世纪西方人内心的危机感这个焦点，并且把它无限夸大，认为它就是二十世纪西方文学所必须强调突出的最重要的、甚至是唯一的思想内容。知识分子本来就很敏感，伍尔夫又是西方知识分子中的神经过敏者，她的危机感和时代差异感，显然是有所夸大的。而她的整个理论的出发点，便是时代变迁论。既然那出发点本身就是一种被夸大了的东西，那么建筑在这个基础之上的整个理论，当然就难免夸大和偏激。

其次，伍尔夫的理论带有一定的片面性。

伍尔夫认为，传统的现实主义小说忽视了人的心灵，特别是忽视了人们内心非理性、非逻辑的潜意识活动，以及这种心理活动中所包含的想象和诗意。因此，为了适应时代的变化，她强调现代西方作家必须把侧重点移到过去所忽视的一边，把过去所重视的那一边统统扬弃。侧重点的偏移，有助于扩大心理描写的广度和深度，可以更好地表现出现代西方人纷繁复杂的内心世界，从这个意义上说，亦无可厚非。但是，伍尔夫似乎把这个问题强调过分了，要把传统所侧重的那一边完全抛弃，这就未免矫枉过正。伍尔夫要求现代西方小说去穿越那条“狭窄的艺术之桥”，为了避免失足落水，它所抛弃的传统艺术遗产，未免太多了一点。

必须指出，伍尔夫的理论带有浓厚的非理性主义色彩。

十九世纪后期，资本主义社会中各种矛盾日益尖锐，出现了以叔本华、尼采等为代表的非理性主义哲学思潮。他们认为，人越是运用理性去发展科学，创造的物质财富越多，人就越是受到物质的压迫而被异化。因此，他们否定古典的资产阶级理性哲学，鄙弃科学文明与物质幸福，要求撇开人所面对的对象，来考察人的本身，探索其内心世界。第一次世界大战之后，非理性主义思潮更加泛滥，几乎席卷了整个西方的知识界。柏格森主张抛弃理性而强调直觉，要揭开外壳去表现“更深刻的真实”。弗洛伊德认为文艺是潜意识的象征，它好比是一种“白日梦”，而自我就是“白日梦”的主角。伍尔夫提出“主观真实”论，认为作家的任务就是要把“变化多端的、不可名状的、不受限制的内在精神”表现出来，而这种“内在精神”恐怕大部分是非理性、非逻辑的。这种理论，实际上可以说是非理性主义社会思潮的一个组成部分。

这种非理性主义思潮具有两方面的意义。

一方面，资本主义社会发展到垄断阶段，社会危机的深化和世界大战的爆发带来了西方世界的信仰危机，人们对于资产阶级传统的价值观念失去了信心。过去西方人相信资产阶级的民主、自由，现在他们看穿了这种东西的虚伪性。从这个意义上说，非理性主义也可以说是对于资本主义社会的某种批判。但这是一种歪曲的批判。它把资本主义社会的矛盾和危机归结为理性和科学的过错，这就掩盖了矛盾的真正根源。

另一方面，非理性主义不相信人们在实践中通过感性认识和理性认识可以认识客观世界，认为一切合乎逻辑的理性思维都是虚假的，只有非理性的潜意识和直觉才有意义。这就必然会陷入神秘主义、不可知论的泥坑。

最后，伍尔夫的理论提倡一种艺术至上的唯美主义。

伍尔夫的理论与亨利·詹姆斯的有机整体论相呼应，认为一件艺术品本身就是一个独立自主的整体，艺术品本身便是创作的唯一目的，此外不允许再有别的目的。伍尔夫认为，阶级意识、民族意识、性别意识不属于艺术的范围，让这些内容渗透到作品中来，就会形成两个中心，造成双重景象，破坏了艺术品的整体效果。实际上，伍尔夫是把文学的艺术性和文学的思想性错误地对立起来。伍尔夫在《论美国小说》中，反对美国作家把他们的民族意识引进到作品中去。我们认为，这种主张也是谬误的。

二、伍尔夫的批评方法给我们的启发

以批评方法而论，我们和伍尔夫之间存在着本质上的

分歧：

第一，我们的文学批评以马克思主义的辩证唯物论和历史唯物论为指导原则；伍尔夫的印象式批评拒绝任何理论规范，以批评家本身的常识、直觉、感触、印象为唯一依据。

第二，我们把文学当作一种社会历史现象来考察，我们的批评包含“美学批评”和“社会批评”两方面的因素，[①]我们除了分析文学作品的艺术特征之外，还通过对于文学现象的分析而评价社会生活；伍尔夫的印象式批评把文学作为一种孤立的现象来考察，把注意力集中于独立自主的作品本身，不带有社会批评的性质。

第三，我们认为文艺批评是一种科学分析，要求科学性和党性的统一；伍尔夫的批评不是科学的分析，而是一种鉴赏印象的记录和发挥。

这种印象式的批评和非理性主义有密切的关系。既然非理性主义否认理性思维的认识作用，文学就成了一种神秘的、不可知的现象，只有凭直觉去感受，无法用理智来

① 参阅卢那察尔斯基：《批评家普希金》。

分析。这种印象式的批评方法，不可能不影响其科学性和理论深度。

尽管如此，在伍尔夫的批评方法中，还是有一些值得我们思考的东西。

伍尔夫认为批评家必须站在作者的角度，用作者的透视方法来观察作品，才能把握其真谛。这话不无道理。如果批评家以浪漫主义的标准来观察现实主义的作品，可能会觉得它枯燥乏味。如果批评家以现实主义的标准来评价浪漫主义的作品，又会觉得它浮夸失实。其实，现实主义文学中有杰作也有糟粕，浪漫主义文学亦然。批评家使用单一的批评尺度，去衡量千差万别的文学作品，恐怕很难作出鞭辟入里的评论。因此，我们认为，也许批评家最好先站在作者的角度，仔细地体会他的透视方法，然后从作者的角度跳出来，依据科学的理论来思考分析，指出作者的透视方法之利弊得失。如果批评家不下功夫去体验一下作者的透视方法，恐怕很难作出贴切中肯的评论。

伍尔夫认为观察者与被观察的对象之间应该保持一定的距离。这也不是没有道理的。如果研究者置身于现代主义的潮流之中，他可能会觉得这似乎是一股汹涌澎湃、势不可挡的浪潮。但是，如果他和这股潮流保持一定的距离，站在历史的高度来看问题，他就会觉得西方现代主义不过是文学发展的长河中一朵小小的浪花、一个小小的涟漪而已。它充其量不过是为我们提供了一些断简零篇，一些支离破碎的“笔记本”。

伍尔夫的文学批评，认为文学的传统是开放的，向前发展的。这种态度是正确的。事物总是不断地发展变化的，只要人类的现实生活还在不断地变化，社会历史还在不停地发展，文学的传统也就必然随之而发展变化，而且这种发展变化是无止境的。以西方文学而论，在古典主义之后有浪漫主义，在浪漫主义之后有现实主义。而现实主义文学自身又在不断地发展变化。十九世纪的批判现实主义不同于十八世纪的启蒙现实主义；二十世纪的魔幻现实主义又不同于十九世纪的批判现实主义。因此，我们的文学一方面要继承传统，一方面又要推陈出新，突破传统。我们的现实生活在发展，为我们提供了新的思想内容。为了表现这新的思想内容，我们在艺术形式方面，也需要进行实验和改革。但是，我们崭新的思想内容，决不是西方社会中那种危机感，而是我们奋发图强建设四化的自豪感和战斗精神。这种思想内容所需要的文学形式，恐怕不会和西方现代主义的艺术形式相雷同。

我们应该注意到，伍尔夫认为西方现代主义文学不过是一场实验改革的过渡阶段，它并不代表伍尔夫最高的美学理想。她的理想是主观真实与客观真实的结合，现实与幻想的结合，神秘主义与现实主义的结合。她的这种设想，也是值得我们加以分析研究的。

对于客观世界的认识，我们是主张辩证唯物主义的反映论的。“物、世界、环境是不依赖于我们而存在的。我们的感觉、我们的意识只是外部世界的映象；不言而喻，没有被反映者，就不能有反映，被反映者是不依赖于反映者而存在的。”（列宁：《唯物主义与经验批判主义》）我们承认，被反映的客体是第一性的。

然而，我们又不是机械唯物主义的反映论者，他们把人的意识看成对于客观世界的被动的反映。我们认为，反映是反映者（主观意识）和被反映者（客观世界）相互作用的结果。“观念的东西不外是移入人的头脑并在人的头脑中改造过的物质的东西而已。”（马克思：《资本论》第一卷第二版跋）意识是外部世界的映象，但是，这个映象是经过反映者的头脑加工改造的。它既依赖于被反映者，又受反映者本身特性的制约。它再现的是被反映者的部分属性，而且是以反映者本身的独特方式来再现这些属性的。

“事实上，世界体系的每一个思想映象，总是在客观上被历史状况所限制，在主观上被得出该思想映象的人的肉体状况和精神状况所限制。”（恩格斯：《反杜林论》）意识发生在人的身上，依赖于人的感官、神经系统和大脑（肉体状况）以及他反映客观世界时的立场、观点、方法（精神状况）。人不是孤立的存在，具体的人总是在一定的社会历史条件中生活，他的意识又不能不受到这个社会历史条件的限制。各人的性格、经历、社会历史条件不同，其立场、观点、方法也就不同。于是，对于同样一个客观事物，各人的反映和感受不会相同。但是，这不同的反映和感受，又都来自客观现实。人的意识，就其内容来看是客观的，就其形式而言是主观的。它是客观世界的主观映象，是主观和客观的对立统一。

文学是人类现实的社会生活的反映。在这个反映过程中，应该体现出这种主客观对立统一的辩证关系。在伍尔夫所提出的小说革新理论中，以及和这种理论相合拍的西方现代主义、后现代主义小说中，都没有充分体现出这种辩证的关系。与此相反，它们表现出一种主客观相互游离的倾向。但是，我们是否有可能在我们的文学创作中，体现出这种主观和客观对立统一的辩证关系呢？我们是否有可能在文学作品中既生动真实地描述了客观世界，又充分地表现出不同人物对于客观世界不同的映象和感受呢？这样做是否能够使我们的文学作品更加丰富多彩呢？

伍尔夫的小说理论，的确带有非理性主义，主观唯心主义色彩。但是，马克思曾经说过："从前的一切唯物主义——包括费尔巴哈的唯物主义——的主要缺点是：对事物、现实、感性，只是从**客体**的或者**直观**的形式去理解，而不是把它们当作**人的感性活动**，当作**实践**去理解，不是从主观方面去理解。所以，结果竟是这样，和唯物主义相反，唯心主义却发展了**能动的**方面，但只是抽象地发展了，因为唯心主义当然是不知道真正现实的、感性的活动本身的。”（马克思：《关于费尔巴哈的提纲》）那么，我们不妨思考一下：伍尔夫的小说理论，是否也抽象地或者片面地发展了**能动的**方面呢？

我认为，回答应当是肯定的。伍尔夫努力去发展能动的方面，把人物内心的感受，把“灵魂”和“人性”置于非常突出的地位。但是，伍尔夫片面地、抽象地发展了文学的主观能动方面。伍尔夫的理论强调人物的主观方面，使现代西方小说的心理描写有了更大的深度、更多的层次，能够更加细致入微地反映现代西方人特殊的内心感受。但是，她把人物主观的东西绝对化了，忽视了外在的、客观的因素，破坏了主客观之间的动态平衡。

伍尔夫的文学理想，似乎是一种神秘主义与现实主义的结合。我们不赞成神秘主义。但是，现实与理想的结合，仍然是我们必须认真加以思考的一个问题。

三、伍尔夫小说理论的历史地位

伍尔夫的小说理论在现代西方小说的发展过程中究竟

处于什么地位？如果我们把伍尔夫的小说理论看作一个点，那么，要确定这个点在西方小说发展的历史坐标轴上的位置，就不能仅仅依靠对于这个点的微观分析，还必须有一种宏观的视野，必须把这个点放在历史发展的过程中来加以考察，放在历史的框架中来分析比较。

从小说美学的角度来说，西方近代和现代小说的发展大致上经历了五个阶段。

第一个阶段是十八世纪的启蒙主义小说，这是一种以情节为中心的寓言故事，它的美学准则是直接临摹自然。亨利·菲尔丁的作品可以作为这种小说的标本。

第二个阶段是十九世纪的批判现实主义小说，它的审美中心是典型环境中的典型人物。巴尔扎克、狄更斯、托尔斯泰是第二代小说的里程碑，他们在思想上尚未逸出理性主义的轨道，在美学上亦未偏离“摹仿”的传统。

第三个阶段是二十世纪的现代主义小说，它用多角度、多层次的叙述方法来展现人物的内心世界。第三代小说的代表作家是乔伊斯、伍尔夫、福克纳。他们的美学准则是强调小说艺术的独立性、小说叙事的非个人化和小说人物的主观真实。

第四个阶段是后现代主义小说，这是一种以哲理为中心的抽象寓言。最重要的第四代小说家是萨特、加缪和贝克特。他们的美学准则是不确定性、虚无、抽象和荒诞。

第五个阶段是新现实主义小说，这是现实与虚幻相结合、传统精神和现代手法相结合的作品。拉丁美洲的魔幻现实主义和结构现实主义等流派，可以作为新现实主义的代表，重要的作家有阿斯图里亚斯、博尔赫斯、马尔克斯等。他们的美学准则是现实的再创造、现实与虚幻并存的二元观、群体意识的反映和对于各种传统的兼收并蓄。

我们必须抓住西方小说发展的这些基本线索，在这历史背景的衬托之下，就更容易看清伍尔夫小说理论的重要意义。

伍尔夫在《小说的艺术》这篇论文中，强调了小说艺术的独立性。她批评福斯特把小说当作一种寄生动物，它从现实生活吸取养料，并且以临摹现实生活作为报答。她认为，小说只有摆脱了对于客观世界的从属地位，打破了日常生活的固定程式，才能成为真正的艺术品。伍尔夫继承和发展了亨利·詹姆斯的有机整体论，认为小说不是对于人生的模仿，而是作家所创造的独立的艺术世界。因此，小说家可以进行各种实验，各人去创造他自己独特的世界。她在《论现代小说》这篇论文中，论述了这种实验的必要性、合法性和它的发展趋向。小说艺术的独立性和实验主义，是第三代小说美学中最重要的原则。

既然小说艺术是独立自主的有机整体，它有它自己的生命，自己的发展规律，小说家就不应该以他的主观意图和空洞说教来破坏这种规律。因此，伍尔夫认为，小说创作应该是一种非个人化的过程，小说应按其本身的内在逻辑来发展，小说家的主观人格应避免介入，因为作家的自我意识会使小说狭隘化，来反映作家个人的观念，这就损害了小说艺术。叙事的非个人化，是第三代小说美学的第二条重要原则，它为作家退出小说而采用书中人物来担任叙述者提供了理论基础，促使西方小说由单维视野的单调叙述发展为多维视野的复调叙述。

伍尔夫在她的许多论文中，一再讨论了小说的真实性问题。她所强调的不是客观真实，而是书中人物对于客观真实的感受和印象。由于人类的感性是无限丰富的，各人对于相同的客观事实的观感截然不同，因此人物对于现实生活的主观感受就显得变化无常，而作家的任务，就是要把这种变化多端的内在的精神活动用文字表达出来。强调人物的主观真实，是第三代小说美学的又一条重要原则，它为作家通过人物的意识屏幕来反映客观世界提供了理论上的依据。

伍尔夫不仅是第三代小说美学原则的阐述者，她还在她的论文中预测了未来小说的发展趋向。她从另一个层次论述了小说的非个人化，认为不仅作家本人的个性不应介入，小说还应该超越作品中人物个人的命运和关系，去探讨有关人类的命运和人生的意义等更为广泛的问题。这就接近于第四代小说以抽象的哲理为中心的美学准则了。

伍尔夫是一位具有历史意识的作家。她认为，十八、十九世纪小说偏于外部事件，这是一种疏忽、一种缺陷，为了矫枉过正，二十世纪小说家必须作一番由外部事件转向人物内心的实验。但是，她又认为，真正的小说大师是第二代的托尔斯泰而不是第三代的乔伊斯。她把乔伊斯和她本人的作品都看作是“笔记本”，而不是真正的著作。然而，小说艺术必须向前发展，这些“笔记本”对于将来的大师们很有参考价值。将来的小说大师，必须有能力在外部和内部、现实和想象之间维持一种巧妙而适当的平衡。伍尔夫的这种观点，不仅客观地评定了现代主义小说的历史地位，而且相当准确地预示了第五代小说的美学准则。

如果我们把伍尔夫的小说理论看作一个点，那么这个点在西方小说发展的历史坐标轴上的位置，决不是固定不变而是向前移动的。伍尔夫是第三代小说的代表作家之一，然而，她的思想的触角却已伸向第四代和第五代。诚然，伍尔夫也有她的局限和缺陷。但是，她非常坦率地承认了包括她本人在内的现代主义小说家的偏颇和不足。她认为，现代主义小说实验所提供的断简零篇，不过是一种过渡时期的作品，不过是两个艺术高峰之间的峡谷而已。

对于这样一位有自知之明的作家，对于这样一位掌握了西方小说发展趋势的理论家，我们是值得认真地加以研究的。

瞿世镜

一九八二年十二月

于上海社会科学院文学研究所